CON TODA LA FURIA

un sello de
V&R Editoras

‣ **Título original:** *All The Rage*
‣ **Dirección de proyecto editorial:** Marcela Aguilar
‣ **Edición:** Melisa Corbetto
‣ **Coordinación de diseño:** Marianela Acuña
‣ **Diseño de interior**: Silvana López y Carolina D'Alessandro
‣ **Arte de tapa:** Carolina Marando

MÉXICO: Dakota 274, colonia Nápoles
C. P. 03810, alcaldía Benito Juárez, Ciudad de México
Tel: 55 5220-6620 · 800-543-4995
e-mail: editoras@vreditoras.com.mx

ARGENTINA: Florida 833, piso 2, oficina 203,
(C1005AAQ), Buenos Aires
Tel.: (54-11) 5352-9444
e-mail: editorial@vreditoras.com

Primera edición: junio de 2021

ISBN: 978-607-8712-79-3

Impreso en México en Litográfica Ingramex, S. A. de C. V.
Centeno No. 195, colonia Valle del Sur, C. P. 09819
Alcaldía Iztapalapa, Ciudad de México.

Courtney Summers

Traducción: María Victoria Echandi

Para Susan Summers,
mi feminista preferida.
Te quiero, mamá.
Gracias por todo.

AHORA

El chico es hermoso.

Ella quiere que la mire.

Mírame, mírame, mírame.

Mírala. Es joven, vivaz, una estrella en el cielo. Sufrió por esta noche, agonizó cada segundo que pasó preparándose como si la combinación perfecta de atuendo y maquillaje fuera a develar los secretos del universo. A veces parece que todo eso está en juego.

Nunca ha estado tan ansiosa en su vida.

—Luces perfecta —dice Penny, su mejor amiga, y eso es lo todo lo que necesita escuchar para sentirse digna del nombre de seis letras tatuado en su corazón. Penny sabe de perfección. Ella tiene el tipo de rostro y cuerpo que detiene el tráfico, atrae miradas y deja a la gente boquiabierta de asombro. El tipo de belleza que te hace más linda solo por estar cerca de ella. Lo suficientemente cerca como para compartir un secreto.

–Gracias –responde. Nunca tuvo una mejor amiga y tampoco fue la mejor amiga de alguien. Es un sentimiento extraño; tener un lugar. Como si hubiera un espacio vacío al lado de otra chica (perfecta) esperándola. Jala de su falda, ajusta los tirantes finos de su blusa. Siente que su atuendo es demasiado y poco a la vez.

–¿De verdad crees que le gustará?

–Sí. Solo no hagas nada estúpido.

¿Esto es estúpido? Es mucho más tarde ahora y pareciera que no puede callarse porque le dice una y otra vez al chico: *Hermoso, hermoso, hermoso.* Ha bebido uno, no, dos, no, tres, cuatro tragos y esto es lo que sucede cuando bebe tanto. Dice cosas como:

–Eres tan hermoso, realmente quería decírtelo.

El chico es hermoso.

–Gracias –responde.

La chica se estira con torpeza sobre la mesa y acaricia el cabello del muchacho con sus dedos, disfruta la sensación de sus rizos oscuros. Aparentemente, Penny logra ver esta situación incluso a través de la pared de una habitación completamente distinta, en donde ha estado acurrucada con su novio, porque aparece al lado de ellos de repente.

–No dejes que siga bebiendo.

–No lo haré –promete el chico.

Que alguien cuide de ella la hace sentir cálida. Intenta articular con su lengua entumecida, pero solo logra decir:

–¿Esto es estúpido? ¿Soy estúpida?

–Estás a un trago de distancia –replica Penny y se ríe de la expresión de sorpresa que causaron sus palabras. Penny la abraza, le dice que no se preocupe por ello y susurra en su oído antes de desaparecer detrás de la pared–: Pero te está mirando.

Mírala.

Bebe. Seis, siete, ocho, nueve tragos después y ella piensa *ay, no* porque vomitará. Él la guía por la casa, la lleva lejos de la fiesta.

—¿Quieres un poco de aire fresco? ¿Quieres recostarte?

No, quiere a su mejor amiga porque le preocupa haber bebido demasiado y ya no sabe qué es estúpido y qué no.

—Está bien. Iré a buscarla. Pero primero, deberías recostarte.

Hay una camioneta estilo *pick up* clásica. La sensación fría de la caja de carga contra su espalda le causa un escalofrío. Las estrellas sobre su cabeza se mueven o tal vez es la Tierra, ese desplazamiento lento y seguro del planeta. No. Es el cielo, le está hablando.

"Cierra los ojos".

El chico espera. Espera porque es un buen muchacho. Bendito sea. Está en el equipo de fútbol americano. Su padre es el sheriff del pueblo y su madre forma parte de la dirección de una cadena nacional de autopartes y ambos están tan orgullosos de él.

El chico espera hasta que no puede esperar más.

Ella piensa que él es hermoso. Eso es suficiente.

Las duras crestas de la caja de carga nunca entran en calor debajo de su cuerpo, pero su cuerpo está cálido. Él palpa todo debajo de la blusa de la chica antes de quitársela.

—Mírame, mírame, ey, mírame.

Él quiere que lo mire.

Los ojos de la chica se abren lentamente. La lengua del chico separa sus labios. Nunca se sintió tan mareada. Él explora el terreno de su cuerpo mientras pretende estar negociando los términos.

—Quieres esto, siempre has querido esto y no estamos yendo demasiado lejos, lo prometo.

¿En serio? Las manos del chico están en todos lados y es un peso violento sobre ella que no le permite respirar así que llora en cambio. ¿Cómo logras que una chica deje de llorar?

Cubres su boca.

No, no estoy allí… Ya no estoy allí. Eso fue hace mucho tiempo, hace un año y esa chica… No volví a ser ella. No puedo ser ella.

Estoy en la tierra. De rodillas gateando en el suelo. No recuerdo cómo ponerme de pie. No recuerdo ser una cosa que pueda pararse. Solo esta tierra, esta carretera. Abro mi boca, la saboreo. Está debajo de mis uñas. Pasé una noche en la tierra, ahora son las primeras horas del día y tengo sed.

Un viento seco atraviesa los árboles en el camino a mi costado y agita sus hojas. Junto saliva para humedecer mis labios hinchados y lamo mis dientes manchados con sangre. Hace calor, el tipo de calor que se adueña de uno y crea espejismos en la carretera. El tipo de calor que marchita a los ancianos y los lleva hasta los brazos abiertos de la muerte.

Giro sobre mi espalda. Mi falda sube por mis piernas. Jalo de mi camisa y veo que está desabotonada, siento que mi sujetador está desabrochado. Lucho con los botones y los ojales y me cubro, aunque haga tanto calor. No puedo —llevo la punta de mis dedos a mi garganta— respirar.

Me duelen los huesos, de alguna manera envejecieron durante las últimas veinticuatro horas. Presiono mis palmas contra la gravilla y el dolor amargo me sobresalta hasta un estado de semiconsciencia. Mis manos están raspadas, lastimadas y rosas, eso sucede cuando gateas.

Un distante murmullo estruendoso llega a mis oídos. Un auto. Pasa al lado mío, luego baja la velocidad, retrocede y se detiene junto a mí. La puerta se abre y se cierra de un golpe. Cierro los ojos y escucho el suave crujido de suelas sobre la grava.

Pájaros cantan.

Los pasos se detienen, pero los pájaros siguen cantando. Cantan sobre una chica que se despierta en un camino de tierra y no sabe qué le sucedió la noche anterior. La persona de pie al lado de ella es una sombra sobre su cuerpo que bloquea el sol. Tal vez es alguien amable. O tal vez vino a terminar lo que sea que haya iniciado. Cantan sobre una chica.

No la mires.

Dos semanas antes

Antes de que arrancara las etiquetas, una decía "Paraíso" y la otra "En fuga". No importa cuál es cuál. Ambos son rojos como la sangre.

La aplicación correcta del barniz de uñas es un proceso. No puedes pintar sobre las uñas como si nada y pretender que dure. Primero, hay que preparar la base. Comienzo con un pulidor de cuatro caras para eliminar las rugosidades y obtener una superficie lisa para que se adhiera el color. Luego, utilizo un deshidratador y un limpiador de uñas porque es mejor trabajar sobre un área seca y limpia. Una vez que se evaporó, aplico una fina capa de base que protege las uñas y previene que se tiñan.

Me gusta que la primera capa de barniz sea fina y esté seca para cuando termine con la última uña de esa mano. Mantengo mi pulso estable y ligero. Nunca arrastro el pincel, nunca recargo más de una vez por uña si puedo evitarlo. Con el tiempo y la práctica, aprendí a determinar si lo que está en el pincel será suficiente.

Algunas personas son perezosas. Creen que, si utilizas un barniz altamente pigmentado, no es necesario una segunda capa, pero eso no es verdad. La segunda mano afirma el color y protege a las uñas de todas las maneras en las que podrías dañar el barniz por el uso diario de las manos sin siquiera notarlo. Cuando la segunda capa está seca, tomo un hisopo embebido en acetona para eliminar cualquier rastro de barniz que se haya derramado sobre mi piel. El último paso es una mano de brillo para sellar el color y proteger la manicura.

La aplicación del lápiz labial tiene exigencias similares. Una superficie lisa siempre es mejor así que hay que remover la piel muerta. A veces, lo soluciono con un paño húmedo, pero otras froto un cepillo de dientes sobre mi boca para asegurarme. Cuando termino, añado una mínima cantidad de bálsamo para que mis labios no se sequen. También sirve para que el color se adhiera.

Paso las fibras finas de mi pincel para labios sobre mi lápiz labial y aplico el color desde el centro de mis labios hacia afuera. Después de la primera capa, elimino el exceso de maquillaje con un pañuelo descartable, bordeo cuidadosamente los bordes de mi pequeña boca antes de difuminar el color para que parezcan un poco más carnosos. Al igual que con el barniz de uñas, las capas siempre ayudan a que dure más.

Y luego, estoy lista.

Cat Kiley es la primera en caer.

Por lo menos hoy. No veo cuando sucede. Estoy más adelante, mis pies se impulsan en la pista mientras los demás respiran agitados detrás de mí. El sol está en mi garganta. Me desperté ahogándome en él, mi piel estaba pegajosa por el sudor y aglutinada con las sábanas. Es un verano seco y pesado que no sabe que ya debería haber terminado. Se apaga lentamente, quiere que nos olvidemos de las demás estaciones. Es un calor nauseabundo; te descompone.

—¿Cat? *¡Cat!*

Echo un vistazo atrás, la veo tumbada sobre la pista y sigo moviéndome. Me concentro en el ritmo estable de mi pulso. Cuando termino la vuelta, ya está recuperando la conciencia; más desorientada que cuando cayó. Pálida y monosilábica. Sobredosis de sol. Así le dicen los chicos.

La entrenadora Prewitt está de rodillas, derrama agua con gentileza sobre la frente de Cat mientras ladra preguntas.

–¿Comiste, Kiley? ¿Desayunaste hoy? ¿Bebiste algo? ¿Estás en tu período?

Los chicos se mueven en su lugar incómodos porque, ay, Dios, ¿y si está sangrando?

–¿Eso importa? De todos modos, no deberíamos estar aquí –murmura Sarah Trainer.

Prewitt levanta la mirada y entrecierra los ojos.

–Este calor no es nuevo, Trainer. Si vienes a mi clase, debes venir preparada. Kiley, ¿comiste hoy? ¿Desayunaste?

–No –logra decir Cat al fin.

Prewitt se pone de pie y crujen sus articulaciones de exatleta. Ese pequeño acto, arrodillarse y erguirse de pie, genera gotas se transpiración en su frente. Cat lucha por ponerse de pie y se balancea. Su rostro volverá a impactar contra la pista si nadie la sostiene.

–Garrett, cárgala hasta la enfermería.

El defensor de fútbol americano da un paso al frente. Número 63. Hombros anchos y musculoso. "Nunca confíes en un chico rubio" dice siempre mi mamá y Brock Garrett es tan rubio que sus pestañas son casi invisibles. La luz del sol impacta sobre los finos cabellos de sus brazos y los hace brillar. Alza a Cat con facilidad, la cabeza de la chica se acomoda contra su pecho.

Prewitt escupe. Su saliva se seca antes de llegar al suelo.

–¡Vuelvan a moverse!

Nos dispersamos y corremos. A esta clase todavía le quedan treinta minutos y no podemos estar todos de pie cuando termine.

–¿Crees que esté bien? –pregunta sin aire Yumi Suzuki delante de mí. Su largo cabello ondea detrás de ella, suelta un sonido de frustración mientras intenta sujetarlo con una mano antes de rendirse rápidamente. Su banda elástica se rompió más temprano y Prewitt no la dejó ir a buscar otra porque, a menos que estés colapsando, nada logra liberarte de su clase e incluso eso afecta tu calificación.

–Está fingiendo –dice Tina Ortiz. Es pequeña, mide un poco más de un metro y medio. Los chicos solían llamarla "perra enana" hasta que llegó la pubertad y le crecieron los senos. Ahora solo la llaman–. Quiere que la carguen.

Cuando el silbato de Prewitt suena finalmente y nos arrastramos hacia el edificio, me toma del brazo y me hace a un lado porque cree que puedo correr, cree que puedo ganar trofeos o listones; lo que sea que den como premio.

–Es tu último año, Grey –dice–. Haz la diferencia por tu escuela.

Prendería fuego este lugar antes de hacer algo por voluntad propia en su beneficio, pero soy inteligente y no digo lo que pienso en voz alta. Ella debería saber que no debe tentarme. Sacudo mi cabeza y la desestimo. Sus labios finos se retuercen con decepción antes unirse a las otras líneas de su rostro cansado. No me cae muy bien la entrenadora Prewitt, pero me gustan sus líneas. Nadie se mete con ella.

Me acoplo al resto de mis compañeros, atravesamos la entrada trasera de la secundaria Grebe High trastabillando con piernas cansadas y avanzamos en silencio por al lado de aulas en las que todavía están dictando clase. Brock reaparece en la bifurcación en la base de las escaleras, luce espantosamente satisfecho con él mismo.

–¿Cat está bien? –pregunta Tina.

–Vivirá –responde y pasa una mano por su cabeza para aplanar el poco cabello que tiene–. ¿Por qué quieres saber?

–¿Siquiera la llevaste a la enfermería?

Brock echa un vistazo con cuidado hacia el pasillo, pero Prewitt nunca nos sigue, nunca se queda con nosotros un segundo más de lo necesario. Si molestamos en los pasillos, se entera y luego nos hace pagar por ello.

—Luego de un rato, sí —dice.

—Lo sabía.

—¿Estás celosa, Tina? Cáete mañana, te recogeré.

Tina pone los ojos en blanco y camina hacia el vestuario de las chicas por el pasillo de la derecha. Que no lo rechace de lleno hace que Brock se sienta el hombre del momento. Espera una palmada en la espalda y un: "Apuesto a que lo hará. Apuesto a que mañana estará montando tu pene". Se cree tan genial.

Brock le da un golpe a Trey Marcus en el brazo.

—¿Ves eso? Así se hace —luego nota mi mirada—. ¿Qué pasa, Grey? ¿Quieres montarlo?

Sigo a las demás chicas hasta el vestuario, en donde me desvisto. Mis dedos envuelven el doblez de mi camiseta polvorienta y sin vida. La paso sobre mi cabeza, quedo solo en mi sujetador, lanzo pequeñas miradas a las otras chicas, a sus costillas, a sus ombligos hacia adentro y hacia afuera y las copas A, B, C, y las E de Tina.

Ayer, Norah Landers aprendió algo nuevo sobre los pezones.

—¿Saben? No son todos iguales.

Lo sabíamos, pero aparentemente cada tipo tiene un nombre distinto. Nos los explicó uno por uno. Las cosas no suelen ser así por aquí, pero Norah no pudo contenerse. Entonces, después de que la escuchamos fascinadas por esta nueva información y de que echamos un vistazo hacia abajo para catalogarnos a nosotras mismas, le dijimos que cerrara la boca. Así podíamos volver a pretender que no coexistimos en este espacio mientras somos demasiado conscientes de que sí lo hacemos.

—Entonces estaba fingiendo —dice Tina a nadie en particular. A todas.

Me quito el sujetador.

—Si Brock Garrett lo dice, debe ser cierto.

Tina me enfrenta, solo lleva las leves marcas de su bronceado sobre su piel trigueña. Siempre es la primera en desvestirse. Desnudez beligerante. No lo sé. Todo con Tina es un enfrentamiento.

—¿Y tú qué sabes de la verdad?

—Vete al diablo, Tina. Eso es todo lo que sé.

—Olvídalo —dice Penny Young.

—¿Por qué haría algo así? —pregunta Tina.

Penny se quita sus pantalones cortos sacudiéndose.

—Porque yo lo digo y se supone que debes escuchar a los mayores —dice.

—Bueno, mi cumpleaños es la semana que viene, así que ten cuidado. ¿Cómo estuvo Godwit? No me llamaste como prometiste —Tina arquea su ceja—. ¿Buen fin de semana?

Penny no responde, se entretiene con los botones de su camiseta. Tina se marcha ofendida y la escucho mascullar sobre cuán perra soy antes de entrar en una de las duchas, porque Tina siempre tiene la última palabra de alguna manera u otra. El resto de las chicas la siguen y luego quedamos Penny y yo solas. Se aferra a una toalla, pero no parece necesitar una ducha. No hay ningún rastro de actividad física en ella, su cabello está impecable y su piel está ligeramente bronceada en vez de chamuscada. Penny Young es la chica más perfecta que conozcas y ese tipo de chicas fueron puestas en esta tierra para quebrarte. Si les quitas la piel, podrás ver su veneno. Si me quitas la mía, todavía puedes ver las marcas en dónde su veneno ha estado.

—Día de mudanza —dice.

Me está hablando a mí, salvo que nosotras no hablamos. A veces intercambiamos una que otra palabra, pero solo por necesidad. No es eso. No le dije a nadie sobre la mudanza, pero nada permanece secreto en Grebe. Las noticias vuelan. Se mascullan en los bares, se murmuran sobre cercas entre vecinos, en el sector de verduras del supermercado y una vez más en la fila para pagar porque la cajera siempre tiene algo para agregar. En este pueblo, los celulares no funcionan tan rápido como el boca en boca.

—¿Qué dijiste? —pregunto.

Pero no me está mirando y me cuestiono si lo imaginé, si dijo algo en absoluto. La dejo allí y encuentro una ducha libre; dejo correr el agua tan caliente como el sol. Arde sobre mi piel. Imagino que socava líneas sobre mí, sobre todo mi cuerpo pálido, sobre mis brazos, mis piernas y, en especial, sobre mi rostro hasta que luzco como una de esas mujeres. Esas a las que nadie molesta.

Soy la última en salir, me aseguro de ello. Cierro el agua y me quedo de pie un minuto, mi cabello húmedo se pega a mi cuello, se seca y encrespa rápidamente. Cuando vuelvo al vestidor, la puerta de mi casillero está abierta y mis prendas están en el suelo.

Mi ropa interior ya no está.

Mi sujetador, uno de los dos que tengo, es una vergüenza. Así lo describió Tina una vez. Es una fina banda de tela con tirantes finitos porque, en realidad, no hay nada en mí que necesite soporte. Hoy use interiores negros estilo bikini, nada especial. Tomo el resto de mis prendas; unos pantalones cortos de jean y una camiseta negra que necesita algo debajo, pero intento no pensar en ello. Las demás miran en silencio mientras me visto. Me observan tomar mi lápiz labial y presionarlo sobre mis labios. Ven como busco imperfecciones en mis uñas. Tan pronto me marcho, sus voces excitadas se sienten detrás de la puerta.

—¿Fuiste tú? ¿Tú lo hiciste? Eres tan genial.

Pienso en mí misma desnuda en la ducha, pienso en el agua corriendo sobre mí mientras alguien se movía en la habitación de al lado y tomaba las cosas que habían tocado las partes más íntimas de mi cuerpo. Avanzo por el pasillo con los brazos cruzados firmemente sobre mi pecho.

Todd Bartlett vive del cheque de discapacidad que le da el gobierno
por el accidente automovilístico que sufrió a los diecisiete años. Lo embistió un camión articulado y tiene suerte de estar vivo. Su espalda no ha vuelto a ser la misma desde entonces. No lo notarías con tan solo mirarlo.

—La gente no confía en lo que no puede ver —dice y debe vivir con esa carga. Todos actúan como si fuera su elección no poder trabajar y como si pensaran que debería hacerlo; de nueve a cinco en una oficina en algún lugar o detrás del mostrador de alguna tienda o al aire libre, bajo el sol. Lo he visto esforzarse de más, lo he visto al final del día acostado en el suelo rezándole a Dios para que termine con su miseria. Siente tanto dolor en esos momentos, me dice, que se olvida de cuán bien se siente estar vivo.

Mi madre, Alice Jane Thomson, debería haber estado en el auto con él cuando sucedió, pero el buen Paul Grey la había estado estudiando en los pasillos de Grebe High el día anterior y le pidió que pasara esa tarde con él. Más tarde, mamá se impresionó junto a Todd por el daño del auto y su suerte. Después del impacto, no quedó nada del asiento del acompañante y, si ella hubiera estado en el auto con él, estaría muerta. Y supongo que yo no hubiera nacido.

Todd Bartlett vive en la calle Chandler Street en la casa que heredó de su madre, Mary, quien lo tuvo a los dieciséis años. La casa de Mary es del tipo que siempre necesita alguna reparación más, pero que probablemente nunca la reciba.

El sendero de la entrada, que está rajado —enredaderas se incrustaron en el cemento antes de que se secara—, termina en una estructura desvencijada de dos plantas con revestimiento blanco y tejas rojas con acentos en marrón. Tiene un pequeño porche techado desde el cual se pueden ver casas similares, todas necesitan algún arreglo. Todd está sentado en una reposera al lado de una hielera azul. Cuando entro, me recibe con un débil saludo militar.

—¿Cómo estuvo la escuela? —pregunta.

—Prewitt quiere que haga una prueba para el equipo de pista.

—Un desperdicio de tiempo —abre la hielera y saca una Heineken de un baño de hielo—. ¿Quieres una?

Sí, quiero. Mantengo un brazo cruzado sobre mi pecho y estiro el otro hacia la botella. Todd se ríe y le da un pequeño golpe a mi mano. Cierra la tapa antes de que el delicioso aire frío que brota de la hielera pueda acariciar la punta de mis dedos.

—Sal de aquí.

—No diré nada si tú no dices nada.

Me mira a través de una cortina de cabello castaño, tiene el largo suficiente para hacerse una cola de caballo, pero le gusta más tenerlo sobre sus ojos pardos. Todd es sólido; da la impresión de ser un hombre musculoso a pesar del hecho de que no puede hacer mucho sin lastimarse. Tiene un tatuaje desteñido sobre su bronceado brazo derecho, una inicial; M, por la mujer que le dio la vida. Abre la cerveza y bebe un sorbo.

—¿En dónde está mamá?

—Fue a buscar la cena.

—Es un poco temprano.

—Estuvimos trabajando todo el día. Mira esto.

Se pone de pie lentamente y la compresa de hielo semiderretido sobre la que estaba descansando se desliza y deja un rastro húmedo en el respaldo. Lo sigo hasta el interior de la casa, pasamos la cocina con piso damero y un viejo refrigerador que chilla si queda abierto mucho tiempo. Puedo ver las cajas en la sala de estar desde el recibidor. Parece que tenemos más cosas que espacio en dónde guardarlas. Sigo a Todd por las escaleras hasta la habitación en el frente de la casa. Nuestra casa; así que mi habitación.

Mamá desempacó todas mis cosas, aunque le dije que no era necesario. Mi cama está debajo de la ventana que da a la calle. El sol saldrá sobre mí. Estantes llenos de mis libros cubren las cuatro paredes y enmarcan el ambiente. Hasta los acomodó por orden alfabético según el autor. Mi escritorio está en una esquina con mi computadora. Al lado del armario hay algo que no es mío: un *bureau* antiguo. Todd se da cuenta de que lo noté.

—Era de mi madre —camina hacia el mueble y pasa su mano sobre la superficie—. Pero podemos moverlo, si no lo quieres.

—No, es hermoso. Gracias

—Esta era su habitación. ¿Está bien?

—No es como si hubiera muerto aquí.

Mary falleció en la calle principal demasiados años antes de que ese tipo de cosas deba sucederle a la gente y mucho menos a alguien tan dulce como ella. Sufrió un ataque cardíaco masivo. No debería haberse ido de esa manera. Una vida de generosidad y calidez culminó con Todd en su lecho de muerte diciéndole que ella había hecho todo bien, pero no creo que siquiera recuerde cuáles fueron las últimas palabras entre ellos.

—¿Tienes tiempo para una charla? —me pregunta.

—No tengo que ir a ningún lugar.

Hunde sus manos en sus bolsillos y extiende dos llaves.

—Una para la casa, una para el New Yorker; pero esa es solo para emergencias. Ahora también es tu casa, niña. Salvo prenderla fuego, haz lo que quieras.

Tomo las llaves, pero antes de que pueda agradecer de alguna manera, suena abajo el chillido de la puerta mosquitera abriéndose y el crujido que hace cuando se cierra.

—¿En dónde están? Traje pizza.

El aroma grasoso se siente en el aire apenas mamá habla. La pizzería Gina's es uno de los últimos restaurantes abiertos en Grebe. Hay tres en total: Gina's, Lakeview Diner (a ocho kilómetros del lago) y el bar. Otros comercios gastronómicos han intentado instalarse y han desaparecido dentro de los seis meses. Personas que no son del pueblo, generalmente recién casados, terminan aquí con la idea de que pueden dar el primer paso para transformar a Grebe en una de esas paradas pintorescas justo antes de la ciudad, Godwit —la Gran G—, pero Grebe simplemente no está destinado a ser ese tipo de lugar. A pesar de ser el hogar fundador de Grebe Autopartes, sus innumerables tiendas y talleres por todo el país no pudieron ubicarnos en el mapa; la gente ni siquiera sabe que existe.

—Le estoy mostrando su habitación —grita Todd.

—¡Ah!, estaré allí en un minuto.

Mamá sube las escaleras apresurada como una niña de seis años en Navidad y cuando entra en mi habitación, su tez clara está ruborizada por el calor, pero es hermosa. Siempre luce hermosa, pero es diferente ahora que está feliz. Una camiseta de un azul pálido –creo que es de Todd– descansa sobre pequeño cuerpo, cuelga sobre un viejo par de pantalones cortos de jean que ha tenido durante los diecisiete años que ha sido mi madre; no sé cómo ha hecho para que duren tanto tiempo. De cierta manera, yo estoy más gastada que ellos.

–¿Te gusta? –me pregunta.

–No era necesario que desempacaras todo.

–Quería hacerlo, no fue mucho trabajo.

–Las dejaré solas –Todd avanza hacia la puerta–. Sin dudas, tu mamá quiere contarte sus aventuras con las estanterías. Nunca he visto una cosa igual.

–Ey, sabelotodo –dice mi mamá sonriendo–, prepara la mesa –sigue sonriendo cuando se sienta sobre mi cama y da una palmadita en el lugar al lado de ella–. Ponte cómoda –pide, me siento y vuelve a preguntar–: ¿Te gusta? ¿Crees que podría gustarte?

–Es solo una mudanza a la otra punta del pueblo. Sobreviviré.

–Solo una mudanza a la otra punta del pueblo.

–Sí.

–Pero es algo distinto.

Desvío la mirada. Puedo escuchar a Todd en la cocina.

–Es una linda habitación –digo–. Gracias.

Me abraza, me dice que me verá en la mesa y baja las escaleras. Dejo de cruzar los brazos y busco entre las prendas dobladas y acomodadas con cariño en mi nuevo *bureau*. Encuentro mi sujetador. Me lo pongo.

Después de que los platos están en el fregadero, me preparo para ir a trabajar. Me pongo una falda y una camisa. Conseguí mi trabajo en la cafetería Swan's hace seis meses cuando me di cuenta de que el dinero era lo único que se interponía en mi camino y la posibilidad de vivir en cualquier otro lugar. Le dije a Todd que estaba buscando un empleo en dónde nadie conociera mi nombre. Sugirió Swan's porque está justo en el límite del condado entre Grebe e Ibis y *ey, no es difícil ser mesera, ¿no?* Al principio no lo era.

Antes de Leon.

Es un largo y caluroso viaje en bicicleta hasta la cafetería. Cuando llego al estacionamiento, pienso que las cuatro porciones de pizza de Gina's que devoré terminarán en el pavimento, pero no sería lo peor que podría suceder que alguien vomitara aquí. Entro a la cocina por la puerta trasera; todos se mueven de prisa. Holly Malhotra ni siquiera tiene tiempo de ponerme al día con lo último que hizo su hija para hacerla enojar y siempre tiene tiempo para eso.

Esta noche, Leon comparte la parrilla con Annette. Tiene diecinueve años y comenzó a trabajar en la cafetería el mes pasado, pero no por primera vez. Trabajó aquí cuando estaba en el secundario, se marchó por un tiempo y luego regresó. Lo observo por un momento. Su tez oscura brilla con sudor, los músculos de sus brazos también están brillando. Sus cálidos ojos castaños están concentrados con intensidad en su tarea. Leon es... olvidé cómo era el deseo antes de que él llegara aquí.

Pero quién dijo que necesitaba recordar.

Tomo mi delantal y me ve.

—Luces terrible —dice.

—Buenas tardes para ti también —respondo.

Me guiña un ojo y mi lengua se hace arena en mi boca porque la semana pasada Leon me dijo de la manera más clara posible que yo le gustaba. Estábamos en nuestro descanso afuera en la parte trasera, al lado de los contenedores de basura cuando lo dijo. "Me gustas Romy.

Haz lo que quieras con eso". No se pareció para nada a las películas, pero probablemente nunca nada se les parece. Sin embargo, encendió algo dentro de mí. Tal vez. Lo suficiente como para que pasara el resto de ese turno en el baño intentando decidir qué hacer con ello. Leon es lindo. Así es lo lindo: él es lindo y le gustas y es agradable. Hasta que…

—¿Cómo está afuera?

—Explotado. Prepárate para trabajar sin parar.

—Siempre está lista para eso —dice Tracey, nuestra gerente, mientras sale de su oficina. Me sonríe—. No quiero que nadie tenga que esperar que lo atiendan, ¿entendido? Con este calor, todos estarán buscando motivos para quejarse.

—Entendido.

—Ey —dice Leon—. ¿Descanso más tarde?

—Seguro.

Entro en el corazón de la cafetería y Leon tiene razón. Está repleto de gente y al principio está bien, pero luego comienza a ser cansador, como siempre. Tres horas después de haber iniciado mi turno, apesto a grasa y mi cola de caballo está suelta, mechones de cabello se estampan sobre mi rostro. Me zambullo en el baño en frente de la oficina de Tracey y vuelvo a peinarme con torpeza, mis dedos están cansados de tomar pedidos. Tendré que darme una ducha cuando llegue a casa para quitarme todo esto de encima. Si no lo hago, me despertaré en el medio de la noche convencida de que sigo aquí y que tengo mesas esperando. Cuando voy a la cocina, Leon se está quitando la red de su cabello. Refriega su mano sobre su corto cabello negro y señala con la cabeza a la puerta trasera.

—¿Ya es esa hora?

—Sip.

—Ey, espérenme —dice Holly mientras desata su delantal. Su largo cabello negro cae de su rodete y enmarca de manera caprichosa su rostro exhausto–. Si no fumo un cigarrillo, me volveré loca.

Me alegra su compañía, pero un rápido vistazo a Leon me dice que él solo la está tolerando. Estiro mis manos hacia atrás para quitarme mi delantal, pero pensándolo mejor, me gusta la capa extra.

Salimos y nos relajamos en posiciones informales. Apoyo mi espalda sobre la pared de la cafetería y miro al suelo mientras Leon se queda parado al lado mío y observa el cielo. El sonido áspero del encendedor de Holly interrumpe el silencio y hace que levante la vista. Inhala profundamente, estudia la colilla del cigarrillo y repite lo que dice siempre que fuma.

–Estas cosas mataron a mi padre. Horrible manera de morir.

–Sí, es verdad –concuerda Leon.

–No quiero hacerle eso a mis hijos.

Y, sin embargo, Holly me dijo que debía elegir entre palitos con cáncer o pastillas porque ese era el nivel de estrés que sufría todo el tiempo. Fumar solía estar de moda. Eliminaba la tensión y lucía sofisticada. Dice que cuando la gente la ve fumando ahora, pone cierta *expresión* en su rostro, como si no lo tuviera permitido. Holly está criando a cuatro hijos sola mientras su esposo está en el ejército. Su suegra con Alzheimer se acaba de mudar con ellos porque no pueden pagar una residencia asistida, así que su cuidado queda a cargo de su hijo de dieciocho años cuando Holly no está en casa, *pero seguro, mírame como si fuera una basura por fumar esto.*

–Hablando de mis hijos –gira hacia Leon–, ¿irás a la fiesta de Melissa Wade este fin de semana?

–Nop –le responde–, mi hermana tendrá una reunión con sus amigos y compañeros del trabajo antes de tener al bebé y tengo que estar allí.

–Maldición. Annie se quedará a dormir en la casa de Bethany Slate y tengo el presentimiento de que terminarán en la casa de Wade. ¿Conoces a alguien que pueda enviarme un mensaje si la ve allí?

—De ser así, ¿harás un escándalo? —indaga.

—Ya lo que creo. Son chicos universitarios. Ella tiene quince años —le da una calada a su cigarrillo—. Le dije que ni siquiera pensara en ir, así que, por supuesto, lo hará.

—Le diré a Melissa que te envíe un mensaje si la ve.

—Gracias —lanza al suelo el cigarrillo a medio terminar—. Estoy dejando de a poco. Ni siquiera es mi descanso, pero cubrí el turno de Lauren así que me lo gané.

—¿Has estado aquí todo el día? —pregunto.

—Dinero, dinero, dinero. Será mejor que regrese.

Vuelve a entrar y quedamos Leon y yo solos. El silencio se estira entre nosotros. Después de su confesión, ya no es tan fácil encontrar palabras. Le toma un tiempo pensar en algo.

—Te dije que estaba repleto —dice al fin.

—Sí, lo hiciste.

—¿Sabes? Estaba bromeando antes cuando llegaste.

—¿Sí?

Miro fijo al estacionamiento trasero. Los focos delanteros del viejo Sprint de Tracey reflejan la luz intermitente de la puerta a nuestro costado.

—No luces terrible. De hecho, todo lo contrario.

Sus ojos están demasiado sobre mí. El rubor viaja desde mi rostro hasta las puntas de mis pies. Vuelve a entrar antes de que pueda decir algo; el cumplido queda suspendido en el aire y luego se desvanece. Me recuerdo a mí misma que no es nada que deba retener o retenerme. Solo lo dijo para recordarme que está aquí, que le gusto. Que es lindo. Leon es agradable. Eso no significa que sea seguro.

Sale el sol.

Presiono mis palmas contra mis ojos y escucho los sonidos que se asoman por las escaleras desde la planta baja. Reconstruyo la imagen de esta mañana: la risa de mi madre, el sonido de sillas arrastrándose en el suelo para estar más cerca, el café burbujeando sobre la hornalla.

Me desenredo de mis sábanas y miro fijo a las manchas frescas de color rojo al lado de los rastros rosas sobre la funda de mi almohada. Vienen de mi boca, siempre exasperan a mi madre porque elijo el lápiz labial que no sale con el lavado. Me visto. En el baño al final del pasillo me lavo los dientes y peino mi cabello hacia atrás. Me pinto los labios. El barniz de uñas sigue intacto.

Estoy lista.

En la cocina, todo es tal cual lo imaginé. Mamá me sonríe desde su lugar en la mesa. Rizos negros caen sin energía sobre sus hombros;

es peor por el clima. Bebe su café con una mano y la otra está estirada sobre la mesa, sus dedos están entrelazados con los de Todd.

—¿Cómo dormiste? —pregunta Todd.

—Bien.

—Me alegro.

—Puedo hacerte el desayuno —ofrece mamá.

—No, gracias. Tengo que ir a la escuela.

Intercambia miradas con Todd.

—Cariño, ¿programaste mal tu alarma? Tienes al menos una hora antes de que empiecen las clases…

—Lo sé —voy al recibidor y me pongo los zapatos—. Hoy tengo que estar temprano.

—¿Por qué? —indaga Todd—. No puedo pensar un condenado motivo por el cuál tengas que estar una hora antes que no se pueda calificar como castigo cruel e injusto.

Porque robaron mi ropa interior y cuando eso sucede, puedes esperar que aparezca en lugares inesperados. Ajusto los cordones de mis tenis y tomo mi mochila del suelo.

—Solo tengo que estar temprano. Los veré más tarde.

—Intenta tener un buen día.

—Sí, que tengas un buen día, niña.

Necesito un momento para asimilar sus palabras, ese conjunto de buenos deseos para el resto de mi día comparado con el de un año atrás. Mañanas en una casa diferente, mi madre sola en la mesa de la cocina mientras su esposo bebía de botellas escondidas en lugares que ya no pretendía que nosotras desconocíamos.

Cuando abro la puerta, hay algo más: el impacto de la vista. Busco el suelo en el que crecí. En cambio, veo un césped moribundo poco familiar y un sendero de cemento cuyas marcas desgastadas de enredaderas me guían hacia la calle que señalaré cuando la gente me pregunte en dónde vivo. Por un minuto, olvido que solo es una mudanza a la otra punta del pueblo, como si pudiera significar algo más.

Pero solo por un minuto.

Camino a la escuela. El área del estacionamiento es un terreno vacío. Viejas chatarras ocupan el lugar de los profesores y a medida que avanza el día, el área de los estudiantes se dividirá entre los mismos modelos de autos; algunos ligeramente mejores o más nuevos, según el padre que lo haya comprado.

Jalo de la puerta principal, entro y me reciben silenciosamente dos viejos maniquís con rostro blanco ubicados en el medio del pasillo. Uno con forma de chico, John, y uno con forma de chica, Jane. John y Jane son lo primero que vemos cuando llegamos cada mañana, nuestra dosis diaria de espíritu escolar. John viste un uniforme viejo de fútbol americano y Jane viste la última versión del uniforme de porrista. Cuando los profesores no están mirando, los chicos tocan sus pechos y, a veces, las chicas también. Un rápido estrujón a su seno porque ja, ja, ja, qué divertido.

Hoy hay algo distinto en Jane. Sus pompones están a sus pies y en el ángulo de su codo flexionado hay una pila de panfletos fluorescentes. Rosas, amarillos, verdes y naranjas. Sé que publicitan, pero tomo uno de todos modos y asimilo el llamado a la acción en letras mayúsculas, llamado que estoy obligada a responder porque finalmente llegó mi momento:

DESPIERTA

Es hora del ritual anual reservado a los estudiantes de último año en el lago Wake; esa noche del año en la que todos los padres del pueblo saben que sus hijos se están emborrachando cerca del agua y haciendo lo que los chicos borrachos hacen cerca del agua. Salimos del cuerpo de nuestras madres ya sabiendo de la existencia de esta fiesta. Nuestros padres fueron y sus padres fueron y los padres de sus padres fueron a esta fiesta. Al diablo con la graduación; *esto* es todo. Ningún número de casos de intoxicaciones por alcohol, sexo sin protección, accidentes o heridas interferirá con esta honorable tradición de Grebe, este importante rito de transición.

Cada tanto, algún padre preocupado intenta cancelarla. Nunca funciona. Nadie logra formular un argumento convincente, porque todos los problemas legendarios causados en el lago fueron causados por chicos de familias con las que nadie quiere entrometerse. Buenas familias. Dueños de negocios, miembros del ayuntamiento, amigos de los Turner. Y el sheriff Turner siempre es muy bueno con sus amigos. Doy vuelta el panfleto. *Enviar un correo electrónico a S. L. R. para más información.* Ese es Andy Martin, el editor del anuario.

Arrugo el panfleto porque no estoy aquí para eso. Vine a buscar mi ropa interior. Busco en las vitrinas de trofeos, reviso cada fila de casilleros, el baño de chicas y el de los chicos, el gimnasio, el comedor, la sección de *¡Novedades!* de la biblioteca.

No está en ningún lugar.

Me dirijo a mi aula y me siento en mi escritorio de siempre, al fondo, lejos de las ventanas porque cualquier vista del mundo exterior –incluso una tan opaca como la de Grebe– hace que el día se sienta mucho más largo. Después de un rato, entra el señor McClelland; es el profesor más joven de la escuela y se esfuerza demasiado. No creo estar aquí el día que finalmente se canse, pero sucederá. Siempre sucede.

Lentamente, los estudiantes empiezan a llegar con papeles de colores aferrados a sus manos, incluso aquellos que no están en último año. Sin duda, algunos ya están enviándole un correo a Andy con sus teléfonos para más detalles. Es una especie de proceso de veto digital, aunque la fecha y el horario terminará siendo el secreto peor guardado de la escuela. Y siempre se asume que algunos estudiantes más jóvenes se escabullirán entre las fronteras para beber algo de la gloria.

Llegan Penny Young y Alek Turner. Primero entra Penny, sigue siendo perfecta. Puedo decirlo una y otra vez porque siempre será verdad. Puedes darte cuenta de que es perfecta por la manera en que todos la miran. Se quedan boquiabiertos abiertamente o lanzan miradas furtivas; el punto es que quieren mirar porque se siente bien. La entrada de Alek es algo completamente distinto. Camina relajado, es dueño del mundo, pero no es su culpa; él solo tomó lo que le ofrecieron. Tiene una camiseta de Grebe Autopartes solo en caso de que nos hayamos olvidado de que está destinado a ese imperio.

Murmura algo en el oído de Penny y se mueven uno alrededor del otro con la comodidad de dos personas que crecieron juntas, pero todos crecimos juntos. En su caso, alguien encendió un interruptor en el noveno año y lo llamaron amor.

—Los anuncios serán pronto —murmura McClelland—. Siéntense todos.

Se acomodan algunas filas delante de mí. Incluso desde aquí puedo oler la colonia de Alek y me recuerda al año pasado, nuestras cabezas inclinadas juntas, garabateábamos sobre *Romeo y Julieta* para un proyecto de Literatura y pensé que era una broma cuando la señora Carter nos juntó; la hija de Paul Grey, el hijo de Helen Turner. "Dos familias igualmente dignas", salvo que no había dignidad en el lado de los Grey. Solo el hecho de que Helen despidió a Paul el día que, borracho, la llamó "perra" delante de todos los chicos del taller porque, demonios, es difícil trabajar en algo con un motor cuando tu jefe tiene vagina.

Alek siente que los estoy mirando. Se voltea en su asiento y sus ojos encuentran los míos. Poso mi dedo mayor sobre mis labios, rojo sobre rojo; es la manera más sutil que tengo para mandarlo al diablo porque no soy lo suficientemente estúpida como para decirlo en voz alta en un mundo que es su club de admiradores. Vuelve a voltearse, descansa su brazo sobre el hombro de Penny y lleva su boca hasta el oído de la chica. Ella le da un codazo juguetón.

A veces imagino dar un paseo con él. Imagino llevarlo hasta los árboles detrás de la escuela. Imagino pisotear su cráneo hasta que sus rasgos definidos se hayan transformado en una pulpa. Hasta que todas las partes de él, que son demasiado familiares, desaparezcan.

Cada día se parece más y más a su hermano.

–¿Podrías llevarme al Granero antes del trabajo?

Mamá se detiene en la base de las escaleras, Todd la sigue de cerca. Ambos están desarreglados y sonrojados y no quiero pensar en qué estaban haciendo antes de que llegara a casa. Lanzo mi mochila contra la pared y decido que me gusta cómo luce allí, repetiré esa acción cada vez que vuelva de la escuela hasta que se transforme en un hábito.

–¿Qué necesitas? –pregunta. Todd pasa por al lado de ella y entra en la cocina. Escucho la puerta del refrigerador crujir al abrirse.

–Solo tengo un sujetador. Iría en bicicleta, pero llegaré tarde al trabajo.

–Seguro. Solo iré a buscar mi cartera.

Se zambulle en la cocina, le dice a Todd lo que vamos a hacer y luego escucho el breve y dulce sonido de sus bocas al encontrarse. Reaparece con las llaves del auto en la mano.

—Será lindo pasar algo de tiempo juntas, ¿no?

—Sí.

El Granero es una tienda con precios bajos a unos veinte minutos de Grebe en dirección a Godwit. Puedes conseguir de todo y barato, lo que significa que puedo comprar un sujetador mientras mamá se ocupa de la comida. Nos metemos en el New Yorker, hace un calor sofocante así que bajamos las ventanillas por completo. El motor no enciende hasta que Todd sale y nos dice que hay un truco. Sacude las llaves de una manera que se parece más a un golpe de suerte que a un truco, pero funciona. El motor ruge al cobrar vida.

—Tendrán que llenar el tanque antes de salir del pueblo —nos dice. Se para en la salida del garaje y nos saluda con la mano. A mamá le gusta que haga eso, despedirnos.

—Pagaré el combustible —aviso—. Es mi viaje.

—No te preocupes por eso.

Tenemos que cargar gasolina en Grebe Autopartes porque es la única estación de servicio en el pueblo. Está justo al lado de la pizzería Gina's y hay algo perturbadoramente atractivo del aroma combinado de grasa y combustible. Mamá se detiene en la terminal de autoservicio y me da su tarjeta de crédito.

—¿Quieres ocuparte del combustible? Iré a comprar algo de tomar en Deckard's.

Se dirige al almacén que está del otro lado y solo un poquito atrás de la estación. Cargo gasolina, termino antes que ella así que espero en el auto. Los minutos se hacen largos. Cuando echo un vistazo hacia el almacén, apenas puedo distinguirla. Está hablando con el señor Conway en el medio del local, así que demorará una eternidad. Genial. Dan Conway tiene la boca más indiscreta del pueblo. Apuesto a que está intentando obtener información sobre de nuestro nuevo alojamiento y deducir si el matrimonio está en los planes a corto plazo de mamá, aunque para él, seguramente debería haber sucedido primero.

Tamborileo mis dedos en mis rodillas y luego un Cadillac Escalade EXT se detiene en la terminal de autoservicio junto a la mía; los pasajeros están escuchando música a todo volumen. Siento que se me hunde el estómago cuando veo a Alek detrás del volante y a Brock en el lugar del acompañante.

Nunca se siente justo tener que verlos después de la escuela.

Brock se baja del auto con una tarjeta de crédito en la mano; no la suya. Alek nunca carga su propio combustible si puede evitarlo. Alek nunca hace nada que Brock pueda hacer por él. Lo observo descansar su cabeza contra su asiento y mirar el mundo a través de un par de gafas Ray-Ban. Después de un segundo, se inclina hacia adelante y presiona sus dedos contra el parabrisas. Remueve la mano y la estudia con el ceño fruncido. Asoma la cabeza por la ventana.

—Ey, limpia el parabrisas mientras tanto —dice y Brock hace un gesto obsceno. Alek estudia la estación de servicio delante de él antes de que sus ojos se posen sobre Gina's—. ¿Tienes hambre?

Brock acentúa su gesto obsceno, pero luego de enganchar la boquilla en el surtidor, toma una escobilla limpiavidrios asquerosa porque era obvio que lo haría. Brock vive a una calle de mí ahora que me mudé, en una en la que las casas no parecen necesitar reparaciones, pero si te acercas los suficiente, verás que sus cimientos están en putrefacción. Brock es el mayor de cinco en una familia que no es extraña a la caridad. Alek lo hizo conocer el lado dulce de la secundaria y ese es el tipo de deuda que pasas toda tu vida intentando honrar, justamente por eso Alek hizo que Brock saboreara ese mundo.

Cuando termina, Brock toma la tarjeta de crédito y gira hacia Gina's. Se detiene cuando se da cuenta de que Alek no irá con él.

—¿Esperarás allí?

—Afuera hace un calor infernal, amigo.

Brock lo fulmina con la mirada, pero no insiste. Entra en la pizzería sin mirarme y exhalo. Puede que no tenga tanta suerte cuando salga.

Echo un vistazo hacia Deckard's y mamá *sigue* acorralada por Conway. Salgo del auto rápidamente y voy a buscarla. Dentro, el aire acondicionado está a toda potencia y el aire frío me causa un escalofrío. Mi llegada detiene de manera abrupta la voz ronca de Conway. Mamá me mira. Tiene dos botellas de Coca Cola sin pagar en sus manos.

—¿Tardé tanto? —pregunta.

—Si no vamos pronto, no tendré tiempo.

—Tienes razón —hay algo de gratitud en su rostro que me hace pensar que debería haber interrumpido antes esa conversación. Mamá vuelve a mirar a Conway, su mirada se congeló desde que llegué—. Bueno, cuídate, Dan. Fue lindo hablar contigo.

—Tú también, Alice —me sonríe. Sus dientes amarillos se extienden sobre su rostro rechoncho. Su cabello peinado de costado apenas cubre su punto calvo—. Espero que no te estés metiendo en problemas, Romy.

Conway le dice eso a todos, pero no lo dice en serio porque, si le hicieran caso, no tendría nada de qué hablar. De todos modos, la manera en que me lo dice a mí es diferente. Tonalidades de pueblo pequeño. Algo que no aprendes en la ciudad es saber cuándo "hola" significa "márchate" o cuando "noche difícil" significa "sé que volviste a emborracharte" o cuando "sí, me encantaría verte, es solo que estoy bastante ocupado" significa "nunca, nunca, nunca". Cuando Conway me dice que espera que no esté en problemas, lo que quiere decir es que yo soy el problema.

Vuelvo al auto mientras mamá paga y, cuando lo bordeo, noto una palabra escrita sobre la mugre que cubre mi puerta.

RAJA

Porque "perra" era demasiado humano, supongo. Una raja ni siquiera es una persona.

Solo una apertura.

El sol brilla sobre las letras limpias. Miro lentamente al Escalade. Alek está mirando a otro lado, pero tiene una pequeña sonrisa en sus labios.

Veo que mamá se acerca por el rabillo de mi ojo. Arrastro mis uñas sobre la palabra hasta que desaparece de la puerta y entro. Froto mi mano en mi pierna y la mancho con suciedad.

Si mamá notó a Turner en su camioneta de lujo, no dice nada. No es hasta que regresamos a la ruta que sale de Grebe que siento que puedo respirar. Observo las tierras de cultivo y me pregunto cómo alguien puede asentarse en este lugar cuando Godwit está a tan solo unas horas al norte e Ibis ni siquiera está tan alejado al este y podría ser otro planeta.

Todo es mejor en otro lugar.

El Granero ni siquiera tiene la decencia de lucir como un granero, es solo una tienda de descuentos cuadrada –EL GRANERO, en la entrada hay un cartel con grandes letras naranjas fluorescentes sobre un fondo azul– con un estacionamiento que está bastante lleno porque la mayoría de la gente que vive en esta área compra lo que necesita para vivir aquí. Atravesamos los autos y mamá usa una moneda para liberar uno de los carritos de supermercado antes de entrar.

Aquí está todo. Comida y películas, prendas y muebles baratos que lucen bien y se deterioran rápido. En el fondo de la tienda hay juguetes con dulces, decoraciones para la próxima festividad y productos de higiene personal. El supermercado también le pertenece a la tienda.

En Grebe, hay dos tipos de personas: los que compran en el pueblo y los que compran aquí.

Mamá está cerca mientras busco en un cesto con sostenes de ocho dólares. Son tan baratos, tan poco espectaculares que ni siquiera los cuelgan para exhibirlos. Retazos de tela con almohadillas, eso es todo. En realidad, es todo lo que necesito.

—Listo —digo y los lanzo dentro del carrito. Algo en la manera en que los mira hace que sienta un ardor en mi rostro. Una cosa es que Tina llame a mi sujetador una vergüenza, pero que lo haga mi madre es completamente distinto, incluso si no usa tantas palabras.

—¿Esos son suficiente? —pregunta

—Mamá.

—Quiero decir, ¿te darán suficiente soporte? Lucen un poco…

—*Sí*. Lo harán.

Me mira seria.

—Podrías tener algo más lindo. Siempre pensé que ropa interior linda y buenos piyamas son las mejores cosas que puedes comprar para ti misma. Siempre me siento tan bien cuando tengo un buen sujetador o un…

—Gracias por las pesadillas, mamá.

Se ríe y avanza hasta un exhibidor de sujetadores rosas con un detalle de encaje negro. Su etiqueta muestra una imagen de un par increíble de senos. Es un *push-up*, uno de esos sujetadores que realza tus pechos.

—Pruébatelo —lo extiende hacia mí.

—No. Está bien.

—¿Qué tiene de malo algo así?

—Tengo lo que necesito.

Debo estar diciendo mucho con mi expresión porque mamá lo regresa a su lugar y la dejo guiarnos por el resto de la tienda. Me quedo callada mientras carga la comida de la semana en el carrito. Solo hay empleados hombres en las cajas registradoras y no puedo soportar la idea de que sepan qué visto debajo de mi camiseta. Le digo a mamá que me duele la cabeza, le doy mi cartera y espero en el auto mientras paga por todo. A veces, desearía no tener cuerpo.

Estoy esperando a que un anciano elija qué quiere comer porque
no deja que me retire hasta que decida su pedido porque tan pronto
me aleje de su mesa "pasará el resto de la noche intentando llamar mi
atención". No puedo convencerlo de lo contrario así que me quedo allí
parada mientras se acomoda las gafas y pasea su dedo sobre cada ítem
del menú, en tanto espera a que algo llame su atención. Pregunta pe-
riódicamente mi opinión sobre sus posibles elecciones. *Solo es maldita
comida*, quiero decirle. *Es combustible*. No tiene que saber bien para
mantenerte vivo.

Pasados los primeros minutos, me guiña un ojo como si no pudiera
evitarlo. Después de los siguientes cinco minutos, no puedo evitar sus-
pirar y me dice que los chicos de mi edad no saben nada sobre paciencia. Luego, el aire acondicionado deja de funcionar y todo el esfuerzo
fue en vano, porque alega derretirse y se marcha sin ordenar nada.

No es el único. Tracey les dice a todos que la casa invita las bebidas y, para ese entonces, gracias a Dios es hora de mi descanso. La gente está insultando como si lo hiciéramos a propósito.

Holly luce como si fuera a asesinar a alguien. Ha estado de mal humor desde que escuchó a Annie hacer planes para ir a la fiesta universitaria este fin de semana, tal cual Holly había pensado. Ahora Annie está castigada, el hijo de Holly debe cuidar de ella el viernes y, por lo que cuenta, nadie en la casa está hablando, pero Annie da muchos portazos.

–Gracias a Dios que no me tiene que caer bien para quererla –me dijo.

Encuentro a Leon en la cocina y me pregunta si quiero pasar los siguiente veinte minutos con él en su auto. Respondo que sí y nos sentamos en la parte trasera de su viejo Pontiac con el aire acondicionado a toda potencia y la radio a bajo volumen. Pasamos el tiempo torpemente con un mazo de cartas vintage que encontró en la guantera cuando compró el auto y decidió que podía quedarse porque tenía imágenes sensuales de chicas de calendario de los cincuenta. Se avergüenza cuando me lo cuenta, observa mientras escudriño los naipes, mezclo las cartas y admiro a las chicas.

–Lindas –digo.

–He visto más lindas –replica. Me sonrojo.

Intenta enseñarme cómo hacer la baraja estilo Sybil, pero es demasiado difícil así que solo observo las cartas bailar entre sí antes de regresar al mazo.

–Noche divertida, ¿no? –pregunta.

–Muy divertida.

Siento escalofríos en mis brazos y piernas. Lo siento al lado mío, tan cerca. Demasiado. Miro por la ventana. Desde aquí, veo la cafetería, a los comensales. El área para bicicletas. Mi bicicleta. Veo a un camionero y a una mujer cruzar el estacionamiento abrazados. Él hunde su cabeza en el cuello de ella y la mujer inclina la cabeza en mi dirección y juro que nuestros ojos se encuentran por medio segundo. Me pregunto qué ve cuando me mira.

Me pregunto qué ve Leon cuando me mira.

Cómo me eligió.

La mujer y el hombre se suben en un camión articulado.

—¿Qué piensas de buena comida y compañía? —pregunta Leon. Es tan inesperado que no sé cómo responder. Sonríe—. ¿Suena tan mal?

—¿Por qué?

Lanza el mazo de cartas en el asiento delantero.

—Iré a una fiesta y estoy seguro de que me divertiré más si tú estás allí. Es en lo de mi hermana, este viernes. Vive en Ibis, ¿qué te parece?

—Tengo que trabajar el viernes, lo sabes.

—Podrías pedirle a Holly que te cubra o a alguna de las otras chicas.

—Tengo que, eh... —olvido lo que tengo que hacer. Me está invitando a una cita y siento miles de cosas a la vez y no todas son malas. Clavo la mirada en mis uñas. Pero... lo único que logro decir es—: No lo sé.

—Pero ¿eso no es un no?

—Tengo que ver si... Tengo que ver.

Porque hay cosas que necesito saber, pero no sé cómo preguntárselas, no sabría cómo ponerlas en palabras. No creo que se pueda. Estudio el perfil de Leon, mi mirada viaja desde el puente de su nariz hasta el suave delineado de sus labios y las líneas filosas de su mandíbula. Me pregunto cómo sería acariciarla con el dorso de mi mano, estar lo suficientemente cerca como para hacerlo. *Estoy* tan cerca como para hacerlo. Lo odio un poquito por la sensación entre mis piernas.

—¿Tengo algo en el rostro? —pregunta.

—No —respondo y luego añado—. Leon, ¿cómo te describirías?

—Soy increíble.

—En serio.

—Auch —se toma el pecho—. ¿Qué quieres que diga?

—Si te lo digo no será verdadero.

—En mi opinión, creo que soy genial.

Su opinión no vale nada. Vuelvo a mirar por la ventana y quiero saber qué está sucediendo dentro del camión. La chica lucía como si supiera lo que estaba haciendo, como si fuera sencillo.

No lucía asustada.

—Mira, cuando entremos buscaré mi teléfono. Podemos intercambiar números. Solo dime en algún momento de mañana si quieres venir y te iré a buscar. No pasa nada si no puedes.

Se estira y estruja mi mano, me sorprende con su dulzura. Pero solo porque algo comience con dulzura no significa que no se transformará en algo que ya no puedes llamar dulce. Y si todo comienza así, ¿cómo puedes saber lo que sucederá?

Cuando corro no tengo que pensar en nada. No tengo que pensar en Leon, ni en mi ropa interior, o en mamá, Todd, Penny, Alek o Brock. Pero luego este último aparece a mi lado e iguala mi ritmo. Echo un vistazo rápido hacia atrás. Todos los demás están dispersos a la distancia. Quiero ser ellos, no tienen que preocuparse por esto. Pueden correr sin ser perseguidos porque eso es lo que está sucediendo aquí.

Brock me está hablando con su cuerpo. Me habla con la manera en que mantiene su cuerpo cerca del mío, con la manera que respira, tan marcada y ruidosa que apenas puedo escuchar mi corazón. Sus brazos se agitan en el aire. Me está diciendo que el espacio entre nosotros no es nada, es algo que me permite tener, por ahora.

Apenas puedo mantenerme delante de él. Soy rápida, pero sus piernas son más largas.

–¿Estoy demasiado cerca, Romy? –pregunta agitado–. ¿Llorarás y dirás que te violé?

El aire quema mi garganta y mis pulmones ruegan por un descanso, pero no puedo desacelerar. Necesito que mi cuerpo le diga al suyo que siempre podré alejarme, que debería abandonar ahora y buscar a alguien más débil.

La espalda de mi camiseta está empapada de sudor, se acumula debajo de mis senos. Pierdo un poco de velocidad, tan pronto estoy hombro a hombro con él, mueve su pie y encierra mi tobillo con el suyo y una explosión de palabras desborda mi cabeza.

Tropiezo-rodillas-dientes-labios-caigo sobre el suelo, eso es lo que hago. La pista se entierra en mis rodillas. Mi rostro se estampa contra el polvillo y hace que mis dientes se hundan en mis labios. Saboreo mi propia sal y metal. Me quedo sin aire. Dejo que el dolor apague los colores, sonidos y todo lo demás con excepción del mismo dolor hasta que manos ásperas me voltean y el rostro de la entrenadora Prewitt está a centímetros del mío. El aire regresa a mis pulmones mientras me da su discurso. Siempre es el mismo.

–¿Comiste, Grey? ¿Comiste algo hoy? ¿Te hidrataste?

–No es eso –logro decir.

–Entonces, ¿qué sucedió aquí?

Limpio mi boca con mi brazo y dejo una fina línea roja sobre mi piel. Todo lo que digo después lo articulo en estallidos lentos y agitados mientras intento recuperar el aliento a pesar de todo el dolor.

–Él… me… empujó –pauso para toser–. Lo hizo… a propósito.

–¿Eso es verdad, Garrett? –Prewitt gira hacia él.

–Por supuesto que no –pero no lo dice con convicción, está agitado como yo.

–Me estaba *persiguiendo*.

–Estamos *corriendo*, Grey. ¿Todos los que estaban detrás de ti también te estaban persiguiendo? –algunas personas se ríen. Sacude la cabeza, con una sonrisita de satisfacción–. Sus piernas se desmoronaron debajo de ella. Pobrecilla.

–Si no hubieras estado corriendo tan condenadamente cerca…

–Suficiente –me interrumpe Prewitt. Lucho por ponerme de pie, pero apoya una mano sobre mi hombro con firmeza para mantenerme quieta y poder evaluar el daño–. Te mordiste el labio. Las rodillas se llevaron lo peor, pero vivirás –toma mis manos y las voltea. De alguna manera, milagrosamente, mis palmas están intactas–. Ve a la enfermería y aséate.

Me ayuda a ponerme de pie. Sangre gotea por mis nuevas heridas. Doy unos pasos con cuidado, mis piernas están rígidas y mi tobillo protesta. Prewitt lo nota.

–Está fingiendo –murmura Tina.

–Sí, eso es *sangre falsa*, estúpida…

–Dije *suficiente* –repite Prewitt con un filo en su voz–. Young, acompáñala a la enfermería

Penny da un paso hacia adelante y yo retrocedo.

–No necesito eso –digo–. Ni a ella.

–Estás lastimada. Ella te ayudará.

–No –pero "no" es una palabra muerta–. Puedo ir sola.

–Aquí no hacemos las cosas así –Prewitt me escudriña con la mirada y esas líneas alrededor de sus ojos se arrugan–. Y lo sabes.

Tengo otro "no" en la punta de la lengua, pero Prewitt me está desafiando a que lo diga y estoy cansada, así que me alejo de la multitud rengueando. Penny tiene que trotar para alcanzarme y, después de eso, estamos a la misma altura. Hasta es posible que esté caminando más lento por mí, lo que me enoja más de lo que puedo decir, pero si pudiera hablar, le diría que la odio. *Te odio.* Quiero que mi silencio le transmita eso de alguna manera porque debería tenerlo presente siempre.

Llegamos al edificio y subimos las escaleras. El movimiento estira mi piel herida y por Dios, duele. Observo cómo mi sangre deja gotas en el suelo cuando llegamos la bifurcación en el pasillo. Penny dobla hacia la izquierda y yo hacia la derecha.

—Se supone que debes ir a la enfermería —dice, pero sigo poniendo distancia entre nosotras—. Deberías limpiar esas heridas —un segundo de silencio—. ¿Brock te empujó?

Me volteo y camino hacia atrás para que pueda verme en mi desastrosa gloria.

—¿Qué crees, Penny?

Cojeo hacia las duchas y me enjuago, veo como el agua se torna rosa antes de desaparecer por la alcantarilla. Puedo ver mejor mi piel rasgada. Luce lo suficientemente mal como para que decida ir a la enfermería. Termino de bañarme y me visto, subo mis pantalones cortos con cuidado sobre mis rodillas, intento no mancharlos con sangre.

Estoy pasando mi camiseta sobre mi cabeza cuando el leve gorgojeo de una chica llega a mis oídos. La puerta se abre un segundo después. Tina lidera la manada. Cuando me ve, me mira con una expresión que todas están felices de no estar recibiendo.

—¿Brock te *empujó*? —las otras chicas se empiezan a desvestir en silencio porque todos siempre se quedan callados cuando están a punto de presenciar algo que valdrá la pena repetir después—. Por Dios, ¿sobre qué chico no mientes?

Lo estúpido es que Tina solía caerme bien. Codiciaba su actitud de *a quién diablos le importa* más que a sus senos, a pesar de que también quería esos. La admiré por mucho tiempo porque parecía estar sobre todo. No lo está, estaba esperando su momento para estar en el centro de atención. Tomó mi lugar tan bien como pudo. No es la mejor amiga de Penny ni por asomo, pero es la chica a la que Penny llama cuando necesita una chica. A veces, creo que Alek la eligió para ella después del desastre que resulté ser. El padre de Tina es el dueño del Golf Club de Grebe y rayos, ¿acaso ese no es el lugar preferido del sheriff Turner para pasar su tiempo libre?

—En serio, ¿por qué ella sigue aquí? —Tina gira hacia Penny—. Es una mentirosa, ¿no es así? Miente y Kellan… —mi cuerpo es una alarma que se encendió. Mi cuerpo no es mi cuerpo. Mi piel se tensa lo suficiente como para sofocarme, me mantiene en este momento en el que quedo congelada y ella sigue— tiene que irse. ¿Cómo eso es justo? "Lo deseo" —hace una especie de gimnasia con su voz para sonar como una chica enamoradiza y quiero ser la violencia en su vida—. "Sueño con él".

Porque las chicas adolescentes no le rezan a Dios, rezan entre ellas. Ubican sus manos sobre un teclado y dejan salir todo, el corazón de una chica (estúpida) se inserta en el de otra chica. *Penny, lo deseo. Sueño con él*. Necesitaba que alguien escuchara mis plegarias y Penny se aseguró de ello cuando reenvió mi maldito correo electrónico a todos en el colegio.

—Tina —la llama Penny. La manera en que lo hace silencia a la habitación. Su voz tiene un tono represión, como si estuviera defendiéndome solo con esa entonación.

Pero eso no puede ser correcto.

—¿Qué? —Tina también debe notarlo por el filo que inyecta en su propia voz.

—Deja de hablar de una vez y ayúdame a desenredarme este collar de mi cabello.

Sé lo que quería cuando me desmorono: que Penny me defendiera. Y luego me avergüenza la parte de mí que todavía quiere eso.

—Se supone que debes quitártelo *antes* de correr…

—Sí, bueno, me olvidé. Ayúdame.

Empujo la puerta del vestuario con piernas cansadas. Vuelven a sangrar. Hay un nombre en mi cabeza y no lo quiero allí. Es increíble lo que cierta combinación de letras puede hacer, cómo puede encordarse en tu corazón y estrujarlo.

El enfermero DeWitt les echa un vistazo a mis rodillas y me dice lo que les dice a todos: ahora tengo edad suficiente para cuidar de mí. Así que eso es lo que hago. Me siento en una esquina de la habitación y estudio mis heridas, mis uñas quedan todavía más rojas que antes. Finalmente, estampo un apósito en cada parte de mí que lo necesita.

Cuando termino, enciendo mi teléfono. Tengo un mensaje de Leon, me pregunta si ya sé si puedo ir a lo de su hermana. Debato responderle solo para decirle que parte de mí está cubierta de sangre, porque quizá eso lo hará olvidar que le gusto. Pero no lo hago, en cambio, le envío:

No quiero molestar

Lo que se siente extrañamente formal, pero no puedo pensar en otra manera de decirlo. Solo tarda un minuto en responder:

Puedo llamarte ahora?

Seguro

¿Por qué dije eso? Froto mi pulgar con suavidad sobre el lateral de mi teléfono hasta que suena. Le echo un vistazo a DeWitt, no le importa. No estoy rompiendo ninguna regla, pero desearía estar haciéndolo para que pueda detener esto. Llevo el teléfono a mi oreja.

–Hola.

–Le estuve contando a mi hermana, Caro, sobre esta chica que me gusta de Swan's y que creo que tal vez también le gusto –me retuerzo, encorvando mis hombros. Si DeWitt mira, no quiero que vea lo que la voz de Leon causa en mí–. De todos modos, no me cree.

–¿Es tan difícil de creer? –sueno más estable de lo que me siento.

–Sí. Así que incluso si no vienes… también te gusto, ¿no? –hace una pausa–. Porque entonces por lo menos puedo seguir con eso en mi cabeza.

—Tal vez —respondo y casi puedo escuchar su sonrisa.

—En caso de que decidas venir, ten en cuenta que ya le pregunté a ella antes de invitarte y no le molesta. No estarías molestando. Serías bienvenida. Es una fiesta. Nos divertiríamos.

Cierro los ojos y veo una casa tranquila esperando al final de un gran camino y luces doradas suaves brillando a través de cada ventana, un murmullo de música detrás de los vidrios. Una camioneta *pick-up* aparcada en la entrada de autos y es tan claro y horrible en mi cabeza que me olvido de con quién estoy hablando y me pregunto con quién cree Leon que está hablando.

—¿Qué me dices? —pregunta.

Abro los ojos. Necesito que Leon me diga quién es con un lenguaje diferente porque, en realidad, solo hay una manera de averiguar si él es seguro. Y no es hablando.

Encuentro el sujetador rosa y negro sobre mi cama como si ese fuera su lugar, como si fuera parte natural del paisaje. Lo tomo. Mamá. Cree que está haciendo algo lindo por mí.

Hundo mis dedos en el relleno. Tan suave como bonito. Arranco la etiqueta y lo desabrocho. Está bien probármelo aquí, sola. Me quito mi camiseta y el sujetador que tengo puesto y los lanzo al suelo. Le doy la espalda al espejo de mi *bureau* y comienzo a deslizar mis brazos por los tirantes, pero necesitan algunos ajustes. Lucho con ellos por un minuto; casi arruino mi manicura al intentar deslizar la pequeña pieza de plástico. Ajusto las tazas, siento lo poco de pechos que acomodé en el sujetador y lo abrocho. Es un poco ajustado.

Enfrento al espejo.

Mi corazón se acelera de manera extraña, como si estuviera haciendo algo que no debería, pero tengo permitido hacer esto. Giro hacia un costado y me gusta mi perfil todavía más, la manera en que el sujetador me sostiene. Estoy muy acostumbrada a ser plana, pero el sujetador realza y une mis senos, fuerza una especie de curva entre ellos que se asemeja a un escote. Luce… bien.

Pero no puedo usarlo.

Si algo sucede… no quiero tenerlo puesto.

Guardo el sujetador rosa y tomo el que estaba en el suelo. Me pongo una falda y luego la cambio por pantalones de camuflaje. Añado una camiseta de manga larga y comienzo a sudar. Cambio las mangas largas por una camiseta con hombros descubiertos y los pantalones por unos shorts. Me pinté las uñas más temprano así que lo único pendiente es retocar mi lápiz labial y luego estoy lista.

Me siento en los escalones y respiro el aire pesado mientras todo lo que sucederá me revuelve el estómago vacío. Mamá está trabajando —limpia un edificio de oficinas día por medio— y Todd está en la ferretería comprando contenedores para almacenar los restos de la mudanza. Ambos creen que estaré en Swan's porque no les dije lo contrario. Yo en una cita con un chico. No quise ver cómo luciría eso en sus rostros porque cualquiera fuera su reacción, vendría de un lugar del que no quiero saber nada.

Escucho el suave rugido del Pontiac de Leon antes de verlo. Dobla por la esquina, avanza por la calle lentamente y se detiene en la acera. Apaga el motor y se baja. Tiene jeans azules y una camiseta con cuello en V que abraza su cuerpo en todos los lugares correctos. Hunde sus manos en sus bolsillos, lo que está bien por mí porque sus manos siempre me distraen; todas las cosas que podrían hacer.

—¿Tus padres están cerca? —pregunta mientras mira la casa.

—¿Quieres conocerlos? —me pongo de pie.

—Pensé que intentaría causar una buena impresión.

—No están aquí.

—Qué lástima —me mira de pies a cabeza y frunce el ceño; me recuerda cuán lastimadas están mis piernas porque las estoy dejando curar al aire libre, son puras costras—. ¿Qué sucedió?

—Me caí en la pista durante Educación Física. Nada importante.

—Luce doloroso. ¿Eres buena?

—Cuando no aterrizo sobre mi rostro.

—Muy bien —dice y sonríe—. ¿Estás lista para ir?

No. Asiento y lo sigo hacia el auto. El aire acondicionado está encendido, pero la radio está apagada. Me hundo en mi lugar mientras salimos de Grebe, no quiero que nadie me vea con Leon. No quiero que sea una pregunta en los labios de alguien más.

—Entonces, ¿en dónde están tus padres? —pregunta.

—Mi mamá tiene un trabajo de limpieza y Todd, su novio, salió.

—¿Novio? ¿Tus papás se divorciaron?

—Supongo.

—¿Supones?

—Mi papá se marchó. No creo que haya firmado nada.

—Ah. Lo lamento.

—No lo lamentes, yo no lo hago.

El ambiente es extraño por un minuto y luego Leon comienza a contarme que sus padres viven en Godwit. Tuvieron a Leon cuando eran bastante grandes. Su madre es profesora en la universidad, su padre es dentista. Me cuenta que vive en la calle Heron Street en un apartamento en un sótano que le alquila a una anciana que cuida a sus nietas todos los domingos. Les cocina galletitas y siempre separa una docena para él. No tiene el corazón para decirle que no tiene una gran afición por lo dulce.

Me cuenta que su hermana, Caroline, es doce años mayor que él y es dentista como su padre. Ella y su esposo, Adam, farmacéutico, están esperando a su primer hijo. Quieren que Leon se mude con ellos. No pagaría alquiler, lo único que tendría que hacer es cuidar al bebé y a la casa cuando ella vuelva a trabajar. Sería una oportunidad para que él ahorre para lo que sea que quiera hacer en vez de darle su dinero a otra persona. Me pregunto qué pensaría su familia de la mía. Mi madre tiene un matrimonio fallido en su pasado y un novio demasiado dañado para trabajar. Y yo. ¿Qué soy yo? Dentistas, farmacéuticos y profesores… Me entretengo con un hilo de mis pantalones y miro fijamente mis rodillas, me pregunto por qué no las cubrí.

–¿Lo harás? –pregunto.

–No estoy seguro. No soy un gran fanático de los bebés. No puedo pensar en algo menos emocionante que cuidar a uno todo el día y luego ir a Swan's durante la noche. Podría afectar mi increíble vida social –hace que me ría un poco y él sonríe–. Pero sí sería lindo ahorrar un poco.

El camino hacia el lago Wake vuela al lado de Leon. Poco después, pasamos el cartel de USTED ESTÁ ABANDONANDO GREBE, me siento erguida y observo las casas al costado de la carretera que luego se transforman en tierra de cultivo.

–¿Para qué estás ahorrando?

–No lo sé –encoje los hombros–. Solo sé que todo cuesta algo.

No puedo negar eso.

Doblamos por una calle angosta privada en donde las casas están bien separadas entre sí, todas dicen "dinero" de una manera que pretende modestia, pero si lo cuentas, podrías enviar a un niño o dos a la universidad. Ninguna de las flores de los canteros se está muriendo y el césped es verde, pero el clima no ha cambiado –hace tanto calor como siempre– entonces eso lo dice todo.

Leon nos lleva hasta la última casa al final de la calle, ubicada entre bosques que están esperando ser talados para la construcción de más casas. Escucho música, un ritmo estable al que se acopla mi corazón. Leon desacelera y encuentra un lugar para aparcar entre dos autos *mucho* más elegantes. Mis palmas están sudando. Las froto sobre mis muslos.

–No tienes que estar nerviosa –dice Leon.

–No lo estoy.

Sonríe y se baja del auto. Inhalo profundamente y lo imito. Me encuentra en mi puerta, envuelve mis dedos con los suyos. Me guía por la entrada de los autos bordeando la casa antes de que pueda siquiera pensar en sus dedos entrelazados con los míos.

No puedo recordar haber sido invitada a algo tan bonito, quizá con excepción de los picnics y fiestas de Grebe Autopartes solo para empleados y sus familias. Hay una mesa con comida elegante para elegir y lindas mesitas a su alrededor. Estoy demasiado consciente de mi corta edad en este pequeño grupo que parece mucho más socialmente adepto que yo.

Leon me guía a una glorieta con una decoración hermosa en el fondo del jardín donde una mujer alta y cansada de su embarazo es el centro de atención. Caroline. "Caro es su apodo", me dice Leon. Tiene un vestido borgoña y un lápiz labial del mismo color que complementa perfectamente su tez oscura. Su cabello castaño está cortado cerca de su cabeza y sus manos descansan sobre su estómago casi inconscientemente de manera protectora. Está sonriendo, pero puedo darme cuenta por como balancea su peso que desea sentarse. Veo a las chicas en Swan's hacer eso todo el tiempo cuando les duelen los pies. Lo he hecho yo misma. Cuando ve a Leon, sus ojos se iluminan y eso hace que mi corazón se detenga. No puedo recordar la última vez que una chica se iluminó al verme. O tal vez puedo, es solo que no sabía que lo extrañaba hasta ahora.

—Hola —saluda Caro.

—Hola —responde Leon y la envuelve en sus brazos, o al menos lo intenta—. Por Dios, Caro. Apenas puedo abrazarte.

—Realmente sabes cómo hacer que una chica se sienta bien consigo misma —replica. Cuando se separan, ella gira hacia mí y desaparezco durante ese segundo en el que me estudia, me preocupa que vea más de lo que quiero. Pero sonríe, así que debo estar bien—. Romy, Leon me ha hablado de ti.

Mi nombre suena tan… bienvenido de su boca, hace que tenga el siguiente pensamiento en mi cabeza: *Quiero que seas mi amiga* y luego, *eso es patético.*

—Tienes un hermoso hogar —digo.

—Gracias —cruza la glorieta y toma dos cervezas de una pequeña mesa con bebidas detrás de ella, una para Leon y una para mí. Me hace sentir tan adulta como todos aquí, lo que hace que me caiga todavía mejor. Hay una pequeña mirada de anhelo mientras me observa abrir mi botella—. Disfruten por mí porque yo no puedo —luego señala con la cabeza a mis piernas. Dios, es como su hermano. No se le pasa nada por alto—. ¿Qué sucedió?

—Me tropecé.

—Mientras corría en la pista en la escuela. Es corredora —explica Leon—. Y rápida, aparentemente.

—Eso es increíble —apunta a su panza—. Ni siquiera recuerdo cómo caminar, mucho menos correr. Ahora solo me muevo como un pato.

Tomo un sorbo de cerveza.

—Felicitaciones por… —señalo con la cabeza a su estómago porque se siente raro felicitar a alguien solo porque va a tener un niño. La gente lo ha hecho desde que existe la gente—. Felicitaciones.

—Gracias. Ey, ¿cuidas niños? Porque Leon no lo hace —el chico pone los ojos en blanco.

—No me molestes con eso esta noche.

—¿Niño o niña? —pregunto.

—Parásito —sonríe por la expresión en mi rostro—. ¡Es la verdad! Me está drenando. Nunca he estado más cansada o mareada en mi vida. He odiado cada minuto de este embarazo.

—Ahora solo te quejas, pero amarás a ese niño cuando nazca y estés embriagada con las hormonas —asegura Leon.

—Absolutamente, y seguiré odiando estar embarazada —le pregunta a Leon cómo van las cosas en la cafetería y mi atención se deja llevar; me distrae todo, estoy abrumada: la gente me mira y luego desvía la mirada. Sus ojos sobrevuelan sobre mí y luego pasan a algo más. Hay una aceptación indiscutida de mi presencia aquí, siendo parte de esto. Es una cálida sensación y la extraño tanto, pero me cierro antes de llenarme. En casa no recibiré eso. Es mejor seguir anhelando.

–Entonces, ¿ustedes dos están juntos? –pregunta Caro y no sé quién luce más avergonzado, Leon o yo, pero eso es solo porque no puedo ver mi rostro. Termino mi cerveza en tres tragos–. Pero están *aquí* juntos.

–Pensé en mostrarle a Romy una de mis típicas noches de viernes.

–Entonces, ¿por qué no estás en tu apartamento pidiendo comida por teléfono y jugando videojuegos?

Envuelve mi hombro con su brazo. Siento la pregunta después de que lo hace: *¿Está bien?* No sé cómo acomodarme contra él de una manera que se sienta bien.

–Eso es para una segunda cita, Caro. Todos saben eso.

–¿Tan confiado estás? –pregunta y es algo con lo que yo debería estar bromeando, pero todavía estoy intentando encajar. Y luego me doy cuenta de que están esperando que diga algo. El silencio es tan extraño. Cualquiera pensaría que nunca pasé tiempo con gente antes o que no sé cómo hablar. Un millón de pensamientos se disparan en mi cerebro porque quiero que lo que diga sea perfecto. Quiero que sea tan espontáneo como ellos.

–Debe estarlo –ofrezco finalmente.

Leon sonríe. Me acerca a él y tengo un escalofrío; siento que él lo siente, pero no puedo notar si le gusta.

–¡Ey, Leon! ¡Leon! –y así de rápido Leon quita su brazo justo cuando estaba comenzando a comprender su peso. Se endereza, sus ojos buscan a quien sea que esté llamando su nombre. Resulta ser un hombre tan alto como Leon, pero no tan delgado, con tez oscura y cabello castaño rizado. Su corbata es del mismo color que el labial de Caro–. Esa chatarra que manejas...

–Insulta mi auto, Adam, y será lo último que hagas –Leon gira hacia mí–. Mi cuñado. Es un...

–Pórtate bien –le advierte Caro.

–Sabe lo que siento por mi auto.

–Los focos delanteros lucen geniales –dice Adam y, aunque no es posible que pueda escuchar lo que Caro y Leon están diciendo desde su lugar, la alegría en su rostro dice que lo sabe–. ¿Por eso los dejaste encendidos?

Leon lo mira con el cejo fruncido brevemente.

–Es un auto lastimoso, Leon –le dice Caro.

–*Et tu, Brute?* –me sonríe avergonzado y me da su cerveza–. Volveré pronto.

–Estaré justo aquí.

Se marcha y me deja con su hermana. Algunas personas deambulan por el jardín, toman bebidas y le transmiten buenos deseos a Caro en su camino.

–En caso de que te lo estés preguntando, Adam y Leon se llevan bien –dice después de un minuto–. A veces mejor que Leon y yo.

–¿Cómo lo conociste?

–Por una carie –dice y sonrío con mi boca cerrada, repentinamente avergonzada de mis dientes que están más torcidos de lo que deberían–. Suya. *Mis* dientes son fantásticos. De todos modos, éramos amigos y luego él se enamoró de mí. Un tiempo después, yo también de él.

–Eso es dulce.

–Estoy de acuerdo –toma la botella vacía de mi mano y me quedo sosteniendo la de Leon–. Entonces, trabajas en Swan's. ¿Te gusta?

–Está bien.

–¿Estás ahorrando para la universidad…?

–No. Eso no… –probablemente sea un poco demasiado decirle a alguien que acabas de conocer que la universidad no es ni un destino ni un sueño–. No creo que la universidad sea lo mío.

–Leon también se sentía así. Solía volverme loca, pero ha abierto mi mente al respecto –dice–. Y él es feliz.

–Eso es todo lo que importa, ¿no?

Alza su mentón y me estudia. Sus ojos siguen siendo cálidos, pero creo que está buscando algo que no está allí. Algo más. Bebo otro largo trago de cerveza y luego recuerdo que no es mía. Leon ya debería haber regresado. Me entretengo con la etiqueta de la botella e intento pensar algo que decir.

–Nunca dijiste si tendrás un niño o una niña.

–No lo sabremos hasta que nazca.

Espero que no sea una niña.

El pensamiento me sorprende, llega tan rápido que debe ser honesto. Entonces vuelvo a pensar, despacio y con cuidado para asegurarme.

Espero que no sea una niña.

Es todavía más poderoso la segunda vez.

Una mujer se acerca en ese momento.

–¡Caro, estás resplandeciente!

Me hago a un costado, me desconecto mientras espero a Leon. Está tardando demasiado para apagar sus focos delanteros y cuánto más tarda, más extraña me siento. Mareada. Familiar… Veo la botella casi vacía en mis manos y… oh.

Oh… no.

No quería hacer eso.

Siento una calidez en todo mi cuerpo. No bebo… no he bebido en… un tiempo. No que antes tuviera una gran tolerancia, pero ahora debe ser inexistente.

Porque lo siento.

Trago y escaneo el jardín en búsqueda de Leon porque ahora es la última persona que quiero ver. No puedo estar así cerca de él. Mi estómago se retuerce en desacuerdo con él mismo. Regreso a la baranda de la glorieta, me aferro con tanta fuerza que mis nudillos se tornan blancos. No puedo descomponerme aquí, delante de todos. Presiono mi mano con fuerza sobre mi boca.

—Ey, ¿estás bien? —Caro apoya su mano en mi espalda y luego la retira como si no supiera si lo tiene permitido. Sacudo mi cabeza—. ¿Qué sucede?

—Bebí muy rápido.

Tiene que inclinarse sobre mí y hace que repita lo que acabo de decir.

—¿Vomitarás? —está sorprendida.

Asiento y dice "está bien, sígueme" como si no fuera nada, como si hubiera hecho esto toda su vida: alejar a chicas de la fiesta para ir a un lugar más tranquilo. Camino lentamente detrás de ella, temo que en cualquier momento vomitaré en su casa elegante, donde todo luce tan perfecto y a tono. Subimos unas escaleras y atravesamos un pasillo con puertas. Abre una al final del corredor, me hace pasar y enciende la luz. Es demasiado brillante. Hago una mueca y rota un interruptor hasta atenuar la iluminación.

—Cuarto de invitados —señala a la punta de la habitación—. Baño.

—Lo lamento tanto —quiero dejar algo parecido a una buena impresión tanto como mi estómago quiere eliminar esta cerveza—. Estaba tan nerviosa…

—La primera vez que conocí la familia de Adam fue en año nuevo. Me pasé de copas —dice—. Lo entiendo. Tómate tu tiempo. Iré a buscar a Leon por ti, ¿está bien?

Caro apenas cierra la puerta detrás de ella antes de que me arrodille en el baño en frente del retrete. Tan pronto la oigo marcharse, mi estómago me da una última advertencia y la mayor parte de lo que bebí vuelve a resurgir. Hilos fibrosos de saliva cuelgan desde mis labios y mis ojos arden por la acidez. Cuando estoy segura de que no ya no hay más nada, tiro la cadena, limpio mi boca y gateo por el suelo. Descanso contra el mueble debajo del lavabo.

Idiota.

—Cállate —digo.

El sonido áspero de mi voz me estabiliza, me hace sentir que estoy en la habitación. Mi boca está seca y adolorida, cansada por vomitar, trago saliva y luego me pongo de pie. Salpico mi rostro con agua fría y busco dentro del botiquín espejado delante de mí. Encuentro una botella de tamaño de viaje de enjuague bucal, dentífrico y un vaso de vidrio lleno de cepillos de dientes empaquetados individualmente, lo que es simplemente…

Me lavo los dientes, enjuago mi boca y luego salgo del baño hacia la habitación vacía. Espero que Leon esté esperándome cuando salgo, pero no está allí. Camino hacia la ventana y espío la fiesta. Me gusta más a esta distancia, lejos de todos. Segura.

Después de un rato, la puerta se abre detrás de mí.

La silueta de un chico en el pasillo me divide entre la chica que sabe que tiene que ser él y la que susurra *tal vez no sea Leon*, pero no sé si importa. No sé qué haría a un chico más o menos peligroso que otro.

—¿Por qué tardaste tanto? —pregunto.

—Uno de los amigos de Caro estaba teniendo problemas para ubicarse. Me pidió intercambiar lugares de estacionamiento porque yo estaba más cerca de la casa y luego mi auto se ahogó a mitad de camino. Adam hizo una fiesta —entra en la habitación y cierra la puerta detrás de él. Vuelvo a mirar por la ventana—. ¿Cómo te sientes? Caro dijo que te sobrepasaste un poquito.

—Ella me cae muy bien —respondo.

Se acerca más y más y solo el sonido de él moviéndose es tan sencillo y seguro como la manera en que trabaja en la cocina de Swan's. Es como si no hubiera una parte de él que no sepa lo que está haciendo, de lo que es capaz. Se mueve detrás de mí.

—Estoy muy contento de que hayas venido —murmura y pienso que solo hay un motivo por el que alguien se acerca tanto y habla tan suave y dice algo dulce.

—¿Por qué te gusto, Leon?

¿Qué quieres de mí, Leon?

—¿Qué? —se ríe un poco.

—Me escuchaste.

—Es solo… tan pronto te vi, me gustaste.

—No te pregunté cuándo. Pregunté por qué.

Se queda callado por un largo rato, me pregunto cuán mala será su respuesta, aunque esta no parece una oportunidad para ser honesto; o tal vez su silencio me dice todo lo que necesito saber: no hay un porqué. Podría ser cualquier otra persona.

—El rojo —dice—. No sé. Algo de eso te hizo… —deja de hablar cuando quiero que termine. ¿Me hizo qué?—. Solo pensé: "Dios, preséntame a esa chica".

Lleva sus manos ligeramente hacia mis caderas como un pedido para que lo enfrente y, si lo hago, sé que me besará. Trago saliva, mi boca está seca como el desierto. Es ahora, ¿no? Este momento no se detendrá. Tiene que suceder. Giro en mi lugar y cuando lo veo, es hermoso y quiero que suceda y me asusta. Lo beso y él me besa y me pierdo tanto que tengo que abrir los ojos para recordar la boca de quién está sobre la mía.

La presión de sus labios es intensa, gentil. Me acerco a él y damos algunos pasos hacia atrás arrastrando los pies. Pongo mis manos en sus mejillas. Su piel es cálida sobre mis palmas. Inhala y me acerca todavía más, aunque ya no hay espacio entre nosotros y sus manos están hambrientas, siguen buscando como si lo que ya tiene de mí no fuera suficiente.

Llegamos a la cama. Se sienta, me acomodo entre sus piernas, me envuelve con sus brazos y caemos sobre el colchón. Estoy mareada por como guía mi cuerpo, como si no tuviera que pensar en ello en absoluto, él solo lo entiende. Y luego estoy debajo de él. Leon.

Lleva su boca cerca de mi cuello y luego lo acaricia con su lengua y toda mi piel cosquillea. Está excitado.

Contra mí.

Leon.

Este es Leon.

Encuentro sus labios con los míos. Sus dedos juegan con el borde de mi camiseta, jala de ella, sus manos intentan encontrar un camino debajo de ella y en ese momento me detengo. Su mano, mi camiseta. Cierro los ojos.

—Detente —susurro.

Él... se detiene.

Abro los ojos. Se quita de encima de mí lentamente, con cuidado y parpadea, asombrado como si se hubiera ausentado de su cuerpo o estuviera demasiado compenetrado en él. Pasa sus manos sobre rostro.

—¿Por qué te detuviste? —pregunto y me mira sorprendido.

—¿Quieres...? —su voz se quiebra. Exhala y vuele a intentarlo—. ¿Qué te parece si buscamos algo para que comas?

Se pone de pie y extiende su mano. La miro.

No cree que esté sobria.

No cree que esté sobria y me está alejando de la habitación con la cama.

Volvemos a salir hacia la mesa llena de comida. Coloca un plato de cartón en mi mano, me pregunta qué me gusta y me dice qué cree que debería probar. Caro está allí y mira a Leon y luego me mira a mí y sonríe como si supiera exactamente lo que estábamos haciendo.

Después, me lleva a casa. Siento que el mundo cambió solo un poquito. Cuando miro a la chica reflejada en el espejo de mi habitación, es como conocer a alguien nuevo.

Todd está parado en la puerta de la casa y frunce el ceño por la
capa de polvo que ha cubierto al New Yorker desde que fuimos al
Granero y que solo empeoró después de que lo condujera por las calles internas hasta la casa de Andrew Ryan para que revisara el motor.
Ryan es un mecánico que se retiró prematuramente y perdió su viejo
negocio familiar de setenta años a causa de Grebe Autopartes. "Es el
único mecánico confiable del pueblo" dice Todd, pero, en realidad,
podría ser un bandido; lo único que importa es que no es un Turner.
Ahora el motor está bien, pero el acabado negro del auto está cubierto
de mugre. Encaja mejor con sus alrededores, pero está volviendo loco
a Todd.

—No llueve —murmura—. El viento no sopla.

—Entonces tendrás que hacer algo al respecto —dice mamá.

—Lo sé. Estoy intentando decidir si lavarlo y pulirlo vale el dolor.

Todd termina la noche y comienza la mañana con pastillas para que su dolor nunca realmente lo alcance, pero sigue teniendo que elegir con cuidado lo que hace. Solo puede estar en el auto una hora detrás del volante. Cuando alguien más está conduciendo, tal vez una hora más, y eso es un esfuerzo. Todo lo que involucre levantar objetos pesados es tarea para otra persona. Todd sabe lo que la gente dice de él, que es perezoso, un bueno para nada. Pero hace lo que puede cuando puede, sin importar si ellos lo ven y que se pudran por no verlo. Le ofrezco mi ayuda para lavarlo.

La sonrisa que mamá me regala cuando lo digo llega hasta sus ojos. Estar juntos en esta casa, en donde el aire no está viciado de drama o tensión… ha querido algo así de sencillo por mucho tiempo y así es como luce su rostro por haberlo conseguido. Creo que estoy dispuesta a matar a la persona que intente arrebatárselo.

—Eso sería genial —dice Todd.

Sube las escaleras mientras mamá va al fregadero y llena una vieja cubeta con agua y jabón. Cuando vuelve a bajar, no tiene camiseta y tiene una vieja musculosa raída en sus manos. La pasa sobre su cabeza y mamá lo observa. Noto la manera en que sus ojos se detienen en su pecho, sus brazos. Se sonroja. Juro que puedo ver la manera en que su corazón se detiene.

No puedo recordar que mirara a mi papá de esa manera, pero debe haberlo hecho.

—Esto será el doble de rápido contigo —dice Todd. Busca sus zapatos en el recibidor y reaparece con ellos un minuto después. Nunca usa calzado con cordones. Es demasiado difícil inclinarse y atarlos—. Lo aprecio. Estoy seguro de que tienes mejores cosas que hacer un domingo por la tarde.

—En realidad, no.

Mamá le entrega unos paños y la cubeta.

–Los espera un almuerzo tardío.

Sigo a Todd hacia el New Yorker; es un desastre. Me hace bordear la casa para buscar la manguera y comenzamos. Le damos una enjuagada, probablemente podríamos detenernos allí si lo quisiéramos –luce bastante bien para cualquiera que pase–, pero Todd quiere probar que puede hacerlo brillar, así que seguimos hasta sudar.

–Este viernes es la fiesta Despierta, ¿no? –pregunta después de un rato y ahora sé que la fiesta es este viernes–. Andrew estaba hablando de ello. Supuse que sería pronto.

–¿Fuiste alguna vez? –pregunto–. ¿Cuando fue tu turno?

–Lo hice –lanza un poco de agua enjabonada sobre el parabrisas–. ¿Irás?

–En realidad, no es mi ambiente.

–El mío tampoco. Estaba sobrepasado de calmantes antes de llegar. Lo único que recuerdo es observar a tu mamá y a tu papá besarse en la fogata.

–Eso es triste, Todd.

–Sep. Pero en ese momento yo no era bueno para nadie –se limpia la frente con su antebrazo–. Paul… fue mejor que fuera él, en ese entonces.

–Es mejor que seas tú ahora –digo.

–Gracias, niña –Todd esboza una sonrisa torcida.

Frota su paño sobre la ventana del conductor y yo hundo el mío en la cubeta con agua tibia. Lo estoy pasando por el capó cuando mi teléfono vibra en mi bolsillo. Suelto el paño y limpio mis manos en mis shorts antes de revisar quién es.

Es un mensaje de Leon.

Hola

Y luego añade:

Solo quería decirte eso

Me muerdo el labio, mi teléfono está acurrucado en mi palma húmeda como si fuera un secreto. No puedo parar de pensar en la noche del viernes. Cuando llegué a casa, me acosté en mi cama y repetí cada palabra una y otra vez en mi cabeza.

Detente.

Lo hizo.

Es difícil explicar cómo… se sintió la falta de la sensación de él sobre mí.

Le hecho un vistazo a Todd, quien me mira tipear un mensaje.

Hola

—¿Ese…? –pausa–. ¿Ese es el chico que te llevó al trabajo la otra noche?

Mi rostro levanta temperatura y no tiene nada que ver con el clima. No sé cómo lo sabe y no sé si quiero saberlo.

—¿De qué estás hablando? –pregunto.

—Te vi marcharte con él cuando estaba llegando a casa, doblando la esquina –su voz es inocente. Mantiene su atención en el auto.

—¿Qué te hace pensar que es él?

—Tu rostro –encoje los hombros–. O tal vez estoy equivocado.

—Tal vez lo estás –digo, pero me pregunto si mi rostro me delatará como el de mamá, algo sobre lo que no tengo control… si me sonrojé. Si algún observador pudo ver mi corazón detenerse.

Despierto con sangre en mis sábanas.

Tenía once años cuando tuve mi primer período. Un leve dolor en mi abdomen me retuvo en el baño cinco minutos antes de salir para el colegio. Cinco minutos después, estaba mirando fijo a mi ropa interior, a esa débil línea roja. No estaba lista, pero no tenía elección. Recuerdo buscar sin éxito toallitas femeninas en el baño, cualquier cosa. Papá estaba trabajando y mamá estaba en el dentista por dos muelas de juicio. Me quedé en el baño hasta que una vecina la trajo a casa y estaba demasiado hinchada y aletargada como para explicarme, para decirme algo que significara algo.

Estaba en mi período la vez que tenía trece años y el asqueroso de Clark Jenkins me dio un tímido primer beso en la fiesta anual solo para empleados de Grebe Autopartes. Lo tuve el día que mi tía Jean murió y no quedó más nadie del lado de mi madre. Lo tuve el sábado que mi padre llegó a casa del bar más borracho de lo que podría haber pagado y lloró en la mesa de la cocina diciendo que ya nada era bueno, nada.

Cada vez que sucede, no puedo evitar pensar en qué se avecina.

Me visto y me siento en la mesa de la cocina, descanso mi cabeza sobre ella, tengo demasiadas náuseas como para comer. Mamá murmura algo sobre que debe ser miércoles porque ella cree que son peores que los lunes –tan cerca y tan lejos del fin de semana–, pero no es eso. En ese momento mi cuerpo decide recordarme que es capaz de hacer cosas que nunca desearé que haga, es tan doloroso.

En Educación Física, le digo a Prewitt que no me siento bien para correr. Me deja sentarme reaciamente porque nunca evito participar. No soy la única con sentido de autopreservación. Trey Marcus está recuperándose de un desgarro y Lana Smith le dice a Prewitt que se despertó demasiado tarde para desayunar, así que no correrá y nos evitará su colapso eventual. Recibe una reprimenda por su comentario.

El sol nos aplasta, tensiona mi piel sobre mi cuerpo. Entrelazo mis dedos, convierto mis manos en un puño gigante y empujo con fuerza sobre mi abdomen, aplico presión en mis calambres internos. Lana y Trey hablan en voz baja de la fiesta en el lago Wake. Faltan dos días.

Observo a todos correr alrededor de la pista. Son todos perros, no hay liebre. Finalmente, Prewitt sopla su silbato y señala las duchas. La mejor parte de no sudar es no tener que bañarse así que cuando regresamos, me separo de mi clase y encuentro un lugar para acomodarme entre la pared y una máquina expendedora averiada; como un animal enfermo que se arrastra hacia el bosque para morir.

Me quedo levemente dormida por lo que parece ser un segundo. Cuando me despierto bruscamente, con baba en mi mentón, sé que debe haber sido más tiempo. Limpio mi boca y reviso la hora en mi teléfono. Faltan cinco minutos para que suene la campana y hay demasiado silencio. Eso es lo primero que noto. Está demasiado silencioso. Debería haber mucho movimiento antes del tercer período, pasillos congestionados con estudiantes intentando no llegar demasiado tarde o temprano a su próxima clase. Pero no hay nadie.

Me pongo de pie y camino hasta que un frenesí de murmullos llega a mis oídos y me guía hasta el frente del colegio. Dos chicas caminan apresuradas y cuando me ven explotan en risitas que me dicen que saben. Saben lo que pasó.

Dos chicas riendo.

Una advertencia con forma de dolor leve.

Esto es lo que sucede después:

Jane. Es tan divertido lo que le hicieron. Es divertido que su uniforme de porrista esté apilado a sus pies y su cuerpo esté expuesto. Todos pueden ver los años de desgaste, salvo por una pequeña licencia de modestia...

Tiene mi sujetador.

Mi visión se oscurece. Retrocedo hasta que los bordes negros se atenúan y me permiten ver mejor esto que no quiero ver.

El rojo.

Pintaron sus uñas y sus labios de rojo.

Su boca es una perfecta "O" sorprendida.

Las manos de John están alzadas triunfalmente sobre su cabeza.

Mis bragas cuelgan de sus dedos.

Me escondo detrás de una fila cercana de casilleros y veo a la
entrenadora Prewitt dispersar a la multitud hasta que suena la campana. Su ira es intensificada por algunos rezagados que se quedan deam-
bulando con la esperanza de presenciar brevemente el espectáculo,
aunque nada de lo que vean será tan bueno como lo que escucharán.

Cuando el pasillo queda completamente vacío, Prewitt vuelve a
vestir a Jane con cuidado mientras sacude la cabeza y murmura para
ella misma "condenados chicos estúpidos". Toma mi ropa interior, la
contempla por un momento y luego, indignada, la tira dentro de un
cesto de basura cercano y se marcha. Espero hasta estar segura de que
se fue y luego voy hacia ella. Jane.

Extiendo mis manos hacia las suyas y exhalo. A esta corta distancia, noto la diferencia de tonos; son ligeramente distintos. Ese no
es mi rojo, es de alguna otra chica. El problema es que, desde cierta

distancia, es sencillo confundirlo con el mío. Tengo que asegurarme de que nadie más lo haga. Llevo mis dedos a la boca de Jane. Marcador permanente. Las uñas también.

Pero puedo deshacerme de él.

Comienzo a raspar la superficie de su piel hasta que empieza a descascararse. El círculo alrededor de los labios de Jane desaparece lentamente, pero la capa externa es extrañamente testaruda. Quiero hablarle, preguntarle cómo está, porque siento que ella es real y yo no. *¿Estás bien, Jane? No, nadie te vio. Pero si lo hicieron, no importa. Como sea. Al diablo con ellos.*

Después de trabajar duro, logro eliminar la "O" roja, salvo que lo empeoré de alguna manera; quedó una mancha blanca. Trabajo en su mano derecha, astillo el esmalte de sus uñas con cuidado para preservar las mías. Pequeñas partículas se hunden debajo de mi pulgar, refunfuño y hago muecas, pero sigo hasta que ya no quedan rastros del rojo y luego… terminé. Doy un paso atrás, la miro y sé quién no es.

Camino hasta el cesto de basura. Mi mano casi está en su interior cuando me doy cuenta de lo que estoy haciendo y en ese exacto momento siento ojos sobre mí.

Penny está al final del pasillo, inexpresiva. No puede haber una parte de ella que no esté disfrutando esto y me pregunto hace cuánto tiempo que está allí, si lo vio todo. Intento recordar, identificarla entre una multitud de rostros borrosos, pero no puedo. No importa. Ella sabía que sucedería. Dejó que sucediera.

No tengo permitido marcharme, pero no pueden esperar que me quede. Salgo de la escuela caminando, arañando mis brazos hasta que las marcas de mis dedos enojados arden en mi piel y desaparecen lentamente. Para cuando veo mi casa, recuerdo mi bicicleta, pero no regresaré para buscarla.

La puerta principal está cerrada con llave, aunque el New Yorker está en el garaje. Golpeo, solo para probar y nadie está en casa, pero tengo una llave porque ahora es mi casa.

También tengo la llave del auto. Solo para emergencias.

Esta podría ser una.

Me paro en el porche y el silencio pesa sobre mí y distintas partes de mí quieren cosas diferentes. Una parte quiere entrar y dormir. Otra quiere espacio, distancia, porque todo se siente demasiado cerca.

La parte de mí que quiere marcharse es más fuerte.

Y luego estoy en el auto de Todd y salgo de Grebe, avanzo por carreteras tan desiertas que ni siquiera importa en qué carril me mantenga. Había olvidado cuán bien se siente empujar un pedal, ir rápido, rápido, más rápido y frenar, observar las llantas levantar polvo por el espejo retrovisor. Aprendí a conducir cuando tenía catorce años. Mi mamá me llevó a un predio abandonado en las afueras del pueblo y me enseñó en caso de que hubiera una emergencia y mi papá estuviera demasiado borracho para sentarse detrás del volante, como si viviéramos en un mundo en dónde la ayuda nunca llegaría a nosotras.

No mucho después, descubrí que mi papá era la emergencia. Mamá anticipó lo que yo no pude. Finalmente consiguió un trabajo de limpieza estable y comenzó a trabajar de noche mientras papá se emborrachaba. Bebía todo lo que había en casa y seguía sediento, ¿qué haces cuando estás sediento? Buscas más líquido. No podía caminar erguido, pero *por supuesto* que podía conducir y *diablos, no*, no llamaría un taxi y no puedes llamar a la policía para reportar a tu papá porque… no puedes. Entonces le ruegas que espere a que se haga de noche y las calles estén vacías para poder llevarlo tú misma y nunca te descubren.

También se alegró cuando finalmente obtuve mi licencia porque ya no había que hacer una superproducción. Podía ir a buscarlo al bar o a las casas de los amigos que todavía lo recibían y no importaba quién me viera. Mi papá amaba las noches en las que mamá trabajaba. Podía colapsar sin culpa porque la única persona ante quien tenía que responder era yo y, según él, ningún padre tiene que responder ante sus hijos.

Doy vueltas alrededor de las afueras de Grebe una y otra vez, pretendo que, en realidad, estoy yendo a algún lugar, pero no logro llegar a convencerme de verdad.

No sé cuánto tiempo estoy así, solo conduciendo, antes de que las luces brillen detrás de mí. Ni siquiera entiendo qué significan hasta que suena el breve estallido agudo de una sirena.

Ay, Dios.

Me detengo en el costado de la carretera y el Ford Explorer detrás de mí hace lo mismo. Estrujo el volante mientras enumero mentalmente todas las cosas que están mal, por ejemplo, no tengo mi licencia de conducir. Ah, y este no es mi auto. ¿Estaba violando el límite de velocidad? Creo que sí. Mierda. *Mierda*. Apago el motor y bajo la ventanilla, escucho los pasos crujir en el suelo hasta que llegan a mi puerta.

—Romy Grey. ¿No deberías estar en la escuela en este momento? —la voz tiene la misma familiaridad terrible de las pesadillas recurrentes—. ¿Qué crees que estás haciendo?

—¿Por qué no me lo dice usted?

—Sal del auto, por favor.

Es bueno en eso.

Todos los chicos Turner lucen igual. Supongo que eso significa que todos lucen como su padre. Pero cuando veo a su padre, veo a los hijos. El sheriff Turner exhala impacientemente por la nariz porque tardo demasiado, pero no puedo hacerlo hasta que mis piernas se sienten suficientemente seguras para ponerme de pie.

—¿Este es tu auto? —pregunta.

Te odio.

El pensamiento llega con tanta espontaneidad que tengo suerte de que no salga de mi boca.

—¿Qué?

—Te pregunté si este —señala al New Yorker— es tu auto.

—Es de Todd —sabe que es de Todd.

—¿Sabe que lo estás conduciendo?

—Sí.

Turner escudriña hacia la casa a la distancia.

—¿Entonces reportó que lo robaron para divertirse? —me quedo helada. Ni siquiera puedo tragar saliva, estoy tan congelada. Turner señala con la cabeza a la casa—. Recibimos una llamada del señor Conway. Nos dijo que un auto sospechoso pasó a toda velocidad por esta carretera casi una docena de veces —Conway. Cielos. Probablemente está observando esto desde su ventana con binoculares para ver mejor—. ¿Estuviste bebiendo?

Sus palabras son como una bofetada.

—No, señor.

—Entonces, si te hiciera un examen de sobriedad, lo pasarías, ¿eso es lo que estás diciendo?

—Sí. Es lo que estoy diciendo.

—Pero ya me mentiste una vez... hoy —pasa una mano por su boca como si estuviera considerándolo, dejarme ir. Está intentando hacerme lucir como una tonta, piensa que puedo tener la esperanza de que me dejará ir sin ningún problema. No soy una tonta. Baja su mano y señala delante de él—. Ok, Romy. Necesito que te pares justo allí. Pies juntos, manos a los costados.

—¿Qué?

—Pies juntos, manos a los costados.

Mis ojos caen en la funda de su pistola, ese es mi nivel de odio. Estoy hirviendo. Presiono mis labios y, al principio, quiero resistirme, pero sé que no puedo ganar porque no fui puesta en la tierra para ganar. Dejo caer mis manos al costado de mi cuerpo, pies juntos.

Alza su mano, eleva su dedo índice, me dice que me concentre en la punta del dedo y luego guía mis ojos de un lado a otro, arriba y abajo y eso ni siquiera es todo. Me hace caminar en línea recta, talón, punta, talón punta, giro y camino de regreso. Me hace pararme en una pierna y contar. Cuando paso todas estas pruebas de manera sobresaliente, me dice que llamará a mi madre. No puedo morirme más mientras lo escucho decir que recuperó el auto y, oh, adivina quién lo estaba conduciendo. Su voz me está descomponiendo, convierte este espacio abierto en un ataúd. Comienzo a arañar mis brazos otra vez.

Cuelga y guarda el teléfono en su bolsillo.

–Hay tantas cosas de las que podría acusarte –me dice–. Estabas violando el límite de velocidad, conduciendo de manera errática. Ese no es tu auto y supongo que ni siquiera tienes tu licencia. Entonces ese examen de sobriedad sería la menor de tus preocupaciones. Pero ¿sabes qué? Te daré un respiro con la esperanza de que aprendas algo de esto. Ahora sube al auto de Todd. Te seguiré hasta casa.

Durante el regreso a Grebe, avanzo lo más lento posible, desperdicio su tiempo y demoro lo inevitable. Cuando al fin llegamos a casa, mamá y Todd están esperando en el porche. Ella está molesta, es claro por su rostro y la manera en que tiene los brazos cruzados con tensión sobre su estómago. Todd luce demasiado serio, no luce bien demasiado serio. Hace una mueca cuando ve el polvo en el auto y deseo poder volver el tiempo atrás. La puerta rechina cuando mamá la empuja. Nos encontramos a mitad de camino.

–¿Estás bien? –pregunta. Asiento. Extiende sus manos–. Dios. Las llaves. Ahora –se las doy, mis ojos están en cualquier lugar menos sobre ella–. ¿Estás bromeando? ¿En qué estabas *pensando*, Romy?

–AJ –Todd se aclara la garganta–, creo que podemos discutir esto adentro –mamá se sonroja cuando se da cuenta delante de quién me está avergonzando. Todd extiende su mano y estrecha la del sheriff–. Levi, apreciamos tu ayuda hoy.

–Es mi trabajo. Tengo que hacerlo por todos –gira hacia mí–. Y tú, ¿aprendiste algo hoy?

–Siempre –le digo.

Después de que me prohíben conducir el New Yorker hasta que todos nos olvidemos de la vez en que me lo llevé sin preguntar y el sheriff me trajo a casa, tengo que pedirle a mamá que me lleve a Swan's. Es un camino largo. No deja de apretar la mandíbula. No habla hasta que llegamos al cartel que indica que salimos del pueblo.

–¿Qué sucedió hoy? –pregunta.

–Nada.

–No te subes a un auto y te marchas por nada –hace una pausa–. Si sucedió algo y puedo hacer algo al respecto, deberías decírmelo.

–No sucedió nada.

Suspira y enciende la radio. Ganado pastorea en los campos lindantes a la carretera, somnoliento por el calor. Cuando tenía nueve, contrataron a mamá para limpiar un salón en el campo después de que lo alquilaron para una boda. Papá había estado bebiendo todo el día y mamá no quería que me quedara con él, así que fui con ella. Llené mis bolsillos con el confeti de diamantes que estaba por todos lados mientras ella barría, aspiraba y limpiaba las superficies.

Detrás del edificio había un campo y cuando el aroma floral de su limpiador me hizo estornudar, salí al aire libre. Había terneros. Esas pequeñas y dulces criaturas me observaron menos interesadas en mí que yo en ellas. Había uno andrajoso sentado en el medio del campo, su madre estaba cerca. No me di cuenta de que estaba enfermo hasta que intentó pararse y no pudo. Intentó hacerlo una y otra vez y... no pudo. Después de un rato, llegó un camión. Un hombre y un chico se bajaron, lo evaluaron mientras su madre descansaba no muy lejos. Estaba muerto, el ternero. Era demasiado pesado para cargarlo en la caja de la camioneta así que ataron una cuerda alrededor de su cuello, la otra punta en la parte trasera del vehículo y simplemente lo arrastraron. Su mamá lo observó hasta que desapareció y, cuando salió de su vista, gritó por él. Lo siguió llamando por un largo rato después de que se marchó. A veces siento algo así entre mi madre y yo. Soy la hija a la que sigue llamando mucho después de haberme marchado.

Su uniforme de porrista abraza las suaves curvas de su cuerpo. Sus brazos están alzados y sus pompones están asegurados con fuerza en sus manos. El megáfono descansa entre sus piernas. Todo ese espíritu escolar en una chica y, en un solo día, la echaron a perder. Ahora no inspira nada.

Me dirijo a mi clase cuando el hombro de Brock golpea el mío y me envía hacia atrás con intensidad. La punzada de dolor se expande con la promesa de un magullón. Gira en su lugar y tengo muchas variaciones de *vete al diablo* para escupir en su rostro, pero me las trago cuando veo que me sonríe con todos sus dientes. El echa un vistazo a Alek al lado de él. Alek extiende su mano para indicarle a Brock que se detenga y él cumple, guarda sus manos en los bolsillos; luce casi espontáneo, familiar.

—Ey, Brock —dice Alek en voz alta al mismo tiempo que pasa un grupo de estudiantes. Disminuyen la velocidad–. ¿Te enteraste de que mi papá detuvo a Grey ayer a la noche mientras conducía? Estaba borracha.

Otros pocos estudiantes que avanzan desde el otro extremo del pasillo se detienen. Brock eleva la voz.

–No, Alek. *No* sabía que tu papá detuvo a Grey ayer a la noche. ¿Dijiste que estaba borracha?

–Sí –Alek da un paso hacia mí–. Pies juntos, brazos a los costados. ¿No, Grey? ¿Eso es lo que te dijo que hicieras porque estabas tan ebria?

–No estaba…

–¿Conduciendo de manera errática? Eso dice Dan Conway, él fue quien delató tu triste trasero –los ojos de Alek brillan–. De tal palo, tal astilla, ¿no? Mientras tanto, *mi* papá tiene que desperdiciar su tiempo asegurándose de que llegues a casa y no mates a nadie.

Es increíble cuán mal puedes hacer sonar la verdad. Siempre y cuando la mantengas parcialmente reconocible cuando la escupes, una multitud se la tragará sin siquiera pensar en cuánto la masticaste primero. Están famélicos por la fiesta en el lago Wake, todos ellos, y soy el hueso que mantendrá sus bocas húmedas mientras esperan. Los dejo porque a veces no puedes hacer nada. Campana tras campana, clase a clase. Me miran, susurran esas palabras que salieron de la boca de Alek. *De tal palo, tal astilla.* En el almuerzo, paso por al lado de un tipo que me llama "Jane" e inmediatamente se disculpa encogiendo los hombros.

–Lo lamento –dice–. Todas las perras se parecen.

Para cuando suena la última campana, el barniz está resquebrajándose en tres de mis uñas.

Cuando comencé a pintarme las uñas, no sabía nada al respecto. El rojo desaparecía antes de que terminara el día, mis uñas se partían y, con el tiempo, se tornaban amarillas. Luego aprendí. Remover el barniz también es un proceso.

Es menos trabajoso que el de la manicura en sí. Abro la ventana de mi habitación y dispongo todo lo que necesito en mi escritorio antes de comenzar. Cepillo, quita esmalte, un recipiente y bolas de algodón, hisopos, fortalecedor de uñas y un cartón para proteger el acabado de mi escritorio.

Me limpio las manos en el baño y comienzo a fregar con el cepillo, lo muevo de un lado a otro hasta que mis uñas se sienten limpias. Luego, desarmo una bola de algodón y la formo pequeñas bolitas del tamaño de una uña. Vierto el quitaesmalte en el recipiente, sumerjo los algodones uno a uno y los apoyo sobre las uñas de mi mano izquierda. Dejo que el producto haga su trabajo por unos minutos, que absorba el color. Cuando pasa el tiempo, presiono el algodón y limpio el barniz. Tomo un hisopo lo embebo de quitaesmalte y limpio los bordes porque nunca remuevo todo la primera vez. Repito el proceso en mi mano derecha. Aplico el fortalecedor de uñas y espero a que se seque. Después de que pasó suficiente tiempo, despejo mi escritorio y busco todo lo que necesito para terminar el trabajo. Limpiador y deshidratador, base, esmalte y brillo.

Esta vez, también tomo una lima de cerámica para redondear las uñas.

Mi papá solía decir que el maquillaje era cosa de chicas superficiales, pero no lo es. Es una armadura.

Leon no está en Swan's esa noche. Tuvo que intercambiar turnos con alguien y el día anterior había demasiados clientes y teníamos dos meseras menos. Ni siquiera tuve mi descanso. Lo único que pudimos intercambiar fueron pedidos. Sin embargo, cada tanto me sonreía de una manera que no vi que repitiera con nadie más.

Pinto una fina capa de rojo sobre mi última uña y espero a que se seque antes de ocuparme del brillo; lo aplico y luego estoy lista.

Antes de la última campana, la directora Diaz nos dice por el altoparlante "cuídense, sean buenos, manténganse sobrios". El sueño imposible. Todos están zumbando por la emoción del lago en su futuro, pero si se tomaran un minuto para pensarlo, se darían cuenta de que pueden emborracharse y acostarse con gente en cualquier lugar. En todos lados. Pero supongo que no es lo mismo. No es tan épico.

Sin embargo, para mí es bueno. En algunas horas, habrá besos robados, peleas y después de este fin de semana, todos estarán hablando de alguien más; por lo menos por un tiempo. Me hace sentir una especie de liviandad; es agradable. Me aferro a esa sensación hasta que llego a Swan's y luego dejo que Leon ocupe ese lugar.

–¿Descanso más tarde?

Lo pregunta apenas entro y en el momento previo a que me ponga mi delantal, juro que puede notar que hay algo distinto debajo de mi camisa. Me hace sentir cálida y extraña y tal vez no tan lista para esto como pensé, pero estoy usando el sujetador rosa esta noche.

Estiro las manos detrás de mí, ato las cuerdas de mi delantal y asiento con la cabeza.

—Ah, volver a ser joven —dice Holly observándonos.

—No eres vieja —le dice Leon.

—Eres mi favorito, sigue así.

Es una de esas noches lentas e impacientes. Nadie necesita estar en otro lugar, pero todos quieren estar en otro lado entonces no están felices. Si mi papá me enseñó algo es que no puedes alegrar a la gente así. Solo tienes que sobrevivirla lo mejor que puedas. Lidio con una mujer determinada a no darme una propina sin importar cuán rápido traiga su comida o cuán amplia sea mi sonrisa; con un hombre que pide que lo atienda otra mesera cuando ve las costras sanando en mis piernas; con una mujer mayor que pide que la atienda Holly, pero se rehúsa a moverse a su sector para ser atendida; y con un chico que envía su hamburguesa a la cocina cuatro veces solo porque tiene ganas.

Para entonces, mi descanso con Leon me está esperando. Le echo un vistazo a la cocina. La puerta se abre y veo una ráfaga de él en la parrilla. Sus manos. Voy al baño de mujeres, retoco mi labial y creo que estoy lista para lo que sea que vaya a suceder con él. Limpio mis manos y regreso a la cafetería.

A lo que pensé era la cafetería.

Este es el lugar en donde los camioneros se detienen para llenar sus estómagos antes de regresar a la carretera, en dónde los universitarios de Ibis vienen a beber alcohol después de beber en la granja Aker; este es el lugar en dónde las cabinas son verdes y el suelo es un linóleo gris mugriento y las paredes están cubiertas con piezas nostálgicas y la radio solo pasa música country. Este lugar, en dónde trabajo cinco noches a la semana y nadie sabe mi nombre… ya no es ese lugar.

En frente de la pared con el cartel vintage de Coca Cola, hay una chica sentada en una pequeña cabina. Su largo cabello rubio refleja la luz dorada de arriba; la hace lucir más brillante, al mismo tiempo que opaca al resto de la cafetería. Es tan diferente de todos los demás aquí, tan inmaculada, tan imposible no notarla.

Penny.

Gira su cabeza en mi sentido. Me quedo completamente quieta, como si no pudiera verme si me quedo inmóvil. ¿Y si no está sola? Miro por la ventana, mi mirada peina el estacionamiento en búsqueda del Escalade de Alek o el Camaro usado de Brock, pero solo encuentro su Vespa blanco. Un regalo de sus padres para hacer el divorcio más sencillo, como si eso tuviera sentido.

Por el rabillo de mi ojo, veo a Holly dirigiéndose a su cabina y, si sé algo es que no quiero a Holly en la mesa de Penny. Está en su área, pero no puede atenderla. Arranco mi anotador de mi bolsillo y tomo el lápiz de mi oreja. Sé que se enfurecerá, pero me adelanto a Holly. Avanzo hacia Penny y planto mis pies delante de ella. Me mira con calma. Aliso mi delantal con mi mano temblorosa intentando descifrar cómo haré esto. ¿Cómo hago esto? *Es tu trabajo.*

Entonces lo hago como si fuera mi trabajo.

—¿Puedo tomar tu pedido?

Mi voz tiembla. Me odio por ello. Y tengo todas estas preguntas en mi cabeza que demandan respuestas. ¿Cómo me encontró? ¿Su mamá? Penny pasa los fines de semana con su mamá en Ibis, pero no es el tipo de lugar en el que comería un Young.

Penny toma el menú laminado de una sola hoja y pretende examinarlo.

—Comenzaré con una bebida —dice.

Se supone que debo preguntarle qué bebida desea porque ese es mi trabajo y necesito hacer esto como si fuera mi trabajo, pero verla aquí, en mi espacio… solo sé que quiero lastimarla hasta que salga de aquí. Pide una Coca Cola. Eso es todo. Lo anoto como una idiota.

Cuando regreso para buscar su pedido, Holly me encierra y está molesta.

—¿Qué diablos estás haciendo, Romy?

—Lo lamento —digo rápidamente—. Puedes tomar mis próximos dos clientes. Es solo que… pensé que era una conocida. Lo lamento *en serio*, Holly.

—Incluso si lo fuera, podrías haber preguntado…

—Lo sé. Nunca volveré a hacerte eso. No estaba pensando.

—Será mejor que no lo hagas.

—Lo sé. Lo lamento.

Holly entra a la cocina sacudiendo la cabeza y murmurando para ella misma. Le falté el respeto y no está bien, pero es tan pequeño comparado con lo que enfrento ahora. Tomo la Coca Cola y vuelvo a salir. La canción country que suena en la cafetería se desdibuja en una triste nota larga y cuando llego a la cabina de Penny, estoy temblando por mi enojo y no puedo hacer nada al respecto. Apoyo el vaso de vidrio y salpico algo de líquido sobre la mesa. Veo una pequeña cascada caer hacia el suelo. Tomo el paño de mi bolsillo y lo seco rápidamente.

—¿Qué quieres comer?

—Nada. Quiero hablar contigo.

—¿Qué?

—Quiero hablar contigo y luego me marcharé.

—Sí, bueno, eso no sucederá, Penny. Así que supongo que iré a buscar la cuenta… —toma mi brazo. Me retuerzo para soltarme, pero sostiene con más fuerza. Me toca sin mi permiso. Debería haber una pena de muerte por eso. Veo a sus uñas rosas hundirse en mi piel, pero no las siento—. Suéltame.

—Por favor —dice.

No puedo recordar una sola vez en la que Penny me haya dicho "por favor", ni siquiera cuando éramos amigas. ¿Por qué desperdiciar tiempo en dos palabras como "por favor" cuando conseguirás lo que quieres de todos modos? No es correcta saliendo de su boca. Está mal, una parte de mí sabe que no debería decirlo nunca.

−¿Cómo supiste que trabajo aquí?

−Grey, siempre lo hemos sabido.

Siento una pequeña parte de mí desaparecer.

Suelta mi brazo.

−Siéntate −dice y lo hago, pero no porque me lo pidió… sino porque necesito sentarme.

Me acomodo en la cabina y la parte trasera de mis muslos se pega instantáneamente al vinilo. Los sonidos de la cafetería se potencian; gente comiendo, charlando, vajilla retumbando en la cocina, el crepitar de la parrilla. No la miro. No digo nada.

−Entonces, ¿es cierto? −pregunta−. ¿Estabas conduciendo ebria?

Obliga el contacto visual. Tal vez, desde esta distancia no es tan perfecta como he dicho. Tal vez tiene fallas o tal vez tengo tanta necesidad de verlas en este momento que las estoy imaginando. Tal vez esa es una quemadura por el sol en su nariz. Tal vez sus labios están secos y su piel está un poco resquebrajada, justo debajo de su mentón. Muerde su labio inferior.

−Sé que no es verdad −admite−. Y no sabía lo de la ropa interior −mi mirada indica claramente que no le creo y admite−: Sabía que Brock le pidió a Tina que la tomara para Alek, pero no sabía qué estaban planeando.

−¿Qué quieres, Penny?

Sonríe, pero no es una sonrisa en realidad, solo un tic que eleva brevemente los extremos de su boca. Se lleva una mano a su frente como si tuviera un pensamiento que quiere salir, pero no está tan segura como para decirlo. Un recuerdo detiene mi mente, se superpone sobre este momento. Ella, emocionada, a punto de cambiar nuestras vidas.

La casa de los Turner. Seremos tú, yo, Alek y…

Ahora no.

–¿No deberías estar en el lago?

Tú, yo, Alek y…

–Kellan –dice como si pudiera ver dentro de mí.

Hago una mueca. Ya es difícil pensar en su nombre, pero dicho en voz alta es un arma. Ese duro *Kel* –el filo de un cuchillo perforando una superficie que presenta poca resistencia– *lan*.

–No –digo.

–Yo…

–No –repito más fuerte porque no debe haberme escuchado si todavía está hablando.

–Alek me llevó a Godwit por mi cumpleaños. Nos quedamos con Kellan –dice y mira fijo a las pequeñas gotas de condensación que caen lentamente por el exterior de su vaso mientras su voz… su voz–. Fuimos a un club nocturno que a él le gusta; *Sparrow*. Él y Alek fueron a buscar bebidas. Una chica… se me acercó –hace una pausa–. Me vio con Kellan. Me dijo que no era seguro que estuviera a solas con él, no me quería decir por qué, pero la mirada en su rostro…

Menos real, pienso. Necesito que esto sea menos real.

–La mirada en la tuya.

No es… mi rostro. Sacudo la cabeza, mis ojos siguen fijos en el vaso. No… no. Que se pudra. Que se pudra por decir eso. No puedes simplemente decirle algo así a alguien.

No puedes.

–No lo denunciaste. Todavía puedes denunciarlo –dice y estiro mis manos debajo de la mesa, hundo mis uñas en una de las costras en mis rodillas hasta que la humedad me indica que se abrió–. Averigüé sobre ello. Todavía tienes tiempo. Si lo haces… algo tendría que pasar.

Casi me río, pero mi voz me ha abandonado. La oportunidad de que suceda algo está tan muerta como la chica de la que habla Penny y eso es lo que quiero decir en realidad. *Está muerta, Penny, ¿lo sabes? ¿Conoces todas las maneras de matar a una chica?*

Dios, hay tantas.

–Ni siquiera iba a decírtelo. Pero luego te vi en el pasillo con el maniquí y… –desvía la mirada–. No puedo enmendarlo. No puedo enmendarlo contigo, Romy. Lo sé. Pero qué sucede si otra chica…

–Entonces haz que *ella* lo denuncie –digo.

Tengo que salir de esta cabina. Necesito salir de esta cabina y hacer mi trabajo, pero no me puedo mover. Penny espera. Espera y no me muevo, y no digo nada. Mete la mano en su bolsillo y deja algunos billetes sobre la mesa. Más que suficiente para cubrir su cuenta. Se desliza de la cabina y me siento allí estúpidamente, con la mirada clavada en el dinero arrugado.

–¿Qué estás haciendo, Romy?

Alzo la cabeza y Holly me está mirando como si hubiera hecho demasiadas cosas equivocadas esta noche. Abro la boca, pero no puedo decir nada.

–No puedes quedarte en esta cabina –como si no lo supiera. Miro a mis manos, a mis uñas hasta que el rojo se torna borroso–. Romy –dice Holly. Ahora suena diferente–. ¿Estás bien?

Salgo de la cabina tan rápido que tiene que retroceder un paso. Empujo la puerta y corro hacia el estacionamiento. El pequeño rugido del motor del Vespa de Penny llega a mi oído.

La veo marcharse.

AHORA

Hay un lobo en la puerta.

No está vistiendo su uniforme. Es extraño ver al sheriff en otra cosa que no sea su uniforme, pero…

–… esto no tiene que ser algo oficial, todavía. Hoy estoy aquí solo para hablar de padre a padre.

Su madre no sabe qué hacer. No sabe qué hacer desde que encontró a su hija en la ducha debajo del agua, todavía ebria y llorando, balbuceándole la verdad a los azulejos. La mañana siguiente, su madre, con lágrimas en los ojos, le preguntó al respecto.

–Romy, ayer a la noche dijiste algo. Necesito estar segura de lo que dijiste.

La caja de una camioneta y un chico.

Más tarde, un mensaje de su mejor amiga:

No hiciste nada estúpido, verdad?

La devastación aferra a su familia al suelo, allí donde la negación no los hace avanzar. Su padre desapareció, no pudo lidiar con ello y ella se quedó con su madre, intentando descifrar qué necesitaban hacer y cómo debían hacerlo. Ella es una chica cualquiera y tiene una familia cualquiera, pero este chico es especial. Y su familia es especial.

Y ahora, hay un lobo en la puerta.

Entonces déjenlo entrar.

—Paul estuvo en el bar la otra noche e hizo algunas acusaciones bastante serias. Ya sabes cómo vuelan los rumores por aquí. Dijo que mi hijo violó a tu hija.

Y luego, mientras están procesando esta información, su padre (que está recuperándose en la cama de la noche de ayer) la compartió con el mundo antes de que ella supiera qué era lo que quería.

—Por supuesto —dice el sheriff—, nadie lo cree, pero eso no significa que pueda ir por ahí diciéndolo. Quiero saber por qué lo está diciendo.

Dios, están tan nerviosas, mareadas, desesperadas por encontrar una dirección... cualquiera. Lo invitan a pasar, lo sientan en la mesa de la cocina, dejan que la conversación inicie con café, una cucharada de azúcar o dos y luego llegan al enamoramiento que la chica ha experimentado por su hijo durante los últimos meses.

—No puedes negar que estabas atraída por él.

No, no puede, eso es lo que su silencio le dice al sheriff. No puede negar que por meses ha imaginado las manos de su hijo sobre su cuerpo, en esa camioneta, en una cama, en cualquier lugar. Lo imaginó una y otra vez salvo que, en su cabeza, lo deseaba con los ojos abiertos.

Odia a su corazón, a ese órgano equivocado en su pecho.

¿Por qué no se lo advirtió?

—Estabas ebria en mi casa, el viernes a la noche. He hablado con mis hijos y con Penny. Nadie más estaba bebiendo. Eres menor de edad. Si quisiera, podría presentar cargos, pero no lo haré.

Porque hoy solo está aquí de padre a padre.

—Gracias —dice su madre sin pensar.

—Dicen que lo perseguías —sigue—. Que vestías un atuendo especial con la esperanza de captar su atención. Falda corta, camiseta reveladora.

¿Dicen?

El sheriff mete la mano en su bolsillo y desdobla una hoja de papel.

—Cuéntame sobre lo que escribiste en este correo electrónico.

Penny, lo deseo. Sueño con él.

Ese correo en sus manos se siente como miles de cortes. Solo lo pudo haber obtenido de un lugar. La traición es más de lo que piensa que pueda soportar; la otra chica que creía en ella ya no cree.

—¿Saben lo que están diciendo? Que Paul le anda diciendo a la gente que mi hijo violó a tu hija para vengarse de Helen por haberlo despedido. Ahora bien, tal vez se divirtieron juntos y tal vez ella estaba un poquito demasiado ebria en el momento, pero ¿violación? Sencillamente no puedes llamarlo así.

¿Entonces cómo lo llamas?

—Nadie lo cree —dice—. Creen que es desagradable. Yo creo que es desagradable. Espero que podamos resolver esto antes de que empeoren su situación. Pero quiero entender, Romy. Entonces tú dime qué crees que sucedió.

Y no es que ella le diga que no sucedió, sino que para cuando él pregunta, ya no tiene un lenguaje propio. Pero eso es suficiente. Siempre lo es.

Cada vez que cierro los ojos, encuentro un recuerdo. Cada vez que los abro, sigo en la carretera. Nunca salgo de la carretera, no sola.

Pero recuerdo que no estoy sola. Los pasos se detuvieron. Una sombra sobre mi cuerpo. Tal vez es alguien amable, pero tengo demasiado miedo para mirar.

–¿Me escuchas?

Tierra en mis manos. Estoy tan aplastada por el calor, mi cabeza lucha contra él, me dice cosas más importantes como *este no es un lugar seguro* y *márchate.*

Pero no puedo marcharme si no sé cómo ponerme de pie.

–¿Estás conmigo?

No sé qué significa eso. No sé nada salvo que el aire… demasiado seco… los pequeños movimientos que estoy haciendo… duelen… el sol… el calor… el cielo… me hace sentir mareada. Finalmente miro con ojos entrecerrados al rostro sobre mí y me alivia no encontrar a un lobo, sino a una mujer, como yo.

Hasta que veo el uniforme.

–Romy Grey, ¿me escuchas?

La policía se inclina y apoya una botella de agua en frente de mí. Se balancea sobre el suelo, el agua se agita contra los laterales de plástico antes de asentarse, tan quieta como el... lago.

–Ah –susurro.

Intento comprender a la policía. Es difícil concentrarme al principio, pero cuando lo hago, veo ojos castaños, cabello rizado pelirrojo, un puñado de pecas sobre una nariz puntiaguda. Es Leanne Howard, la hija de Morris Howard, quien enseña en la escuela primaria. Leanne está cerca de los treinta años.

–¿Estás bien? –pregunta, pero no creo que lo hiciera si estuviera bien. La miro–. Hay un montón de gente preocupada por ti, ¿lo sabes? ¿Cómo llegaste tan lejos, hasta aquí?

Demasiadas preguntas.

Quiero… mamá. Meto una mano en mi bolsillo para tomar mi

teléfono y solo encuentro mi lápiz labial. Mi teléfono no está, pero lo tenía ayer a la noche. Sé que lo tenía. Miro el resto de mi cuerpo, los botones desalineados, y mi corazón se acelera, pero... un minuto. Yo hice eso. Lo hice antes de que Leanne aparcara su auto, recuerdo... lo hice porque... mi camisa estaba abierta. Y había algo mal debajo... también recuerdo eso. Mi sujetador. Ahora lo siento, está desabrochado.

Ah.

—Ey —dice Leanne y mira detrás de mí, sobre mi hombro—. ¿Estás sola? ¿Cómo llegaste hasta aquí? ¿Puedes decirme cómo llegaste aquí? —mi mirada viaja de mis botones a mis piernas desnudas y raspadas; están peor que después de la caída en la pista—. *Romy*. ¿Cómo llegaste aquí?

—El lago —balbuceo. Lo recuerdo tan rápido que me marea, en ráfagas. Penny. Marcharme de la cafetería, pedalear en mi bicicleta por la autopista. El camino hacia el lago... el camino. Y mis pies en él. Y la música, música latiendo, bajos palpitando, *bum, bum, bum,* cierro los ojos con fuerza, pero esos golpes, ese pulso taladrando mi cabeza continúa. El lago. Allí. Estaba allí. Y había ojos y luces sobre mí y luego solo el camino que llegaba al agua termina en... la nada.

Me esfuerzo buscando más, pero no hay nada.

Estaba en el lago.

Pero ya no lo estoy.

—¿Estás herida?

Necesito ponerme de pie. No más... no más preguntas hasta que pueda pararme.

Llevo mi brazo a mi boca y toso en el ángulo de mi codo antes de presionar mis manos sobre el suelo. Me pongo de rodillas y reprimo la necesidad de sisear cuando mis palmas heridas encuentran la tierra. *Estoy* herida. Pero el dolor debe terminar allí.

—Nos llamó tu madre, dijo que estabas desaparecida —Leanne me ofrece su mano, pero la ignoro. Encuentro mis pies por mi cuenta y luego me pongo de pie, pero no siento que esté parada.

—Mi mamá…

—¿Estás sola? ¿Penny está contigo? —pregunta. Sacudo mi cabeza y es un error. El mundo intenta desbalancearme. Leanne avanza hacia mí. Retrocedo un paso. Mi cuerpo no está funcionando de la manera en que necesito para salir de aquí—. Ven, siéntate en el auto. Encenderé el aire frío. Tengo que informar esto y luego te llevaré a un hospital para que te revisen…

—*No* —no dejaré que nadie me vea antes de verme yo misma—. No…

—Lo necesitas, Romy, necesitas que te revisen —insiste Leanne.

—No, no, no —es lo único que puedo decir y la palabra suena más fuerte cuánto más me hace repetirla y, por primera vez, finalmente alguien escucha lo que sale de mi boca.

—Está bien, está bien… Romy… solo… Dije *está bien*.

Toma mi brazo. Miro fijo su mano en mi piel. Me suelta. Apoyo mi mano en dónde estuvo la de ella, consciente de las partes de mí que están cubiertas y las que no.

Necesito que las partes que estás descubiertas estén… cubiertas.

—¿Sabes en dónde estás? —toma la botella de agua del suelo y me la ofrece—. Bebe eso. Lo necesitas.

Miro alrededor, espero que llegue el momento en el que reconozca en *dónde* estoy, en dónde terminé, pero la carretera no me dice nada. Los árboles en ambos lados del asfalto dicen más o menos lo mismo.

—Es la carretera Taraldson. Estamos a unos 48 kilómetros de Godwit…

—Grebe… —no. ¿Godwit?—. ¿Pero…?

—¿Sabes cómo llegaste aquí?

Godwit. Grebe. Lago Wake… ¿yo…? ¿Cómo…?

Tengo sed, estoy demasiado sedienta para pensar. Tomo el agua de sus manos y ella luce aliviada por mi gesto. Desenrosco la tapa y bebo lentamente, pequeños sorbos. Está tibia, pero me trae un poco a la realidad, solo lo suficiente para repetirle que no iré al hospital en una voz que casi suena creíble.

—Entonces —cruza los brazos—. ¿Lo que dices es que te desmayaste, no sabes cómo terminaste en este estado y no crees que debas ir al hospital?

La pregunta se clava hasta mis huesos. *Cómo terminaste en este estado.* Esto. Mis pensamientos se transforman en buitres que vuelan en círculos; una horrible posibilidad después de otra. ¿Qué me sucedió? No puedo...

No puedo pensar en eso ahora.

—Ya sabes cómo son las cosas en el lago. ¿Qué...? —fuerzo una risa y suena tan mal—. ¿Llevarme al hospital por una resaca? Turner amaría eso.

Vacila, solo lo suficiente para saber que la convencí.

Novata.

—¿No tienen nada mejor que hacer? —pregunto—. Lo digo de en serio, Leanne. Odiará que hayas desperdiciado tiempo en mí, lo sabes.

—Bueno, ¿y si se lo pregunto? ¿eh? Tengo que informar esto —camina hacia el Explorer y siento que me estoy conectando lentamente, todas las cosas que me dijo hasta ahora me golpean una segunda vez.

—¿Y Penny?

No responde, entonces me quedo en mi lugar mientras llama al sheriff Turner e informa que me encontró. Mi sujetador se mueve de una manera en que no debería hacerlo, raspa mi piel y las partes estables de mí, la poca compostura que me queda desaparece. Me arden los ojos. Parpadeo. Después de un minuto, Leanne regresa insegura.

—Te llevaré a casa. El sheriff se encontrará con nosotras allí...

—¿Por qué se encontrará con nosotras allí?

—Vamos —dice. Miro al agua en mi mano y no puedo lograr moverla hasta que Leanne habla.

—Tu mamá está muy preocupada por ti, no la hagamos esperar.

Ah, esa es una palabra mágica: *Mamá*. Ok, no la hagamos esperar. Leanne me deja sentarme en el asiento delantero y se sube al vehículo. El motor ruge y el auto avanza. Me dice que me abroche el cinturón y lo hago; se siente demasiado ajustado y no puedo respirar contra él. Cierro los ojos.

—¿Sigues despierta? —suena nerviosa. Abro los ojos—. Di algo y hazme saber que estás bien o *te llevaré* al hospital. No me importan mis órdenes —pausa y masculla—. Debería estar llevándote allí de todas maneras.

Pero no lo hará. Todos bajan la cabeza ante los Turner.

Esta vez, gracias a Dios por eso.

—Hace calor.

Mis ojos divagan hasta el reloj en el tablero. Once. Las once de la mañana. He perdido… demasiadas horas. Leanne se estira y enciende el aire acondicionado. Me inclino hacia adelante y espero a que me transforme en hielo, pero solo siento calor y que estoy atrapada entre la carretera en la que estamos y Grebe, ubicado en algún lugar delante de nosotras. Jalo de mi cinturón de seguridad intentando descifrar qué es lo que quiere mi cuerpo. Quiere bajarse de este auto, pero es demasiado tarde para ello. Extiendo las piernas, presiono mis pies contra el suelo. Necesito mi casa. Necesito ir a casa. Necesito verme.

Mis dientes se hunden en un corte en mi labio que no sé cómo sucedió. Esto se siente como… una resaca, pero… peor. Porque no recuerdo haber bebido, pero… apoyo mis manos sobre mi regazo, palmas hacia arriba. Los raspones me recuerdan a cuando era pequeña, corría por la calle y me tropezaba con los cordones de mis zapatos. Aterrizaba sobre la acera y mi papá… estaba allí.

Miro a mis piernas. El espacio entre ellas.

No puedo verme.

Mi cabeza descansa contra la ventanilla, el espejo retrovisor de la camioneta está tan sucio que no puedo ver ni un rastro de mí. Necesito verme.

El Explorer del sheriff está aparcado en frente de la casa. Todd y mamá esperan en los escalones. Turner está cerca, pero ¿no acabamos de hacer esto? No, no en realidad. Lo que pensé que era malo entonces no es nada comparado con ahora. Mamá se lleva una mano a la boca cuando me ve. Tiene las mismas prendas que vistió ayer, se han agrandado demasiado durante la noche. Todd también sigue en la misma camiseta y jeans que tenía cuando le dije adiós, antes de irme a Swan's.

Lo ven antes que yo, lo que sea que tenga sobre mí. Seré la última en saberlo.

Abro la puerta y me bajo lentamente. Mis piernas se sienten como una goma, como si no hubieran caminado suficiente o como si hubieran caminado demasiado. Cuento los pasos hacia adelante, intentando asegurarme a mí misma que el suelo está allí. Cruzo desde la acera hasta el camino de la entrada, mis pies sobre las enredaderas.

Casa.

Mamá se apresura hacia mí y observa todo lo que no puedo esconder. Sujeta mi rostro, acaricia mi mejilla suavemente con sus dedos antes de jalarme hacia ella, el peso de esta reunión no impacta por completo sobre mí porque ni siquiera sabía que había desaparecido. Los ojos de Turner viajan sobre mí, frunce el ceño por lo que sea que esté viendo. Su atención se concentra detrás de nosotros.

—¿En dónde dijiste que la encontraste? —pregunta.

—En la carretera Taraldson —responde Leanne.

—Ok, Howard. Gracias. Yo me ocupo desde aquí.

El sonido de su voz es tan horrible, más horrible de lo que ha sido alguna vez. Me da ganas de vomitar. Mamá susurra en mi oído: "Entra a casa, bebé, vamos". Debo lucir mal. No debo lucir bien. Mis piernas desean salir corriendo, encontrar un lugar en el que pueda lidiar con esto sola. Mientras subo las escaleras, Todd se estira hacia mí. Apoya su mano sobre mi hombro y lo estruja. Su alivio es más de lo que puedo soportar en este momento. Necesito verme.

Cuando entramos a casa, Leanne ya se marchó. Me dirijo a las escaleras, tomo el barandal y me aferro con fuerza, me impulso ese primer escalón cuando mamá me habla.

—Romy, ¿a dónde vas?

—Tengo que… —puedo ver la puerta del baño desde aquí. Solo necesito estar detrás de una puerta cerrada para poder verme—. Tengo que… —miro hacia atrás y los tres me están mirando como si no supieran qué soy. No puedo decirles lo que necesito—. No me siento bien.

—Okey —mamá da un paso hacia adelante y apoya su mano sobre la

mía, su caricia es cálida sobre mi piel–. Primero tienes que hablar con
el sheriff –sacudo la cabeza–. Romy, tienes que hacerlo. Estoy segura
de que no tomará mucho tiempo y luego puedes ir a la cama… ¿No
es así, Levi?

–Veremos.

–Por favor –susurro y mi mamá se estremece. Le duele. Le duele
porque no puede complacerme y nunca le pido nada–. ¿No puede
esperar hasta mañana o…?

–No –dice el sheriff Turner–. Esto es importante.

–Lo lamento –mamá susurra alejándome de las escaleras. No tengo
elección. Ninguna opción. Me lleva hasta la cocina y me sienta en la
mesa. Apoyo mi cabeza entre mis manos mientras hablan de café y
"no, gracias, Alice". La cortesía superficial hace que quiera romper…
todo. No quiero esto. Quiero verme.

–¿Qué está haciendo aquí? –pregunto y recibo un silencio que me
hace demasiado consciente de mi cuerpo y puedo sentir a mi cabeza
intentar evaluar dolores que no puedo ver, o si ciertos lugares… si…

–Necesito hacerte algunas preguntas, Romy y luego me marcharé.

Jala de la silla en frente de mí. Se sienta. No lo miro.

–¿Estás herida? –pregunta y sacudo la cabeza porque él es la última
persona a la que le diría algo así ahora. Y funciona porque no quiere
verme herida de manera tal que se tenga que preocupar por mí. Tengo razón–. Así que solo estás un poco lastimada y con mucha resaca.
¿Cómo terminaste en la carretera Taraldson?

No digo nada, no puedo pensar en nada para decir. El impulso es
mentir, pero tengo tan poca información para maniobrar que no puedo hacerlo. Y no sé cuál es la verdad.

Se aclara la garganta.

–Alice.

–Romy –dice mamá.

–No me acuerdo –miro fijo a la mesa.

–¿Recuerdas estar con alguien?

–No.

–¿Qué es lo último que recuerdas?

–Estar en el lago.

El camino, las luces reaparecen en mi cabeza. Cuerpos en el lago. El recuerdo se disuelve lentamente, no puedo extenderlo al resto de la noche…

–¿Te fuiste del trabajo en la mitad de tu turno sin decirle a nadie para ir al lago Wake?

–Holly dice que saliste corriendo –dice mamá–. Que parecías molesta.

En Swan's se enterarán de esto. Por supuesto que sí. Mamá los debe haber llamado primero para preguntarles en dónde estaba. Tengo que decir algo que pueda repetir en la cafetería.

Tengo que inventar algo que no sea tan terrible.

–Tuve un mal cliente. Salí para calmarme y seguí avanzando.

–Seguiste avanzando.

–Es la fiesta más grande del año –digo. Es débil.

–Entonces te quedaste en la fiesta y decidiste embriagarte –añade y retrocedo porque no sé cómo sabría eso si yo no lo sé. Mamá y Todd tampoco lucen sorprendidos, entonces… también lo sabían–. Tenemos varios testimonios de gente que te vio en el lago Wake extremadamente ebria.

–¿De qué se trata esto realmente? –pregunto porque no quiero escuchar lo que está diciendo. No me importa si lo saben, pero no quiero estar en una habitación con ellos escuchando eso–. No comprendo…

–Penny tampoco volvió a casa ayer a la noche –dice mamá. Me recuesto contra el respaldo de mi asiento y asimilo sus palabras, pero no sé cómo se supone que debería reaccionar ante una noticia así. No sé cómo recibirla. Trago saliva y llevo mi mano a mi boca.

—¿No volvió?

—La mañana posterior a la fiesta más grande del año siempre es un desastre. Los chicos, se emborrachan, deambulan, regresan y yo tengo que identificar las emergencias reales —Turner no se molesta en esconder su desprecio—. Lamento informártelo, pero Jack Phelps tiene el récord. Llegó hasta Godwit completamente borracho cuando fue su fiesta.

—Por Dios, Levi —interviene Todd—. Sí, seguro que Romy estaba intentando batir el récord. ¿Deberíamos hablar de lo que *tú* hiciste cuando fue tu turno?

—Bartlett, no hay necesidad…

—No, no habría necesidad si hicieras tu condenado trabajo. Ni siquiera *comenzaste* a buscarla hasta que los Young te llamaron esta mañana por Penny y entonces tuviste que hacerlo. Estuve afuera *toda* la noche haciendo tu jodido trabajo…

—Y, *sin embargo*, fue uno de los *míos* quien la trajo a casa —replica Turner, su rostro se tiñe de todos los tonos existentes de rojo. Todd resopla y, por un segundo, parece que se marchará, pero se queda. El sheriff gira hacia mí—. La situación es la siguiente. Denuncian la desaparición de dos chicas la misma noche. Una sigue desaparecida. Querré saber si hay una conexión para poder comenzar a limitar la búsqueda, ¿comprendes? ¿Hay alguna posibilidad de que Penny haya estado contigo en algún momento o que haya algo que puedas decirnos que nos ayude?

Pienso en ella en la cabina, en la cafetería.

En lo que me dijo.

Si hablas en contra de un Turner, ruega que nunca necesites ayuda en este pueblo.

—¿En dónde la vieron por última vez? ¿Estaba conmigo?

—En el lago —dice Turner—. Pero no contigo, no que sepamos hasta ahora.

Después de que me vio.

–En el lago –repito.

Después.

Entonces no tengo que decirles qué estaba haciendo antes.

–No recuerdo nada, pero dudo haber estado con ella. No somos amigas.

–Si recuerdas algo, tienes que contármelo –dice Turner–. Por ahora, parece que te emborrachaste, asustaste de muerte a tu mamá y ocupaste a gran parte de mi departamento durante la mañana.

–Sí, así parece –digo, se me revuelve el estómago. Trago fuerte–. ¿Puedo irme por favor?

–Te haré un favor, Romy, porque puedo ver que necesitas dormir. Dejaré pasar esto por ahora, pero todavía necesito que mañana vengas a la estación y repasemos esto, si Penny sigue desaparecida –la silla chilla cuando empuja en la mesa. Se pone de pie lentamente como si la funda de su pistola fuera demasiado pesada. Conoce a Penny desde que era una niña–. Y es una estupidez emborracharse tanto como la gente dice que estabas. Si alguna vez te encuentro así, lo *reportaré*.

–Puedes encontrar la salida, Levi –dice Todd.

Nos quedamos callados mientras esperamos que el sheriff camine la extensión del pasillo y el estruendo de la puerta que marca su salida. Levanto mi falda debajo de la mesa.

Necesito ver.

–Romy –dice mamá y me detengo.

Recordar.

Mantengo la cabeza baja, dejo que mi mirada divague, dejo que sobrevuele sobre las baldosas del suelo y las paredes, mis manos, mis nudillos blancos aferrándose al borde del lavabo, el agua que cae lentamente del grifo que gotea. Presiono mi dedo contra la apertura, unifico el flujo. Escucho cada respiración pasar por mis labios y vagamente, más lejos todavía, a mamá en mi habitación.

Mi cuerpo habla por las horas perdidas, pero no comprendo lo que está diciendo. Solo necesito recordar qué sucedió, eso es todo. Una sola noche. Recordar. Solo déjame *recordar*. Está allí, dentro de mí y solo tengo que recordarlo. Aprieto los dientes y cierro los ojos.

Alzo la cabeza y los abro.

Mi labio inferior está hinchado y tiene un corte, es un dolor amargo. Tengo un magullón en mi mejilla derecha. No, la carretera. Tiene haber sido la carretera. El camino está en mi rostro. Abro el grifo, sostengo mis manos debajo del agua fría para calmar mi piel adolorida. Humedezco mi mejilla y froto. Duele, pero no sale.

Un magullón.

Mi mano se mueve lentamente de mi rostro hacia el cuello de mi camisa. Jalo de él y es tan pesado, todo esto es tan pesado que vuelvo a cerrar los ojos. Siento el extraño sostén de mi sujetador a mi alrededor, pero desabrochado. Ebria. Dicen que estaba ebria. Quiero ese recuerdo. Quiero el recuerdo de esa estúpida –*estúpida*– chica. Yo bebiendo. ¿Qué tan poco fue necesario esta vez?

Estúpida.

Me faltan dos botones.

Los últimos dos.

No. No, no…

Mis dedos se entretienen con su ausencia hasta que tengo que creer que ya no están. Dos de los botones de mi camisa desaparecieron y mi sujetador está desabrochado.

Bajo mis manos y luego desabotono el resto de mi camisa lentamente. Cuando estoy por la mitad, veo una mancha de rojo intenso en mi estómago… ¿sangre? ¿Es…? Mis dedos se tornan frenéticos, trabajan rápidamente en los botones que quedan y me quito mi camisa y mi sujetador.

Mi mano temblorosa se mueve hacia mi abdomen, sobrevuela encima del rojo sobre mí, las palabras rojas están en mí. No es sangre, no es sangre seca. No es ese tipo de rojo. Presiono mi dedo sobre una de las letras y mis manos se sobresaltan como si me ardiera. Busco en mis bolsillos hasta que encuentro el tubo negro. Arranco el capuchón y giro la parte inferior hasta que aparece el labial, la punta está aplanada y arrugada. Dejo que caiga en el lavabo y trastabillo hacia atrás, mis pantorrillas se golpean con el borde de la tina. Mi reflejo sigue en el espejo. El rojo sobre mi cuerpo… letras. Letras en mi piel invertidas se transforman en…

Viólame

Llevo mis dedos a mi estómago, los hundo en mi piel y siento el rojo debajo de mis uñas, rojo, mi rojo, yo, hasta que lo que siento está fuera de mí, hasta que es algo que me he hecho a mí misma. Me alejo del lavabo, mis manos en mi cabello, la habitación se inclina mientras intento evaluarme.

Levanto mi falda, me aferro al material fino y muerdo mi labio hasta que siento el sabor de la sangre, pero mi garganta está demasiado tensa para tragar así que descansa en mi lengua, pesada y cobriza. Mis mejillas están húmedas. Dejo caer mi falda y limpio mi rostro. No quiero hacer esto. No quiero hacerlo.

—¿Romy? —alguien golpea la puerta.

Inhalo temblorosamente y alzo mi falda hasta que veo mis interiores rosas. No quiero hacerlo. La bajo. Lentamente. Está limpia.

Trago la sangre en mi boca

—¿Romy?

Deslizo mis manos entre mis piernas y mis dedos encuentran la cuerda de mi tampón con facilidad. Mis piernas se debilitan al encontrarlo allí… todavía está allí. Miro fijamente a la luz sobre mi cabeza hasta que es todo lo que veo y luego desvío la mirada hasta que el mundo vuelve a enfocarse.

—Me daré una ducha —digo.

—Si necesitas algo, dímelo.

—Está bien.

Me quito el tampón viejo y me deshago de él. Entumecida, me libero de mi sujetador y dejo que caiga al suelo.

Lo único que queda es la palabra sobre mi estómago.

Giro hacia la tina, mis manos luchan con el grifo, intentan lograr que el agua esté bien caliente, luego tiro de la válvula para desviar el agua hacia la tina. Entro y me inclino lentamente hasta sentarme. Me estiro hacia el jabón y lo froto sobre mi estómago con fuerza hasta que la espuma se torna rosa, hasta que el rosa se torna blanco, hasta que desaparece.

Me siento en la cama, mi cabeza descansa sobre mi ventana. La luz afuera es débil y se debilita cada vez más, el sol es un hilo rosado en el horizonte. Sigue siendo el mismo día. Todavía no terminó conmigo.

En mi mesa de noche hay una botella de agua semivacía. Mamá quería que por lo menos viera a nuestro médico y reaccioné de mala manera, le dije que habíamos visto resacas peores o acaso lo había olvidado. Después de eso, cubrió mis piernas con una manta y me dijo que durmiera. Dormí, me desperté y, cuando lo hice, lo único que podía pensar era "despierta".

Pero ahora estamos aquí.

La puerta de mi habitación se abre.

Mamá entra con sigilo, vacila cuando ve que estoy despierta.

—¿Penny volvió a casa? —pregunto.

—No escuché nada —dice y siento en mis entrañas una mezcla extraña de sorpresa y anhelo. Mi cabeza me dice que todavía odio a Penny, pero mi cuerpo debe querer una respuesta diferente.

Mamá se sienta en mi cama, se mueve hacia atrás hasta que puede envolverme con un brazo y acercarme a ella. Descansa su cabeza sobre la mía. Escucho el latido de su corazón y pienso en Penny, si todavía está allí afuera o si terminó como yo. Si está en alguna carretera en algún lugar esperando su turno de ser encontrada. No tiene sentido. Penny no es una chica perdida.

—¿Sabes cuál es la parte más difícil de tener hijos? –pregunta mamá después de un minuto–. Es no poder…

No termina. No es necesario. Me lo ha dicho antes: es no poder proteger a tus hijos de *Las Cosas Malas*. Estar al margen, desamparada, mientras están sufriendo y no poder hacer una condenada cosa al respecto. Pero así es la vida y las cosas suceden. Solo una cosa puede detenerla.

—Si fuera los Young, no sé qué haría. Desapareciste, Romy. Me volví loca. Ni siquiera puedo decirte cómo se sintió estar aquí y no saber en dónde estabas o si estabas bien…

—Lo lamento.

—Pensé que tú… habías tenido suficiente. Y luego pensé: por supuesto que no. Por supuesto que no. ¿Por qué lo haría? *Yo* tendría que haber hecho mejor las cosas.

—No empieces con eso otra vez –susurro.

Pero una vez que empieza, no puede detenerse.

—Seguía intentado justificarlo. Es mejor tener dos padres, incluso si uno… no está muy presente. Y te veía cargando con todo. Solo lo aceptabas. Es tan injusto.

—No es tan simple.

No podría haberlo sido. Era complicado. Todos éramos mucho más complicados en ese entonces porque si no …

Debería haber sido mucho más sencillo.

–Tal vez –dice–. Pero no debería haber sido así. Y ahora cargas con todo y no me pides que te ayude con el peso incluso cuando apenas puedes soportarlo. Me asustas, Romy. Tomas el auto y simplemente te marchas. Te emborrachas en el lago Wake, apareces en una carretera y no recuerdas nada de lo que sucedió.

Sé que espera que imagine una fiesta, una multitud, música, estrellas en el cielo, una chica bailando en el medio de todo, deseada. Tal vez está ebria, pero quizá en esta versión… la gente cuida de ella. Pero ni siquiera mi madre puede creerse eso. Yo ciertamente no, no en este pueblo.

–Romy –por la manera en que lo dice, sé qué pregunta hará y quiero desaparecer antes de que la haga–. Si te sucedió algo, por favor dímelo.

–No sé a qué te refieres.

–Estuviste en el baño un largo tiempo.

–No… –me obligo a decir–. No transformes esto en algo que no fue.

–Pero ¿me lo dirías? Me dirías si… algo te sucediera. Si te despertaras en esa carretera y algo no estuviera bien. Porque te ayudaría… Yo… No.

Asiento y me libero de ella porque puedo sentir la culpa que está cargando y ya no quiero sentirla. No quiero sentir nada.

–¿En serio no sabes cómo llegaste a esa carretera? ¿Penny no estaba contigo?

–No me hagas repetirlo –digo.

–Tenemos que ir a lo del sheriff mañana. Tendrás que volver a repetirlo entonces… a menos que recuerdes algo. Tal vez recuerdes algo.

–Tal vez.

Leanne Howard llama mientras estoy durmiendo, le dice a mamá que recibieron nueva información que descarta una conexión entre Penny y yo, pero no estaba autorizada a decir de qué se trataba. Quiero saber qué era. Quiero saber por qué una chica regresó y otra no. Todd dice que Grebe está destruido por la desaparición de Penny y cuando miro por la ventana, nuestra calle está más tranquila de lo normal, todos se quedaron en sus casas, silenciados por el impacto.

—Están haciendo una búsqueda demencial —nos dice Todd—. Esta mañana, vi a Dan Conway en la farmacia y dijo que están cubriendo tierra y aire; están consiguiendo un helicóptero. También hay algunos reporteros y cámaras de televisión merodeando por el lago. Se suponía que Penny pasaría la noche en la casa de su madre en Ibis, pero nunca llegó.

Tiro de algunos hilos sueltos en el sofá e intento imaginarlo. Penny en camino a lo de su madre en la oscuridad y yo avanzando en dirección opuesta bajo el mismo cielo.

Espero que siga desaparecida el lunes.

Otro de esos pensamientos en mi cabeza, es tan espontáneo que debe venir directamente de mi corazón como *te odio* y *espero que no sea una niña.* ¿Qué tipo de pensamiento es ese? No es que no quiero que la encuentren, pero quiero que mi momento expire primero. Quiero que todos estén tan distraídos en el inicio de la semana que nadie esté pensando en mí, en que estuve en el lago, en cómo estuve en la fiesta, porque no quiero enterarme por ellos. Para nada.

Pero si es malo, me enteraré de su boca sin importar lo que suceda.

—Nunca sabré cómo Dan se entera de esas cosas —dice mamá desde la cocina. Me pregunto si Dan Conway oyó algo sobre mí.

—¿No te lo dije? Su hijo, Joe, ahora trabaja en el departamento de policía —explica—. Aparentemente solo hace el café, pero le pagan bien por eso.

—¿Joe Conway? ¿Lo dejan trabajar allí?

—Bueno, por favor. Los Turner siempre cuidan de sus aduladores —dice Todd—. Sin importar cuán estúpidos sean.

Todd se acomoda en el sillón reclinable en frente de mí con una mueca. Le duele mucho la espalda y no dirá que es por todo el tiempo que pasó en el auto, buscando a una chica que ni siquiera es su hija. Debería pedirle disculpas, pero no logro hacerlo. En cambio, le pregunto si necesita algo.

—Nop. ¿Te sientes bien?

—Estoy bien.

—Ustedes dos eran mejores amigas —me mira con escepticismo.

—Éramos —digo.

Pero no lo miro cuando respondo. Mi mano se hunde en mi bolsillo buscando mi teléfono como un hábito, solo para poder presionar algunos botones, tal vez lograr que Todd deje de mirarme, pero luego recuerdo que no lo tengo. Despareció. Me invade una ola de enojo, más ira de la que merece un teléfono perdido considerando todo lo demás que sucedió este fin de semana. De todos modos, hace que quiera ir a algún lugar y destrozar algo con mis propias manos.

—Romy, ¿abrirías la puerta? —pregunta mamá.

—¿Qué?

—Hay alguien allí.

Le echo un vistazo a Todd y me está mirando en silencio. Me paro del sofá y camino por el pasillo, paso la cocina y cuando veo al Pontiac a través del mosquitero, siento una presión en el pecho.

Giro y mamá está allí, culpable.

—Cuando no regresaste a casa, primero llamamos a Swan's. Todd conoció a Leon, él también salió a buscarte. Todavía estaba buscando cuando lo llamé para decirle que te habíamos encontrado. Lo invité a almorzar hoy. Espero que no te moleste.

—¿Por qué no me dijiste?

—Porque si hay un chico —dice y sus ojos parpadean desviándose—, quiero conocerlo.

Abro la boca y luego la cierro y vuelvo a sentir un malestar generalizado en todo mi cuerpo.

Enfrento la puerta. Leon salió del Pontiac y está inclinado sobre él, observa la casa con incertidumbre. No... a mí. Puede verme a través del mosquitero y me pregunto cómo luce esa imagen. La figura ensombrecida de una chica en una camiseta desaliñada que es más larga que sus shorts.

Paso mis manos por mi cabello y luego empujo la puerta. Lo encuentro en la acera y lo miro mientras asimila lo que ve. La manera en que sus ojos suben por mis piernas destrozadas hasta mi abdomen. Cruzo mis brazos como si pudiera ver a través de mi camiseta; ver un rastro de lo que estaba escrito allí. Frunce el ceño. Lleva una mano a mi mejilla y la manera en la que me está mirando se siente incorrecta, esa sensación se extiende por su roce. Es como cuando de pequeño empezabas a explorar los grifos, enfriabas o calentabas el agua al máximo y colocabas tus manos debajo para ver cuánto tiempo podías soportarlo. No sé quién de los dos se rendirá primero.

Deja caer su mano.

—Holly dijo que tuviste un mal cliente y te molestaste. Pensé que habías ido al estacionamiento para liberar tensión —dice—. Era nuestro descanso, pero pensé que tal vez querrías algo de espacio. No nos dimos cuenta de que te habías marchado hasta después. Te llamé y no respondiste.

—Perdí mi teléfono —digo.

—Y luego, llamó tu mamá y vino Todd…

—¿Quieres entrar? —pregunto rápidamente mientras un auto dobla en la esquina. Podría ser cualquiera, pero de seguro es alguien que me conoce. Bienvenido a Grebe, Leon. No. Nunca pueden conocerte aquí—. Deberíamos entrar.

—Pero…

—Entremos —tomo su mano—. Mi mamá quiere conocerte.

—Romy…

—Lo sé, Leon —lo guío hacia adentro, percibo su confusión, pero no le ofrezco más información. Todd ahora está de pie y en movimiento, está poniendo la mesa. Mamá se aleja de una tabla con vegetales y le sonríe a Leon de manera cálida, pero reservada, como si estuviera conociendo a alguien agradable en un funeral.

—Leon —limpia sus manos con un paño y luego sujeta los brazos del chico—. No solo una voz en el teléfono. Es un placer conocerte.

—Un placer conocerla a usted también, señora…

—Alice Jane, por favor. O solo Alice. No es necesario ser tan formal.

Leon sonríe y yo me quedo allí parada, incómoda, me arrebataron las presentaciones en frente de mí. Todd estira su mano para estrechar la de Leon. Yo creé esto y ni siquiera estaba allí cuando lo hice. Es como si estuviera viviendo en dos espacios diferentes al mismo tiempo; estoy aquí, pero no estoy aquí. Llevo mi mano a mis labios y… no tengo lápiz labial.

Con razón Leon no me miraba como siempre.

—Volveré enseguida —gesticulo sobre mi hombro—. Solo tengo que…

—Seguro —dice mamá—. Leon, ¿quieres una tarea?

—Absolutamente. ¿Cómo puedo ayudar?

Lo pone a trabajar picando vegetales para la ensalada que está preparando. Subo las escaleras hasta el baño en donde abro el cajón que Todd destinó solo para mí y encuentro mi lápiz labial. Quito el capuchón y me lo llevo a la boca, me detengo. La punta está aplastada. Me aferro al tubo con más fuerza, pero no logro ponerme el color. Lo miro y veo una palabra vívida sobre mi piel, incluso en la oscuridad. Una chica en la carretera con la camisa abierta y el sujetador desabrochado, esperando a que la lean. Si me pongo esto y abro mi boca, ¿qué diré?

Pero el rojo me distingue.

Eso fue lo que dijo Leon.

Y él se detuvo por esa chica.

—Romy —grita mamá—. ¿Bajarás?

Lanzo el labial al cesto de basura y luego busco otro sin abrir en el cajón. Arranco el plástico del capuchón y giro la parte inferior hasta que aparece la explosión de color; es diferente. El mismo color, pero no el mismo labial y eso importa; este labial solo habrá tocado un lugar. Lo aplico en mi labio inferior. *Desde el centro hacia afuera*, pienso. Desde el centro de la punta hacia afuera. Mi mano tiembla. Lo sostengo con más fuerza. Presión. Solo aplica un poco de presión. Empujo, mis labios se tornan rojos y no lo siento. No me siento lista.

Pero ahora tal vez es como el barniz de uñas; tengo que sellarlo.

–¿Romy? –mamá.

–Sí, ya bajo –dejo correr el agua y enjuago mis manos. Me apresuro por las escaleras y encuentro comida en la mesa. Cuando Leon me mira y ve el rojo… sonríe. Nos sentamos y comemos una ensalada que tiene el sabor del verano, aunque ya no lo sea.

–Entonces –mamá le dice a Leon–. ¿Hace cuánto trabajas en Swan's?

–Un tiempo. Trabajé allí durante la secundaria, lo dejé brevemente por la universidad y luego regresé.

–¿Ahora no estás estudiando?

–No era lo mío –sacude la cabeza

–Tampoco fue lo mío –dice Todd

–¿Qué es lo tuyo? –le pregunta mamá a Leon.

–Eh –la mira con una especie de sonrisa nerviosa como si no estuviera vendiéndose bien, pero me buscó ayer a la noche. Ya se los ganó–. De hecho, tengo un sitio web de diseño y desarrollo de negocios. Eso es lo mío.

–¿Qué? –lo miro embobada–. No sabía.

–¿En serio? –replica mamá.

–Sí. Supongo que tengo facilidad para programar y diseñar. Comencé a hacer temas para plataformas de blogs y venderlos. Uno de los temas se hizo muy popular hace un año y medio y ahora extendí mi negocio a diseñar y desarrollar sitios web personales y profesionales.

–Excelente –dice Todd–. ¿Marcha bien?

–Sí. Estoy trabajando en el sitio de un escritor, el de una banda en ascenso y en los de algunos comercios locales de Ibis. Mi hermana me recomienda con todos sus amigos –dice–. Tengo algunos en proceso ahora. Parece que estoy en un momento de crecimiento y me gustaría mantener el impulso y transformarlo en mi fuente de ingresos primaria. Trabajar menos horas en Swan's.

Estoy atascada entre la sorpresa de esta información y la culpa de descubrirlo de esta manera. Siento que debería haberlo sabido o preguntado. No sé qué decir.

—Bueno, eso es fantástico —dice mamá—. Sostener dos empleos de esa manera. ¿Te gusta Swan's?

—Está bien. Me gusta el ritmo. Muy rápido. Me gusta la gente.

—Como mi hija.

El tenedor de Leon planea sobre su plato.

—Mamá —digo.

—Sí —sonríe—. Como su hija.

—Te *gusta* mi hija —replica. La pateo levemente debajo de la mesa, lo que no parece seguir el orden natural de las cosas. Ni siquiera parpadea—. No puedo expresar cuánto aprecio que hayas salido a buscarla.

—Por supuesto.

Silencio. Horrible, horrible silencio. ¿Qué se supone que debo decir? ¿Lo lamento? ¿Otra vez? Salvo que a Leon ni siquiera se lo dije una vez. Hundo mi tenedor en unos pepinos y tomates y los meto en mi boca porque no puedo decir nada si tengo la boca llena.

—Esa otra chica —dice Leon—. Penny Young.

Trago.

—¿Sabes sobre eso?

—Sí. Su mamá vive en Ibis. Ella la visita los fines de semana…

—¿La conocías?

—No. Pero todos están hablando de eso en mi pueblo. Supongo que el sheriff de Grebe está trabajando con el de Ibis. ¿Cuánto tiempo pasó? ¿Cuarenta y ocho horas? Eso nunca es bueno —apoyo mi tenedor, mi apetito desapareció. No sé si es porque lo que dijo Leon es terrible o porque parte de mí todavía quiere que siga desaparecida el lunes a pesar de ello.

—Romy la conoce —dice Todd.

–¿Qué? –pregunta Leon–. ¿En serio?

–Vamos juntas a la escuela. Está en mi año.

–En un momento eran cercanas –añade mamá.

–Oh –dice Leon y mantengo mis ojos sobre mi plato–. Lo lamento tanto.

Mamá y Todd lavan los platos y nos dejan solos. Leon sugiere que le muestre Grebe, pero le digo que estoy cansada y, en cambio, le muestro nuestro jardín. Nos sentamos sobre césped seco y miramos la cerca del vecino.

–¿Por qué nunca me contaste lo del sitio web?

–Pensé que lo mostraría en algún momento –encoge los hombros.

Acaricio el césped con mi palma. Cuando alzo la cabeza, me está mirando de una manera que me dice que hablaremos de cosas que preferiría evitar. Soy una experta en detectar esa expresión.

–Lamento haber hablado de más sobre Penny Young. Debería haber pensado…

–Está bien –lo interrumpo–. Ya no éramos cercanas. Ella y yo.

–Lo que quise decir allí adentro fue que… cuando desperté y me enteré… lo de Penny, después de haber conducido toda la noche buscándote… Sé que fueron cosas distintas, pero enterarme de esta chica que no llegó a casa. No lo sé. Me hizo pensar. Llamé a tu mamá y le pregunté si podía visitarte –hace una pausa–. Tenía que verte.

–Aquí estoy.

–¿Qué sucedió, Romy?

Arranco un puñado de césped. No quiero decir nada, pero supongo que tengo que darle algo más que eso, incluso si termina siendo un montón de nada. Por lo menos… es mejor.

–¿Conoces el lago Wake? ¿Sabes de la fiesta? Se hace todos los años…

–La conozco –dice–. Ibis también tiene tradiciones tontas. Estúpidas.

—Bueno, fui una estúpida.

—¿Te marchaste del trabajo para ir a una fiesta?

—Sí.

—¿En serio? —suena tan poco impresionado. Solo asiento y él sacude la cabeza—. Siento que estoy pasando algo por alto, Romy, porque…

—¿Nunca hiciste algo estúpido?

—Bueno, sí, pero… —arruga la frente. Fulmina el suelo con la mirada como si estuviera enojado y eso me enoja porque me doy cuenta de que no cambiará de tema, lo que significa que debo pensar mentiras más rápido que sus preguntas y no estoy segura de poder pensar con tanta velocidad hoy—. Cuando tu mamá llamó, dijo que te encontraron en una carretera a cuarenta y ocho kilómetros de Godwit. Dijo que estabas…

—¿Borracha?

—No —eso lo detiene un segundo—. Solo desorientada.

Miro a la cerca, intento llenar los espacios en blanco con el tipo correcto de mentira; el tipo correcto de mentira para Leon. *Jack Phelps.* Recuerdo la voz de Turner.

—Este tipo, Jack Phelps… es una especie de leyenda por aquí. Ahora tendrá la edad de mi mamá. Cuando fue su turno en la fiesta en el lago, se emborrachó y terminó en Godwit. Pareció una buena idea ver si podía llegar tan lejos —Dios, suena tan estúpido que podría ser verdad—. Apuesto a que ahora lamentas haberme buscado.

—¿Por qué dirías eso?

—Porque una chica *real* está perdida.

—¿Qué?

—Porque una chica está *realmente* perdida y yo estaba bien.

—¿Estás diciendo que estabas tan ebria que pensaste que ir a Godwit por tu cuenta sería una buena idea? No me parece que estuvieras bien.

—Ahora estoy bien.

—Bueno, bien —me mira y me obligo a devolverle la mirada. Necesito que la chica que estaba buscando sea la que ve ahora.

—No lamento haberte buscado.

A ti. Tú. Yo.

Ella.

Se inclina y me da un pequeño beso. Sella el labial.

Me despierto sin hacer ruido y me preparo.

Me lavo los dientes y luego cepillo mi cabello, lo peino en una cola de caballo que resalta el magullón en mi mejilla porque me destrozarán si creen que estoy intentando esconder algo. Abajo, Todd está haciendo café, me echa un vistazo. Toma dos tazas y extiende una hacia mí. Sacudo la cabeza y la vuelve a guardar.

—Pensé en dejar dormir un poco más a tu mamá. No descansó mucho este fin de semana.

—Lo lamento —balbuceo y presiento que se disculpará conmigo porque Todd no es del tipo de persona que hace comentarios con doble sentido y piensa que lo tomé de esa manera. Solo dijo la verdad. Mamá no durmió mucho este fin de semana y fue por mi culpa—. ¿Alguna noticia de Penny?

—Solo que sigue desaparecida —cruza los brazos y descansa contra la mesa–. Apuesto a que estará en la portada de *Grebe Noticias*. Y sin dudas hablarán de eso en la escuela.

–Sí.

–Apuesto a que muchas personas estarán aliviadas por eso, después del lago.

A veces quiero preguntarle a Todd cómo es tan bueno en eso. Saber más de lo que insinúa. Pero tengo la sensación de que es por todos esos años que pasó al margen después de su accidente. Cuando lo único que puedes hacer es mirar, observas.

–Tal vez. De todos modos, será mejor que me vaya.

–Directo a la escuela –lo dice con tanta firmeza que me sorprende, también parece sorprenderse un poquito–. Ve directo a la escuela.

–Lo haré.

Camino lento, no tengo ningún apuro por llegar. Cuando finalmente puedo ver el edificio, mi cuerpo comienza a rebelarse. Una parte de mí tras otra. Siento un hormigueo en el pecho, mi corazón se acelera y se me cierra la garganta. Hay una chica desaparecida.

Que sea ella de quién hablen.

Cuando llego al estacionamiento, hay un momento de tranquilidad entre las llegadas de la mañana. Veo algo fuera de lugar en el lado de los estudiantes, es tan siniestro como un perro negro: el Explorer de Turner. Hay vida detrás de las puertas principales; cuerpos moviéndose hacia algún lugar. John y Jane resisten en su lugar. Jane. Eso fue hace menos de una semana.

Inhalo profundamente y entro. Me están mirando. Ojos que me miran largo y tendido hacen que quiera desaparecer, pero están hablando de Penny, mientras me miran.

Paso por la oficina de administración y veo a Turner, sombrío, en el centro de un grupo de profesores que lo presionan con preguntas. Su boca se está moviendo, pero su mirada se desvía hacia mí y se detiene. Un sudor frío estalla en mi nuca. No quiero que la gente me vea cerca de Turner, no sé qué podrían llegar a pensar. Paso por unos casilleros, doblo por una curva ciega y luego termino parada en un rincón y Brock está cerca, en su casillero. Me ve antes de que pueda encontrar otro lugar y, al principio, luce como si no supiera qué hacer con la situación: Alek no está con él, Penny desapareció. Yo, aquí. Cierra su casillero, mira desde el magullón de mi mejilla hacia abajo.

—Guau —dice suavemente—. Cómo te entregaste el viernes.

Mi corazón se endurece. Es un puño.

—Repite eso, Brock.

—Al alcohol —se enmienda—. ¿Necesitas que alguien te cuente qué sucedió?

—¿Qué te hace pensar que necesito que me lo cuenten?

—Bueno, el buen sheriff dice que no recuerdas una maldita cosa, pero podría informarte. ¿Quieres detalles?

—¿En dónde está Alek?

—No es asunto tuyo.

—¿Por qué estás aquí si él no lo está? —le hago esta pregunta y sus mejillas se ruborizan lo suficiente para notarlo—. Ah, te dijo que estuvieras aquí, ¿no? Estás aquí porque él te lo dijo.

—Solo estoy siendo un buen amigo —dice—. Pero supongo que no sabrías cómo es eso, considerando que no tienes ninguno.

—¿Eso es lo mejor que tienes?

—Puedo ser mucho peor.

Miro por el pasillo. Solo estamos nosotros dos aquí, solos, juntos y yo soy la que tiene que cargar ese peso. Da un paso hacia adelante... me alejo.

—Entonces, ¿lo disfrutaste? —grita detrás de mí—. ¿Entregarte?

En mi aula, todos están callados, incluso el señor McClelland. Sus manos están entrelazadas, cejas arrugadas. Me siento en el fondo de la habitación y observo a la gente entrar, sus rostros están tan tristes. Clavo los míos en los asientos vacíos de Alek y Penny. Suena la campana, pero no llega nunca la señal de los anuncios.

—Habrá una asamblea especial —dice McClelland—. Hay una asamblea especial… —le echa un vistazo al reloj—. Ahora. En el auditorio. Hagan una fila y síganme hasta allí

Seguimos las instrucciones. Me recuerda a la escuela primaria; nos escoltaban de una clase a otra porque éramos demasiado jóvenes como para que confiaran en nosotros para hacer algo solos. Pero ahora se supone que tenemos edad suficiente para cuidar de nosotros mismos.

McClelland abre la puerta. La clase de la señora Leven está alineada en frente del pasillo y marchamos juntos, lado a lado, hacia el auditorio. Nos indican en qué fila sentarnos, no podemos elegir nuestro lugar.

Mantengo los ojos en el escenario. Hay tres sillas vacías detrás del podio y cuando todos se sientan y atenúan las luces, aparecen la directora Diaz, el vicedirector Emerson y el sheriff Turner. Emerson y Turner ocupan las dos primeras sillas, pero Diaz toma el micrófono.

—Desearía haberlos reunido aquí en mejores circunstancias. Estoy segura de que la mayoría de ustedes, si no todos, ya conocen la desafortunada noticia relacionada con una de nuestras queridas alumnas de último año. Para asegurarnos de que tengan información *correcta*, pensamos que sería mejor que proviniera directamente de nosotros y de las autoridades locales. Penny Young está desaparecida.

Y, aunque ya sé esto, sus palabras me golpean como hielo, como si nunca lo hubiera creído. Susurros frenéticos inundan la habitación. Los profesores nos permiten un breve momento para discutir lo que acabamos de escuchar.

Le echo un vistazo a las filas y veo a Tina junto a Yumi y Brock. Yumi está llorando, pero el rostro de Tina está rígido, enojado. No puedo recordar haber visto llorar a Tina alguna vez. Cuando algo la lastima, Tina devuelve el golpe inmediatamente. No se permite sentir el dolor.

—Todavía no sabemos qué sucedió exactamente, así que no tiene sentido sacar conclusiones apresuradas —continúa la directora y pienso en lo que dijo Leon, ya superamos las cuarenta y ocho horas—. Si necesitan hablar con alguien, el consejero está aquí para escucharlos, al igual que los miembros del cuerpo docente. Acompañamos en sentimiento a los Young en este momento difícil. Estaremos rezando para que Penny regrese a salvo. Ahora hablará el sheriff Turner y espero que escuchen lo que tiene que decir en silencio y con respeto.

Diaz se sienta y Turner se acerca al micrófono, su expresión es perfectamente seria. Penny, la hija que nunca tuvo, la nuera que esperaba tener. Intento imaginarme a Alek buscando desesperado a la chica con la que pensó que se casaría mientras el resto de nosotros estamos aquí, siendo informados de su desaparición. Ansío tanto que los Turner sientan dolor que acepto que se produzca en cualquier contexto.

—Buen día.

Turner nos evalúa, hace que nos encojamos en nuestros asientos. Siempre es incómodo estar cerca de un policía, es como si de alguna manera supieran todas las cosas terribles que hemos hecho o que pensamos hacer.

—Esto es lo que sabemos —dice—. Sabemos que Penny fue vista por última vez el viernes a la noche en la fiesta en el lago Wake. Se marchó entre las diez y media y las once de la noche en su *scooter* Vespa blanco. Se suponía que debía ir a la casa de su madre en Ibis, en dónde pasaría el fin de semana, pero nunca llegó. En este momento, no sabemos si Penny se marchó de Grebe o si llegó a Ibis, pero ya iniciamos y continuamos realizando una búsqueda en las áreas aledañas. Estamos trabajando con el departamento de policía de Ibis y contamos con su total colaboración.

»Si alguno de ustedes tiene alguna información; si vieron a algo sospechoso, o si escucharon o encontraron algo en internet, o en las redes sociales en la noche de la fiesta o desde entonces; si hablaron con Penny y les dijo algo que podría ser de importancia, un oficial estará en la oficina administrativa hasta el mediodía y, por supuesto, pueden llamar a la estación en cualquier momento. Tenemos un número para datos anónimos. Si *saben* algo, les pedimos que nos lo informen tan pronto sea posible. El tiempo es esencial en estos asuntos.

—¿Eso significa que creen que la secuestraron? —pregunta un chico, sentado más adelante.

Diaz se pone de pie y su voz resuena en la habitación sin la ayuda de un micrófono.

—¿Lex Sanders? Esto no es un interrogatorio. Te veré en mi oficina cuando termine la asamblea.

—Les hemos contado lo que podemos —dice Turner—. Nadie ha visto ni se ha comunicado con Penny desde el viernes a la noche. Una vez más, debo enfatizar la importancia de que compartan cualquier información que crean pueda ser útil para ayudarnos a encontrarla. Gracias.

El sheriff Turner regresa a su asiento y Diaz al podio.

—En estos momentos deben respetar a sus compañeros y a las personas que conocen y aman a Penny Young. Cuando tengamos más información, lo sabrán. En lugar de su primera clase, usaremos esta oportunidad para procesar las noticias juntos como comunidad.

Nadie hace un sonido hasta que Diaz regresa a su asiento y Emerson y Turner se inclinan hacia adelante, murmuran entre ellos mientras toda la habitación cobra vida y no puedo asimilar todo a la velocidad que está sucediendo. Nuestra hermosa rubia. Lloran por ella y retuercen sus manos de una manera que nunca lo harían por mí. Esto es lo que sucede cuando una chica sufre un destino que nadie cree que merezca.

Prewitt está parada delante de la pista con su tabla pisapapeles debajo de su brazo.

—Sé que es difícil, pero deben mantener un pensamiento positivo. Todo es sobre el enfoque. Así se encuentra a la gente —se aclara la garganta—. Quiero que hoy sean más *rápidos*. Mejores que nunca. Rompan sus propias marcas y podrán contárselo a Penny cuando regrese.

Creo que es bastante estúpido, pero tal vez hubiera sido peor si no hubiera dicho nada en absoluto. Nos colocamos en nuestras posiciones y el sonido agudo de su silbato nos da la señal de salida. Corremos en silencio, nadie ni siquiera intenta iniciar una conversación. Pero no puedo mantener mi cabeza callada. Mis pensamientos son una serpiente que come su propia cola. Penny, el lago. Penny. Estoy tan enojada con ella. Estoy enojada con ella por haber ido a Swan's, por haberme hecho ir al lago y juro que... me hace ir más rápido. Me hace más veloz.

Regresa, Penny. Déjame que te cuente todo.

En el vestuario, me deshago de mi camiseta y de mis shorts, me siento observada y cuando me volteo, Tina está inclinada sobre su casillero, sus ojos clavados en mí. Está semivestida, su rostro brilla con el sudor.

—¿Lo planeaste así? —pregunta.

—¿Qué?

—Que Penny desapareciera la misma noche que te embriagas como una infeliz en el lago —dice—. Porque, si ella estuviera aquí, estaríamos hablando de ti en este momento.

—Es la primera vez que veo que algo te impida abrir tu maldita boca.

—¿Sabes cuán ebria estabas? —pregunta—. Fue la mejor imitación de tu padre que he visto en mi vida —su mirada cae hasta mis pechos—. Por cierto, lindo sujetador.

Cruzo mis brazos, pero no digo nada. No sé si habla del sujetador que tengo ahora... o del que tenía esa noche.

—¿Qué significa eso?

Tina cierra su casillero. Las otras chicas se desvisten a nuestro alrededor con cuidado. Ni siquiera quieren que un roce de prendas interfiera con lo que están escuchando.

—¿Sabes lo que me dijo Brock?

—Solo puedo imaginarlo.

—Grey se marcha de la fiesta —Tina de dice a Yumi, a todas—. Viste lo ebria que estaba. Se marcha y casi llega caminando a Godwit. Su mamá denuncia que está desaparecida. Leanne Howard la encuentra al costado de una carretera a la mañana siguiente. La mitad del departamento la estaba buscando. La mitad.

Echo un vistazo en dirección a las duchas y solo después de hacerlo me doy cuenta de que esperaba que Penny terminara este enfrentamiento, que saliera caminando —*¡Estuve aquí todo este tiempo!*— y nos dijera que nos callemos o algo así porque por más que fuera raro que me defendiera, tampoco solía estar de humor para las tonterías de Tina. Siento dolor y ni siquiera puedo pretender que no sé por qué.

Extraño la presencia no bienvenida de Penny en mi vida.

—Se emborracha y sale a pasear con el auto. Se emborracha, no puede conducir y camina. No te olvides... también miente. Todo este tiempo. La chica que dijo que la violaron y la mitad del departamento estaba buscándola la mañana del sábado. ¿A quién trajeron a casa? A Grey. No a Penny.

Me volteo hacia mi casillero y tomo mis prendas. No me quedaré aquí para esto. Me pongo mis shorts y los abotono.

Pero Tina no terminó. Ah, no.

—Será mejor que esa mitad no hubiera hecho la diferencia —sigue.

Y ahora está en sus cabezas: les arrebaté algo de la búsqueda de Penny. Siento el inicio de otro nuevo nivel de odio emanando de ellas. Paso mi camiseta por mi cabeza e intento poner mi mente en blanco mientras la habitación se transforma en susurros despiadados.

Escucho a una chica decir:

—¿Por qué ella?

Cuando llego a casa, voy a mi habitación, me siento en mi escritorio y abro mi portátil.

Las palabras del sheriff Turner me siguieron todo el día, me hicieron sentir estúpida. "Si vieron a algo sospechoso, o si escucharon o encontraron algo en internet, o en las redes sociales en la noche de la fiesta o desde entonces...". Eliminé todas mis redes sociales hace un año, pero debería haber pensado en ello, si fue malo —tan malo como dice Tina– tiene que haber algo de mí misma, de mi noche, en el último lugar en dónde quiero verlo.

Abro un buscador y me congelo por un largo rato mientras mastico mi labio.

Necesito terminar con esta parte.

Entonces, hazlo.

Sé en qué sitios buscar, en dónde están todos los de mi escuela porque solía estar en todos esos lugares con ellos. Podría comenzar buscando a una chica con mi nombre, pero no estoy lista para ser tan específica. En cambio, tipeo un *hashtag*, **#LagoWake**. No encuentro nada. Por supuesto, no serían tan obvios, pero necesitaban algo... algo que los uniera en línea para que ninguno se perdiera un solo momento de la fiesta en la que estaban todos juntos.

Lo encuentro.

#Despierta

Doy click y la historia empieza a desenvolverse a través de actualizaciones de estado.

Avanzo rápidamente por el período de anticipación de una semana (**No puedo esperar por #LW #sí #Despierta**) hasta que llego a la propia fiesta. Comienzo con Andy Martin, quien publicó una foto de una mesa repleta de vasos de plástico con alcohol, la mitad de ellos casi desborda de un líquido ámbar. Me sobresalto al ver filas de tragos y temo que eso signifique que es un recuerdo. ¿Bebí uno?

Acompaña la foto con: **preparaciones #Despierta**.

Luego, una foto de la superficie serena del lago. Otra vez de Andy.

#DESPIERTA

Todos lo hacen.

Ignoro todo lo que no significa nada para mí. Selfies de atuendos, selfies en el camino, selfies en el lago. Son interminables y, en algún momento, también hubiera hecho lo mismo. Hubiera contribuido al *hashtag* con tantas ansias, tan lista para sentir cada posibilidad de lo que podría suceder como si nada pudiera ser malo, y tal vez, alguna vez… no lo hubiera sido.

Clavo la mirada en las luces colgadas de los árboles, el lugar en donde aparcaron todos los autos, rastros borrosos de gente moviéndose demasiado rápido para la cámara. Casi puedo escuchar la música…

Aparecen fotos de Penny y Alek. Sus rostros logran sorprenderme porque estoy demasiado concentrada buscándome a mí. Hay capturas borrosas de ellos, algunas tienen un filtro que parece dar un efecto intencional. Es como si todos quisieran una parte de ellos; estaban desesperados por tomarle una foto a la pareja dorada con la esperanza de recibir un "me gusta" de ellos más tarde, solo para poder sentirse un poquito dorados ellos también.

Deslizo hacia abajo hasta que el impacto de mi nombre aparece en la pantalla.

quién invitó a grey #Despierta

Hay una foto movida… ¿de mí? Reconozco la camisa, la falda. Ay, Dios. Soy yo. Aquí. Aquí, aquí, aquí. Ahora soy parte de la fiesta. Mi corazón late rápido, más rápido que después de correr. Estoy aquí, estoy en el algo. Ahora. Entonces. Trago saliva y sigo deslizando la pantalla, paso a otras personas viviendo sus noches. Una hora después de mi llegada, aparece una actualización delante de mis ojos y me golpea.

cómo una chica se emborracha tanto en una hora #maldición #talento #Despierta

No significa que hablaban de mí. No significa que hablaban de mí, pero la acusación recae sobre mí porque, ¿por qué podría no haber sido yo? ¿Por qué podría no haber sido sobre mí? Mis manos comienzan a temblar. Sigo desplazando hasta que aparece otro nombre familiar. No es el mío, pero es tan doloroso como una patada en los dientes.

Paul Grey está BIEN representado esta noche #Despierta

Tina publicó eso. Le gustó a tantas personas. No hay nada nuevo por un rato. Todos los demás son las estrellas de sus propias películas, se mencionan y responden entre sí con @, así pueden saber qué está sucediendo en dónde y hacerse presentes. Estoy buscando momentos en los que aparezca y luego…

guau desastre ebrio y desaliñado en la fogata #Despierta

Y toda la gente que no está en la fogata quiere saber: **quién??**

Abro la conversación.

RG.

Todo desaparece menos esas iniciales, mis iniciales, resaltadas con estrellas una y otra vez por mis compañeros. Esto es lo que Tina me prometió, un desastre ebrio y desaliñado en el lago. Miro el intercambio intentando transformarlo en algo inexistente, o a sus palabras o a mí misma, porque no quiero vivir en un mundo en dónde soy esas palabras, en dónde era esas palabras. ¿Y qué hay detrás de ellas? ¿Qué estaba haciendo? Mi cabeza está desesperantemente en blanco. No me permitirá recordar mi noche. Sigo revisando lo que queda del *hashtag* **#Despierta** en búsqueda de más cosas, peores. Hay fotos, muchas. Las miro rápido, obligándome a mirar, pero no hay ninguna de mí, solo actualizaciones que podrían ser sobre mí.

eso fue patético #Despierta y **tontas perras borrachas #Despierta**

Siento un recuerdo de la voz de Penny, suave y juguetón.

No hiciste nada estúpido, ¿verdad?

¿Lo hice?

Sigo buscando y lo único que veo es **#Despierta #Despierta #Despierta #Despierta**. Luego, horas después de mi aparición en la fiesta, horas después de cuando creo debería haberme marchado, Alek hace la pregunta ahora en labios de todos:

En dónde está @PennyYoung?

Cliqueo en su nombre y encuentro la última actualización que publicó. Tiene la hora de cuando la noche comenzó, después de que habló conmigo en la cafetería.

Estoy aquí.

En Swan's, Tracey me hace entrar en su oficina. Se sienta detrás de su escritorio, nunca la vi tan seria y mi estómago se agita por la idea de que me pregunte por Penny, qué estaba haciendo Penny aquí la misma noche que ambas desaparecimos porque Holly no se pierde ningún detalle. A esta altura, ya debe haberse dado cuenta y se lo debe haber contado a todos.

Pero no lo menciona

–He despedido a gente por mucho menos de lo que tú hiciste –dice Tracey–. Pero me alegra que estés bien. Considera esto una advertencia. Ahora sal y vuelve a trabajar.

–Gracias –le digo y entro en la cocina. Siento un cosquilleo en la piel por la reprimenda. Odio que me regañen como si fuera una niña. Cuando entra Holly, me preparo para recibir más de lo mismo, pero pasa por al lado mío, toma su delantal y se lo pone sin decir una palabra.

–Hola, Holly.

Entra al salón. No me hablará y eso me hace pensar que Penny debe haberse desvanecido de su memoria, se transformó en una rubia más sin rostro que estaba de paso, como tantas otras antes.

La frialdad de Holly es contagiosa. Algunas de las otras chicas mantienen sus ojos clavados sobre mí. Incluso las que no suelen hablarme; hay una tensión en la manera en que no lo hacen ahora. Le echo un vistazo a Leon, quien no pasa nada por alto.

–¿Descanso más tarde? –pregunto porque quiero que Leon elimine esta sensación, pero no me refiero a una manera que involucre sus manos sobre todo mi cuerpo; aunque también quiero eso.

–Mejor no –le dice a Annette que se ocupe de la parrilla un segundo y luego camina hacia mí. Baja la voz–. Trabaja durante tu descanso.

–¿Qué?

–Trabaja durante tu descanso, Romy –repite–. Ahora que regresaste, todos tienen tiempo de estar enojados al respecto. Deja que se tranquilicen y demuéstrales que no estás jugando.

–Pero no estaba… No estaba jugando.

Me mira de una manera que arde, pero… en su versión de la noche del viernes, supongo que sí estaba jugando.

–Sé que apesta, pero están enojados porque les importas.

–Ok –digo.

–Lo digo en serio. Holly era un desastre. Salía a atender sus mesas, regresaba a la cocina y perdía la compostura. Tienes que dejarlos estar enojados y tienes que intentar enmendarlo.

–Entonces trabajaré durante mi descanso.

–Eso ayudará, especialmente con Tracey. Holly puede que sea más difícil de quebrar, pero se tranquilizará y, una vez que lo haga, todos los demás lo harán –dice–. Y luego simplemente nunca vuelvas a hacer algo tan estúpido.

Hay cierta dureza en su voz cuando lo dice y supongo que tal vez sigue un poco molesto por todo lo que sucedió también.

—Gracias por el consejo.

—No estaré aquí mañana. Tengo que llevar a Caro a una cita con su doula.

—¿Qué es eso?

—Apoyan a la madre con el aspecto emocional más que médico durante el embarazo y el parto. Caro dice que ayuda un montón.

—¿Cuánto le falta?

Annette le hace un gesto para que regrese a la parrilla y él asiente en reconocimiento.

—Ya está casi pasada de tiempo. Ese niño no parece estar apresurado por salir.

—¿Puedes culparlo?

Se ríe un poco, como si hubiera hecho una broma.

Camino fatigosamente por el calor, mi piel y mis ojos están secos; no se termina nunca. Terminaremos haciéndonos polvo y desearemos habernos preocupado antes por el clima, tal vez no sería lo peor que podría pasar. La secundaria Grebe se cierne delante de mí y recién noto que Jane y John han sido retirados cuando estoy atravesando el estacionamiento. Hay un inquietante espacio en blanco en dónde solía estar el espíritu escolar. Penny ya no está y se lo llevó con ella. Adentro, hay una cartelera de noticias al lado de las escaleras; ahora que se terminó la fiesta, hay un nuevo llamado a la acción.

ENCUENTRA A PENNY

VISITA LA BIBLIOTECA ANTES DEL INICIO DE
CLASES O DURANTE EL ALMUERZO
PARA ENTERARTE DE CÓMO PUEDES AYUDAR

Despierta.

Debajo, hay una fotografía de Penny. De cierta manera, la hace parecer menos real. Sus ojos y su sonrisa planos, su cabello tan pixelado, la ampliación de la foto perdió su brillo. Cierro los ojos e intento imaginarlo de otra manera. En vez de su rostro, veo un cartel que dice ENCUENTRA A ROMY. Me pregunto cómo es estar desaparecida. En dónde sea que Penny esté ahora, tiene que saber lo que inspiró, que están buscándola porque la gente quiere que regrese. ¿Qué sucedería si fuera yo? Tal vez se olvidarían. Tal vez les caería mejor. ¿Eso sería siquiera posible? Creo que intercambiaría lugares con ella para descubrirlo. De todos modos, lograría desaparecer.

La puerta se abre detrás de mí y un hombro se clava en mi espalda y me empuja hacia adelante. Estoy demasiado apartada del camino para que haya sido de un accidente y cuando me volteo… Tina.

—Habrá una búsqueda con voluntarios —dice—, la próxima semana.

—¿Y?

—¿Irás?

—¿Por qué iría?

—Es lo mínimo que puedes hacer.

—Ah, ¿sí?

—No me importa quién esté allí afuera buscando a Penny siempre y cuando la estén buscando.

—Tal vez deberías consultar si Alek se siente de la misma manera —replico. Se avergüenza, no lo pensó bien—. ¿Ya volvió?

No responde, entonces volvió. Me sorprende que no haya pintado a la escuela de negro con su dolor. Tina mira fijo al cartel.

—Deberías haber sido tú —dice.

Me muerdo la lengua, tengo tantas ganas de lastimarla. Llegan algunas otras personas y comienzan a amontonarse en la cartelera. Es un momento tan bueno como cualquier otro para desaparecer así que me marcho.

—¿Viste su último *tweet*? —escucho preguntar a una chica.

—¿De quién? —replica Tina.

—De Penny. Fue espeluznante.

Estoy en mi casillero cuando alguien sisea "perra desperdicio de tiempo" a mi espalda. Me volteo y encuentro a Trey Marcus, sus ojos están clavados hacia adelante como si no lo hubiera dicho. Es otro golpe y, si sé algo, es que tengo que esquivarlos cuando puedo, incluso si eso me coloca en lugares en dónde no quiero estar. Me dirijo a la biblioteca. Me hago parte de su esfuerzo. Veamos quién me llama "perra desperdicio de tiempo".

No pueden tener las dos opciones.

La exhibición con las lecturas obligatorias ya no está y, en su lugar, unieron tres mesas. Hay una pequeña multitud reunida delante de ellas y, detrás, están Alek y Brock de pie.

Brock está tan cerca de Alek que podría ser su titiritero. Murmura algo en el oído de su amigo. Alek asiente serio. Está intentando mantener la compostura, lucir como un hombre controlando una crisis, pero es tan transparente. Es el novio destruido. Su imagen de perfección está arrugada y hay cierta dureza en él, como si hubiera pasado la noche en esas prendas, despierto. Hay círculos negros debajo de sus ojos rojos y el color de la sangre hace que sus iris verdes resalten todavía más. Sus labios están tan pálidos como su rostro. Pronto colapsará. Si ya está así de mal y esto es solo el inicio… si ella no regresa, dejará que esto lo consuma hasta desaparecer. Se endereza un poco, intenta lucir valiente y me pregunto quién estaría en su lugar si hubiera sido yo. ¿Quién se pararía en esa mesa y luciría siquiera un poquito quebrado al respecto?

Ella.

Hay una canasta con cintas blancas en frente de Alek para que coloquemos con un alfiler. (¿Qué color sería el mío?). Una pila de carteles de DESAPARECIDA y una hoja para anotarse. Andy Martin revolotea cerca con su cámara pesada colgando sobre su cuello. Sus dedos acarician el botón para disparar como si no estuviera seguro de si debería estar tomando fotos para el anuario.

Me acerco a la mesa y todos me miran. Todos. A Alek se le corta la respiración. Puedo escucharlo. Brock se estira delante de él y aleja las cintas. Tomo la canasta antes de que pueda alejarla completamente de mi alcance. Abrocho una en mi camiseta.

—Quítatela, ahora —dice Alek. Me muevo hacia los carteles y tomo un puñado. Intenta arrancármelos, pero se detiene cuando los aferro a mi pecho. Inhala profundamente—. Quítate la cinta y devuelve esos.

—No. Tina me dijo que debería ayudar.

Alek mira a Brock y sé que Tina recibirá una sorpresa después, así que mi trabajo aquí está hecho. Cat Kiley se acerca y me quita de su camino. Sus ojos almendrados se fijan en Alek.

—Lamento tanto lo de Penny.

—Gracias —dice Alek débilmente. Todavía me está fulminando con la mirada.

—Regresará, sé que lo hará —señala con la cabeza a la hoja para anotarse al lado de los carteles—. ¿Qué pasa una vez que anote mi nombre?

Esto se está tornando demasiado para Alek, así que Brock toma el control.

—Dejarás tu correo electrónico y tu teléfono, y te enviaremos cualquier novedad relacionada a Penny, pedidos de colaboración, como colgar carteles en áreas aledañas. También estaremos en contacto por la búsqueda de voluntarios en el lago el lunes que viene. Cosas grandes como la búsqueda también se informarán por el servicio de mensajería de la secundaria, pero Diaz nos dijo que no lo sobrecargáramos, así que…

—Espera, pensé que la policía ya había buscado allí. ¿Creen que podrían haber pasado algo por alto?

—Estoy seguro de que el sheriff Turner no pasó nada por alto —replica Brock—. Pero una segunda mirada no está de más.

—No lo dije en ese sentido —Cat se pone roja, garabatea su nombre y se marcha apresurada.

Tomo la pluma. Está cálida por la mano de mi compañera. Miro el papel. Creo que hice esto mal. No debería haber venido, pero es demasiado tarde para retroceder.

Anoto mi nombre.

–Fui al lago, ahora la situación se calmó por allí.

Así me recibe mamá cuando llego de la escuela. Está en la puerta de casa como si me hubiera esperado allí por horas. La imagino observando la calle hasta detectar una ráfaga de mí, sin poder creer que estoy en casa hasta que *estoy* en casa, justo en frente de ella. Tomo los carteles de "perdida" de mi mochila antes de lanzarla sobre el suelo para que no se arruguen.

–Busqué en todos lados –dice–. Pero no encontré tu teléfono.

–No era necesario que lo hicieras. Gracias.

–Todavía podría aparecer –estruja mi hombro–. Es rojo, tiene tu nombre grabado. Sería difícil no verlo, si no terminó en el agua.

–No estuve cerca del agua.

Pero no sé si eso es cierto. Quiero creer que sí. Quiero creer que lo que sea que haya sucedido en el lago, sin importar lo que la gente diga o escriba en internet, fuera durante momentos en los que podía contar conmigo misma, incluso para algo tan estúpido como mantenerme alejada del agua si estaba ebria.

—¿No? —está sorprendida.

—No —vacilo y me delato. Toda la compasión que no deseo está en sus ojos.

Los carteles en mi mano se convierten en una distracción perfecta. Le doy uno y lo estudia cuidadosamente como si fuera un recién nacido, pasa su pulgar sobre el rostro granulado de Penny.

—Deberías llevarlos a Swan's, si no tienen algunos allí todavía.

—Sí —digo.

Pero no los llevo conmigo a Swan's. Al principio, no.

Descansan en mi escritorio y es peor tenerlos allí porque no dejo de pensar en lo que me dijo Tina: la mitad del departamento de policía me estaba buscando. "Será mejor que esa mitad no hubiera hecho la diferencia". Tal vez algún camionero vio a Penny y vaya a cenar a Swan's y lo único que impida que lo informe sea que los carteles estén a la vista o no. No lo sé.

Solo quiero que Penny y Tina ocupen menos espacio en mis pensamientos, así que me rindo y llevo los afiches al trabajo. Tracey me deja colgarlos en la cartelera de anuncios. Mira la horrible foto en blanco y negro de Penny y la ve viva, algo que yo no pude hacer. Murmura, "hermosa, es tan hermosa" y me hace sentir que el nivel de tragedia es directamente proporcional a la apariencia de Penny. Le pido no venir a trabajar el lunes para participar de la búsqueda, aunque todavía no decidí si iré.

—Por supuesto —dice y, mientras salgo de la oficina, añade—: Te hace pensar, ¿no? Eres afortunada, Romy.

Me pregunto si eso significa que piensa que soy lo suficientemente bella para que sea tan trágico. Pero digo "sí" porque es lo que quiere que diga.

Leon tiene tiempo antes de que inicie su turno, así que me ayuda a colgar los afiches, se encarga de la cinta adhesiva mientras retiro los anuncios ya vencidos para hacer lugar.

—¿Cómo están las cosas en Grebe? —pregunta y asegura las esquinas de Penny.

—Como te lo imaginas —ubico otro afiche justo al lado del que acabo de colgar. La gente ignorará uno solo, pero tal vez dos o tres llamen su atención—. Es triste. Hay una búsqueda con voluntarios el próximo lunes. ¿Cómo fue la cita con la doula?

—Fue asqueroso —hace una mueca—. Quiero decir, estuvo bien. Pero ahora sé sobre algo llamado tapón mucoso. Así que…

—Ah. Uy.

—Sí. Podría haber vivido un poco más sin saber eso.

—¿Cómo está Caro?

—Está tranquilizándose —dice. Coloca cinta adhesiva sobre la última esquina del tercer cartel con una pequeña sonrisa—. Nunca vi a mi hermana tranquila —señala con la cabeza hacia la cocina—. Tengo que ir a prepararme. ¿Regresarás?

Le digo que estaré allí en un minuto y tomo la cinta adhesiva de sus manos. Miro fijo a los afiches durante un largo momento. Tres alineados, lado a lado, casi como arte moderno. Pero eso es bueno, llama la atención, pienso. Me pregunto cómo luce al entrar así que salgo y camino hacia atrás hasta que puedo ver los afiches a través de la puerta y luego avanzo como cualquier persona que se detiene para comer algo. Quiero saber en qué momento exacto mis ojos detectan el DESAPARECIDA y el rostro de Penny; pero luego aparece Holly y bloquea mi visión.

—¿Volverás a abandonarnos? —pregunta. Es la primera vez que me habla desde la noche del viernes. Señalo a los afiches detrás de ella.

—Solo quería ver cómo lucen.

–Dijiste que no la conocías –dice Holly.

–¿Qué?

–Penny Young –cruza los brazos–. Estuvo aquí, ese viernes. Tan pronto la vi en el periódico, la reconocí. Te sentaste justo enfrente de ella en esa cabina y luego ambas se molestaron por algo y se marcharon las dos, una después de la otra. Desapareció, sigo esperando que digas algo al respecto, pero nunca ibas a hacerlo, ¿no?

Mi corazón se detiene. Pensé que Holly no había notado a Penny, pero Holly nunca pasa nada por alto. Fue estúpido creer eso.

–No –respondo finalmente–. No iba a hacerlo.

No esperaba una respuesta sincera, la toma por sorpresa y puedo alejarme de ella. Se estira hacia mí.

–Romy, solo un minuto…

–Olvídalo, Holly.

Pero otra cosa sobre Holly es que no sabe cómo olvidar nada. Me sigue hasta la cocina pisándome los talones. Cuando estamos detrás de la puerta cerrada, se desquita conmigo.

–¿Por lo menos le dijiste a la policía que estuvo aquí?

Eso hace que todos miren. La cabeza de Leon gira hacia mí. Chicas que estaban por salir al comedor, con anotadores y lápices en la mano, se detienen para escuchar lo que Holly tiene para decir.

–¿Le dijiste a la policía que Penny Young estuvo aquí? –vuelve a demandar.

Paso de cero a cien en un segundo.

–Holly, ¿podrías *cerrar la boca*?

–Ey –dice Leon con fuerza y Holly queda boquiabierta porque nunca le hablé de mala manera antes. El chico apoya su espátula y se limpia las manos en su delantal–. ¿Qué está sucediendo?

–Penny Young estuvo aquí la noche que desapareció –explica Holly señalándome–. Ella fue la cliente que Romy atendió antes de marcharse y me dijo que no la conocía. Ahora me pregunto si ha estado siendo tan honesta con la policía –me mira–. No se juega con este tipo de cosas, Romy. Es serio.

–Y tampoco es asunto tuyo –digo–. *Sí*, se lo conté a la policía, pero no fue el último lugar en donde fue vista así que no importó. No soy tu jodida hija y no trabajo para ti, así que déjame tranquila.

Salgo furiosa de la cocina por la puerta trasera. Se cierra de un portazo detrás de mí. Pateo el contenedor de basura. Mi pie golpea con fuerza el metal, el impacto irradia en mi pierna. Eso se sintió demasiado cerca, como cuando mi mamá casi se sube al auto de Todd el día del accidente. No debería haber colgado esos carteles. Intento ser una buena chica por alguien que nunca me ayudó y resulta ser todavía peor. Vete al diablo, Penny. Solo… vete al diablo.

Froto mi palma sobre mi boca y luego siento el pánico. Es un gesto tan arraigado después de un año de hipervigilancia –*arruinaste tus labios, arréglalo*– que mi otra mano busca en mi bolsillo. Encuentro mi labial y delineo mi boca con él porque después de un año de hipervigilancia, conozco su forma lo suficientemente bien como para hacerlo sin espejo.

Leon sale justo cuando estoy lista. Guardo mi lápiz labial y me alejo del contenedor de basura. Intento lucir arrepentida, pero sé que no será suficiente.

–¿Qué diablos fue eso?

–Me estaba acusando…

–No, estaba haciéndote una pregunta. Una buena pregunta –me interrumpe–. No le hables a Holly así. Sabes con todo lo que tiene que lidiar en casa, Romy. Por favor. No necesita esto.

–Yo tampoco lo necesito. Me estaba acusando –repito porque no sé qué más decir, pero tengo que pensar algo para que su última palabra no sea una reprimenda hacía mí, porque si lo dejo así me enojaré y terminaré haciendo una tontería. No necesito que ningún chico me diga cómo hablar con otras personas, pero tampoco quiero actuar como una tonta delante de Leon.

—Eso no es lo que vi —dice.

—Eso es lo que sentí.

Exhala y mira hacia arriba como si estuviera arrancando las palabras del cielo. Espero que sean las indicadas.

—No creo que entiendas lo que nos hiciste pasar aquí. Te marchaste de tu turno para *emborracharte*. Solo piensa en eso un segundo...

—Leon...

—No, solo *piénsalo* —dice, pero no logro hacerlo. Tal vez me emborraché, pero no me marché de mi turno para hacerlo, Leon. Y todo lo que sucedió después; tampoco me marché para eso—. Aquí tienes personas que quieren darte el beneficio de la duda porque no pueden creer que harías algo así, en primer lugar. No estás haciendo esto sencillo, Romy.

—Tampoco ella.

—No te lo debe. Y no es la única a quién se lo estás haciendo difícil.

Está enojado conmigo. No. ¿Ahora es cuando pierdo a Leon? No quiero perderlo. Es el chico que se detuvo y soy la chica por quien se detuvo. ¿Qué le sucederá a ella si él ya no está?

—Ah —digo.

Presiono mis manos contra mi rostro y me separo en dos. Empujo el costado de la verdad, que quiere estar enojado con él por cuán equivocado está por todas las cosas que no sabe. Me concentro en el costado que le mostré. Hay tanta información faltante, pero es mejor que no la sepa. Mientas no lo sepa, todo lo que me está diciendo ahora es... correcto. Inhalo.

—Tienes razón —dejo caer mis manos—. Tienes razón. Lo lamento —mi disculpa parece aliviarlo demasiado, es como si hubiese estado preocupado de causar una pelea más grande, preocupado también de que este fuese el momento en el que lo perdería.

—No tienes que disculparte conmigo.

—También tienes razón.

—¿Estarás bien? —se acerca un poquito.

—Sí —nos miramos fijo el uno al otro y algo en la preocupación en sus ojos hace que quiera sacudirme. Que ya no esté enojado no significa que haya arreglado esto de la manera correcta—. Solo pregunta sobre Penny si quieres saber.

—Pero no quieres contármelo —dice—. Porque no lo hiciste.

—¿Qué pasa si no quiero?

—Bueno, no puedo obligarte y, si no quieres… no quieres. Pero debes saber que sería algo extraño entre nosotros y no me gustaría.

No, no le gustaría. No tengo que contárselo, pero al no hacerlo dejaré este asunto incómodamente abierto y con el deseo de regresar a este tema, lo hagamos o no. Y es probable que termine con nosotros, si no lo hacemos. Así que definitivamente necesito mentir.

—Te dije que Penny y yo éramos cercanas.

—Pero no me dijiste que estuvo aquí esa noche.

—Porque ya no es mi amiga. Quiero decir, nos odiamos —cruzo mis brazos—. El año pasado, tuvimos una pelea por… un chico.

Chico. Decirlo tiene sabor a sangre.

—El viernes vino a la cafetería para asegurarse de que…

La mentira sin terminar cae de mi lengua. ¿Para asegurarse de qué? Veo a Penny en Swan's, su boca moviéndose y todas las cosas que me dijo. No puedo, no lo haré, no les daré voz. Me obligo a desestimar el recuerdo. Busco lo más patético que se me ocurra porque nadie tiene problemas para creer cuán patética puede ser una chica.

—Para asegurarse de que no fuera al lago más tarde. Así de malas eran las cosas entre nosotras. Podía arruinar su fiesta con solo estar allí. Me enojó tanto que viniera a *mi* trabajo, invadiera *mi* espacio y arruinara *mi* noche que pensé en devolverle el favor. Fui al lago para eso, no es una linda historia. Especialmente ahora, y por eso no te lo dije.

El rostro de Leon se desmorona un poquito mientras piensa en lo que le dije y, tal vez, no estoy tan fuera de peligro después de todo. ¿Quién quiere estar con una chica así? Hace que sienta un miedo que intento no mostrar.

—No sabía que iba a desaparecer —agrego.

—Bueno… no. No podrías haberlo sabido.

—Odio pensar en ello porque ahora que desapareció, veo… —tengo que redimirme, pero estas palabras también tienen sabor a sangre—. Veo… cuán horrible fui.

—Bueno —su expresión se suaviza, Penny tampoco parece ser tan santa en esta historia —hace una pausa—. Podría hablar con Holly, si quieres.

Soy capaz de tener mis propias conversaciones, pero esta noche me está agotando. Apenas comenzó y ya estoy cansada y no sé si podría repetir la misma mentira igual de bien, especialmente a Holly. Puede que Leon lo logre.

—¿Lo harías? —pregunto.

—Sí. Solo dame un minuto y se lo explicaré.

Gira hacia la puerta y lo llamo.

—Leon —se voltea y al mirarlo…

Necesito decirle algo que sea cierto.

Quiero algo entre nosotros que sea cierto.

—Me gustas. No intenté hacerte difícil que gustes de mí.

Vacila y luego… se mueve hacia mí y me da un beso en la comisura del labio antes de desaparecer dentro del edificio. Sucede tan rápido, mi corazón apenas lo registra, pero cuando lo hace es como si una pequeña parte de mi mundo se hubiera enderezado.

Sigo siendo ella.

Cuando estoy por entrar, la puerta se abre y sale Holly con un cigarrillo apagado entre sus labios. Me quedo parada en mi lugar torpemente mientras ella lo enciende. No me habla o mira en mi dirección hasta después de la primera inhalación. La saborea.

–No sabía que Penny y tú tenían historia –dice–. Puede que hubiera hecho las cosas de otra manera de haberlo sabido.

–No debería haberte contestado de esa manera. Lo lamento, Holly.

Asiente y le da una palmadita el espacio de pared al lado de ella. Me apoyo en él.

–Tienes razón –dice después de un minuto–. No eres mi hija, pero sí que me preocupo por ustedes, niñas. Me preocupo por mi hija y por las porquerías en las que parece determinada involucrarse últimamente. Me preocupo por Annette y ese perdedor con el que decidió mudarse. Me preocupo por ti cuando te marchas y ahora estoy preocupada por esta Penny Young, a quien ni siquiera conozco, porque tengo una hija. Cada vez que algo malo le sucede a una mujer cerca de mí, eso es lo que pienso: *tengo una hija*.

–Tienes un hijo.

–No es lo mismo –sacude la cabeza.

–La encontrarán –digo–. Viva.

Lanza su cigarrillo al suelo y lo pisa.

Cuando termina mi turno, me marcho por la puerta del frente e intento ver bien esos afiches una vez más. Mis ojos están sobre Penny y los de ella sobre los míos hasta que doblo en la esquina. Estoy abriendo el candado de mi bicicleta cuando un camión se detiene al lado de mí. Hay lugar para aparcar cerca, no noto al hombre dentro del camión hasta que me habla y tiene que repetir lo que dijo.

–Pregunté a dónde vas a esta hora –me volteo. Su brazo cuelga perezosamente sobre su ventanilla abierta. Luce joven, cerca de los treinta, pero es el tipo de juventud que estuvo demasiado tiempo al sol. Esnifa–. No es seguro que estés afuera a esta hora. Una chica está desaparecida.

La imagino subirse en un camión como este. Subirse a este camión.

–¿Y qué sabrías sobre eso? –le pregunto.

Sonríe, tamborilea sus dedos sobre su puerta por un largo minuto y luego sacude su cabeza y enciende el motor.

Todd está en el porche delantero cuando llego a casa.

Está sentado en la reposera con los pies sobre la hielera azul y una botella de cerveza a medio terminar entre sus muslos. Su cabeza está inclinada hacia atrás y tiene los ojos cerrados. Luce como una vida digna de tener y es extraño, apreciar su reposo. Cuando veía un vaso o una botella en las manos de mi padre, todo mi cuerpo se endurecía y se preparaba para el drama inevitable de un hombre que no sabe cuándo tuvo suficiente. Todd... sé que se detendrá en un trago y, si no lo hace, no tomará más de dos. Empujo la puerta y el crujido lo despierta.

—Tu mamá está haciendo algunas compras, ¿cómo estuvo la escuela?

—Como siempre.

En realidad, no fue así. La ausencia de Penny está cambiando el paisaje y se siente cada vez menos como un lugar a donde vamos a aprender y más como un lugar en el que existimos solo para empaparnos en el impacto de su desaparición.

Esta mañana observé a Alek verse a él mismo en los anuncios de video. Su mentón descansaba sobre sus manos mientras repetía sin sonido sus líneas sobre la búsqueda con voluntarios de la semana que viene al mismo tiempo que el video. Era como si estuviera muriendo en dos realidades: en la televisión y en carne viva.

Brock, quien siempre espera a Alek entre las clases que no comparten, quien hace todos los mandados que Alek podría necesitar, quien siempre provee una barrera entre su mejor amigo y el resto del mundo como un guardaespaldas personal, ahora intensifica esta rutina. Brock espera cerca de las puertas fielmente para que Alek no camine solo. Hace la fila en el comedor y compra por dos para que Alek no tenga que recibir las condolencias de los trabajadores del comedor que sirven comida en su bandeja y Brock interviene en cada pregunta sobre Penny que Alek no quiera responder.

–¿Estás bien?

–Sí.

Todd juega con la etiqueta de su botella. Puedo ver que no me cree, pero no sé cuál es su definición de "bien". Tal vez es un estándar al que ninguno logrará llegar. Además, considerando las circunstancias, es claro que estoy bien.

Antes de que pueda responder, suena el teléfono de la cocina y, medio segundo después, el sonido se replica en el primer piso. El teléfono fijo es un vestigio de la época de Mary. Mamá intentó convencer a Todd de deshacerse de él, pero él se niega. Dice que el día que alguno de nosotros necesite una ambulancia o algo, será el día que todos nuestros celulares se queden sin batería. Por la suerte que tenemos, creo que tiene razón.

Se para lentamente y entra conmigo. Lanzo mi mochila en el suelo mientras él va hacia la cocina para responder el llamado.

—Bartlett —responde. Me hace sonreír, ni siquiera sé por qué. Me quito los zapatos —. Ah, solo un… ey, ¿Romy?

Me volteo y está de pie en el recibidor, el cable del teléfono está extendido desde la pared de la cocina y tiene el receptor sobre su pecho. Me mira de manera extraña. Hace que sienta un cosquilleo en la piel.

—Es para ti —dice—. Es el departamento de policía.

El departamento de policía del Grebe está escondido detrás de la calle principal, en frente de la oficina del correo. Dejo de pedalear mi bicicleta, me bajo y la apoyo sobre la acera bloqueando la entrada. Vacilo en la puerta principal y mi palma jala de ella. No espero que todo se detenga cuando entre. Todo seguirá su curso como siempre, pero sin importar quien me vea…

Cuando me marche, abrirán sus bocas.

Exhalo y doy un paso hacia el frío helado del lugar; me causa un escalofrío y tengo que frotar mis manos entre sí. Atravieso otro par de puertas y un detector de metales y me dirijo hasta la recepción en donde está sentado Joe Conway, el hijo más joven de los Conway. Todd dijo que ha estado trabajando aquí por un mes y *todo llega a oídos de Dan*, así que debo ser cuidadosa con lo que diga. No puedo pensar en alguien peor para ese trabajo. Me recibe con una amplia sonrisa, sus ojos parpadean sobre mi cuerpo. *La hija de Paul Grey*. Eso es lo que debe estar pensado. *Ella…*

Lo que sea que piense después de eso, no puede obligarme a escucharlo.

—Leanne Howard dijo que tenían mi teléfono. Que lo encontraron en el lago.

Parpadea. Le robé el "hola" de la boca. Mira a su alrededor como si no supiera qué hacer al respecto y probablemente no sabe.

—Iré a averiguarlo —dice.

Se pone de pie y desaparece detrás de una puerta de vidrio esmerilado. Me inclino sobre el escritorio. El silencio es inesperado. Por algún motivo, pensé que este lugar luciría como en las películas, tal vez. La desaparición de Penny estaría en el centro de la habitación y haría que todo fuera frenético, pero no. Creo que eso solo es lo que quiero ver. ¿Cómo pueden encontrarla de otra manera?

Cuando la puerta de vidrio esmerilado por la que se marchó Joe Conway vuelve a abrirse, la atraviesa Leanne. Está de uniforme, su cabello está peinado hacia atrás con un rodete, pero tiene bastante delineador hoy. Sujeta mi teléfono y es un alivio poner algo de esa noche en su lugar.

—¿Necesitas mi identificación?

—Creo que eres quien dices ser.

Apoya el teléfono en el escritorio con la pantalla hacia abajo, se ve claramente el grabado.

Romy Grey.

—¿En dónde lo encontraste? —lo tomo.

—Estaba justo al costado del camino, entre unos arbustos, uno de los chicos lo encontró —dice—. Lo tenemos desde la noche del domingo. Les dije que te llamaran, pero… —gran sorpresa, no lo hicieron—. Cuando lo vi aquí hoy, pensé que me ocuparía yo misma.

—Gracias.

—Me alegra que luzcas mejor desde la última vez que te vi. ¿Te sientes mejor?

No puedo discernir si es una indirecta o no. Le echo un vistazo y su mirada luce suave, no malintencionada, pero muchas personas en este pueblo son suavemente despiadadas.

—Sí —respondo, pero en vez de marcharme, algo me mantiene en mi lugar, algo que necesito saber—. ¿Puedo preguntarte por Penny?

La puerta detrás de ella vuelve a abrirse y aparece Joe. Antes de que Leanne me diga algo, se voltea hacia él.

—Joe, ¿quieres subir y traerme esos informes que te pedí hace más de una hora?

—Iba a hacerlo después de…. —se pone rojo.

—No me des excusas. Solo ve a buscarlos ahora.

Observa a Joe marcharse lentamente y no me mira hasta estar segura de que se haya ido y juro que pone los ojos en blanco justo antes de hacerlo.

—¿Qué querías preguntarme de Penny?

—Llamaste el fin de semana y dijiste que no era necesario que viniera a la estación.

—Correcto. Hablé con tu mamá.

—Entonces, ¿qué fue lo que descartó una conexión entre ella y yo?

—Romy —hace una mueca—, lo lamento, pero no estoy autorizada…

—Necesito saber —la interrumpo y puedo ver que está lista para negarse otra vez—, porque muchas personas estaban buscándome.

—Buscábamos a las dos.

—Pero tal vez, si no hubieran estado buscándome, la hubieran encontrado a ella y esa es la diferencia —trago—. O tal vez no… pero necesito saber.

—Ah… Romy, cariño… —No. odio eso. *Cariño*. No le pedí eso. Me alejo de su amabilidad aferrándome a mi teléfono—. Si pudiera contártelo, lo haría. Lo lamento, pero…

—Olvídalo, lo entiendo —mascullo porque si no me dará lo que necesito, no necesita mirarme como si sintiera lástima por mí—. Gracias… por mi teléfono.

Leanne luce como si quisiera decir algo más, pero Joe entra con una carpeta llena de papeles. Nos mira con sospecha. Leanne desvía la mirada.

—Que tengas un buen día, Romy —se despide.

–Todd dijo que Leanne llamó –dice mamá cuando llego a casa–.
¿Recuperaste tu teléfono?

–Sí.

–Te dije que aparecería.

Voy a mi habitación, encuentro el cargador de mi teléfono y lo conecto. Me acuesto en mi cama y comienzo a quedarme dormida en el tiempo que tarda en cargar suficiente batería para encenderse. Lo estudio; la pantalla está bien, pero la parte trasera y los costados están un poco gastados por el uso, rayados. Es extraño mirarlo, saber que lo encontraron mientras buscaban a Penny, algo de ella.

Lo enciendo y las notificaciones empiezan a sonar una tras otra.

Correos de voz primero.

Cinco mensajes frenéticos de mi mamá.

Romy, ¿en dónde estás?

Nos estamos preocupando…

En el último está destruida y suplicando, *vuelve a casa, por favor* y promete, *no estoy enojada contigo*.

Todd también llamó: *Realmente nos gustaría saber algo de ti, niña*.

No es sencillo escuchar, esto es prueba de que alguien me quiere.

El último mensaje es de Leon.

Hola, Romy. Espero que escuches esto. Pausa y estática. Hay un zumbido en el fondo, como si estuviera conduciendo y seguramente eso estaba haciendo. *Por favor escucha esto y llámame cuando lo hagas. Por favor. Mmm*. Pausa. *No quiero cortar*. Se ríe de manera extraña. *Así que llámame cuando recibas esto. O tal vez te vea primero… eso también estaría bien. Realmente espero que estés bien.*

Así debe haber sido para la familia de Penny. Así debe seguir siendo para ellos, para su mamá y su papá, para Alek. Su amor, envían mensajes desesperados al universo, esperando que sean respondidos y su silencio…

Su silencio.

Miro fijo a mi teléfono hasta que comienza a desdibujarse. Caen las primeras lágrimas, recupero el foco y en ese momento noto la última notificación.

1 correo no enviado

Un e-mail esperando que lo envíe.

Pero no he enviado un correo desde mi teléfono en mucho tiempo.

¿Me dejé una nota a mí misma y estaba tan ebria que la escribí en un correo? Parece estúpido, pero verosímil, pero quién más… La idea cae antes de completarse, cae al suelo con fuerza.

¿Quién más, sino yo?

Encuentro el correo y lo abro.

En el campo PARA está la dirección del servicio de mensajería de la secundaria Grebe. Cada vez que un estudiante tiene un anuncio

—reuniones de clubes, oportunidades de trabajo voluntario, ofertas de tutores y ahora, búsquedas de chicas desaparecidas–, puede utilizar el servicio de mensajería y se envía a toda la escuela: a los profesores y estudiantes.

Cuando algunos alumnos comenzaron a hablar mal de profesores y de otros estudiantes en sus mensajes, se decidió escribir un código de conducta y la directora Diaz lo implementó. Cada vez que alguien juega con ese servicio, toda la escuela pierde algún tipo de privilegio. Para prevenir futuros inconvenientes, también se permitió la inclusión de los padres. Es nuestra elección mostrarles el tipo de monstruos que están criando.

No hay nada escrito en el cuerpo del mensaje. ¿Cuál es el punto de enviar un correo en blanco a todos en la escuela? Pero después veo los archivos adjuntos…

Fotos. De mi teléfono.

Solo puedo ver los nombres de los archivos. Todas las posibilidades de lo que podrían revelar se transforman en una enredadera en mi corazón, hace que me cuestione si yo hice esto… o si fue alguien mucho peor. Reviso el buzón de enviados para asegurarme de que este nada se haya escapado… que este no sea el último correo en una larga lista de correos, pero está vacío. Nada se envió.

Voy a mis fotos y tan pronto toco el ícono, veo imágenes en miniatura. Pequeñas explosiones de color que forman personas, una noche. Asimilo todo. La pantalla de mi teléfono pierde brillo para conservar batería, mientras intento reunir voluntad para tocar la pantalla y elegir una foto.

Se ilumina cuando lo hago al fin.

He odiado que me tomen fotografías desde que tengo once años. Antes de esa edad, hay álbumes enteros de mí, una niña feliz y sonriente que jugaba para la cámara. Después de eso, solo hay manos sobre mi rostro y *mamá, no*. Ella creyó que era natural; una chica llega a cierta edad y ya no quiere verse. Pero no era eso. Deje de comprender a quién estaba mirando. Podía ver los inicios de una posesión, de un cuerpo cambiante, en crecimiento, transformándose en algo que no sentía que me perteneciera y, desde entonces, intento aferrarme a las piezas de mí que todavía comprendo en todo momento.

La de la foto es un desperdicio de chica.

Un desperdicio de chica en el suelo, doblada sobre ella misma, con la cabeza entre las rodillas y está rodeada de una pequeña multitud que le da la espalda a la cámara y no sé por quién me siento más traicionada: por ellos o por ella.

Me anestesio mientras paso a la siguiente foto y la cámara está más cerca de la chica, demasiado cerca, en un ángulo nauseabundamente perverso. La camisa de la chica está suelta, arrugada y sucia, su cola de caballo cubre la mitad de su rostro y las partes que son visibles lucen mal, como si estuviera muy alejada de dónde está su cuerpo.

Paso a la siguiente foto y ahora me mira directamente a mí... la cámara. Sus ojos están semiabiertos y lo siento, está muerta. Está muerta. Siento su falta de vida, la siento estancada entre dos lugares: la fiesta y el agujero negro debajo de ella.

Cáete, pienso. Aparece en cualquier otro lugar.

En la siguiente fotografía, sus manos están sobre su camisa, lucha con los botones. No, no. Siento dolor al ver la foto… el primer botón está deshecho, su mano se escapó de su cuello, descansa sobre su piel. En la próxima toma, la cámara está todavía más cerca. Otro botón está libre.

Llevo mi mano hacia mi propia camiseta y siento calor en esta habitación, el aire pesa sobre mí, más que el calor normal, jala de mí desde afuera, desde adentro, es algo que quiero alejar de mí.

En la próxima foto la chica está mirando bien, bien arriba, sus ojos buscan algo que no está encontrando. Su mano descansa inquieta sobre su cintura. Luce tan pequeña y exhausta.

En la próxima foto, su camisa está abierta.

El sujetador con encaje rosa y negro.

Hay manos sobre sus hombros que la mantienen erguida, evitan que se incline hacia adelante para que todos puedan ver.

Pero esa piel ya se ha perdido. Esa piel… ya ha cambiado toda esa piel tocada, nuevas células se regeneraron. Esas manos ya no están sobre ella.

Lo que sea que estuviera sobre ella, ya no está, ahora…

Me late la cabeza. Es el tipo de dolor de cabeza que te da ganas de vomitar, pero resisto el impulso, sigo avanzando e imagino cómo debe haber sido esa noche, todas esas personas alrededor de esta chica, intentando no reírse, pero es tan difícil. *Es tan difícil* no disfrutar esto, porque cómo puedes poner algo tan brillante, una chica que apenas puede mantener abiertos los ojos o la boca… ¿Cómo puedes poner algo así delante de ellos y esperar que sean mejores personas?

Porque en la próxima foto –la última foto– las manos de la chica están sobre su sujetador, sus uñas rojas juegan con el broche y tengo el salvaje pensamiento de que puedo estirarme y tomar su muñeca, como si pudiera detenerla y sacarla de allí porque nadie más lo está haciendo. Porque nadie más lo hizo.

Llevo mi mano a la pantalla y cubro la de ella.

Tenemos el mismo color de barniz de uñas.

Me siento en mi escritorio con todo lo que necesito para pintarme las uñas y con cada aplicación del barniz siento lo mismo: que me guía hasta el agua. Una y otra vez, aplico el color y cada vez que termino, sigue estando demasiado cerca. Tengo que quitármelo y volver a intentarlo hasta que esté bien porque no puedo renunciar al rojo. Es mío, Me define.

—Romy, llegarás tarde.

Presiono el pincel con fuerza sobre mis uñas y agito mi mano para expandir el color. Algo que nunca hago porque no queda prolijo, pero el peso del barniz se siente diferente y luego, estoy lista.

En la escuela, me quedo parada en la entrada y pienso que el calor de afuera es mejor que ahogarse con el aire respirado por la gente que se amontonó a mi alrededor y me vio con la camisa abierta. Mis ojos evalúan sus rostros, sus manos; manos sobre mis hombros. ¿Las manos de quién? ¿Quién estaba sosteniendo mi teléfono, tomando fotos para enviárselas a la escuela? Cierro los ojos y escucho una confusión de voces porque así fue cómo comenzó, ¿no? No. Primero es un pensamiento, una idea en la cabeza de alguien que después dice en voz alta. Después, yo, en el suelo, con mi camisa abierta.

–Por Dios, Grey. ¿Cuándo no estás en el camino?

Brock está detrás de mí y Alek apenas rezagado detrás de él. Los dos están cargando canastos pesados repletos de camisetas de un amarillo brillante con grandes letras negras en el frente. ENCUENTRA A PENNY YOUNG. Debajo, en letras más pequeñas, pero todavía visibles: GREBE AUTOPARTES. Me muevo y pasan por al lado mío antes de ser abordados por algunos estudiantes más jóvenes que preguntan por las camisetas como excusa para tener una mejor visión del rostro demacrado de Alek.

–Son para cualquiera que las quiera –dice Brock y señala con la cabeza a Alek–. Las mandó a hacer la señora Turner. Si toman una, asegúrense de usarla en la búsqueda el lunes. Probablemente, estén presentes los noticieros. Será una oportunidad para…

–¿Hacerle un poco de publicidad gratuita a Grebe Autopartes? –pregunto. Alek gira con torpeza, desbalanceado por su canasto.

–Que ni siquiera se te ocurra –dice y los estudiantes me miran como si fuera una escoria, como si yo la hubiera hecho desaparecer. Pero ya pensaban eso antes.

–Sí, porque lo último que necesita una marca nacional es publicidad gratis –replica Brock.

No creo que le venga mal. Brock toma una camiseta de arriba de todo y la lanza con fuerza contra mi pecho. Cae al suelo, las letras de desdoblan y la única palabra visible es "PENNY".

–Levántala –dice Alek, pero no me está hablando a mí.

–¿Qué? –Brock se voltea hacia él.

–No la dejes en el maldito suelo.

Hay un dejo de pánico en su voz, es suficiente para que uno de los estudiantes levante la camiseta del suelo sucio y la devuelva a la pila de Brock.

–Amigo, no quise…

Pero Alek ya se está marchando.

Cuando llega el mediodía, los pasillos son un mar amarillo. Penny es parte de cada momento, un recordatorio incesante para todos de lo que creen que yo robé de su búsqueda.

Me canso tanto de las constantes miradas fulminantes que me escondo en el baño durante el almuerzo. Elijo el cubículo más alejado de la puerta y me convierto en el cuadro de una chica estúpidamente encorvada en un retrete para que no la vean.

Durante la siguiente hora, chicas entran y salen, entran y salen. No puedo soportar cada intercambio aburrido y sin sentido que escucho porque me hacen desear ser parte de ellos, ser una chica cualquiera con nada para decir.

Después de un rato, entran Sarah Trainer y Norah Landers.

–Esta camiseta luce horrible en mí. Deberían tener diferentes colores para poder elegir –dice Norah y Sarah emite un sonido de simpatía. Espío por la ranura de la puerta–. ¿Crees que, si le pregunto a Brock, me daría más *Georgia Home Boy*?

Norah hace una mueca y comillas en el aire cuando dice *Georgia Home Boy*.

–Dijo que solo fue para el lago Wake.

–Pero Trey vendrá a casa este fin de semana.

–¿Qué? –ríe Sarah–. ¿Piensas comer, beber y después violarlo?

–Vete al diablo. El lago Wake fue increíble y, si no hubieras sido demasiado cobarde para probarlo, lo sabrías. Todo está en la dosis.

–Eso no responde mi pregunta.

—Cállate. Se lo preguntaré.

—Probablemente te pida sexo oral a cambio.

Norah lo piensa un minuto.

—Hay cosas peores.

Inspeccionan sus reflejos en el espejo y luego se marchan. Saco el teléfono de mi bolsillo y busco *Georgia Home Boy*.

Georgia Home Boy

Jerga para referirse al ácido gamma-hidroxibutirato (GHB)...

Leon me envía un mensaje de texto mientras me preparo para el trabajo, me cuenta que intercambió turnos con Brent Walker y que no estará en Swan's esta noche.

Yo no trabajaré el fin de semana.

Le respondo, como si después de todo el tiempo que llevamos trabajamos juntos, él no supiera que no trabajo los fines de semana.

Ni el lunes por la búsqueda.

Me molesta de una manera que no me enorgullece, pero no sé por qué. ¿Es débil querer verlo? No puede estar mal querer ver a alguien porque te gusta la persona que eres cuando está cerca tuyo. Probablemente, esa sea una de las mejores razones que podrías tener.

En Swan's, el aire acondicionado vuelve a fallar. Funciona y deja de funcionar una y otra vez. Cada vez que pasamos por la oficina de Tracey, la escuchamos maldecir al respecto a través de su puerta.

—¿Irás a la búsqueda el lunes? —pregunta Holly mientras me pongo mi delantal. Se abanica su rostro acalorado con las manos.

—¿Cómo lo supiste?

—Cubriré tu turno.

—Gracias.

—Es dinero para mí —encoge los hombros—. ¿Crees que encontrarán algo?

Mis dedos se enredan con las tiras de mi delantal y tengo que comenzar el moño otra vez. Lucho con la pregunta porque apenas he pensado en la búsqueda, mucho menos en encontrar algo. En realidad, no importa lo que crea, pero...

—Tenemos que encontrar algo —digo.

La noche avanza lentamente y yo la acompaño, intento mantener mi cabeza despejada, no pensar en cosas como Brock y GHB porque no quiero pensar en eso. No puedo.

No puedo pensar en eso. La ausencia de Leon lo hace más difícil.

Visito rápidamente la mesa de la familia insoportable que he atendido durante la mayor parte de mi turno. Están en camino a algún evento que creen debería importarme porque están llegando tarde y es mi culpa. Los bebés mellizos me sonríen e intentan sujetar todo lo que está a su alcance. Sus padres no sonríen. Fruncen el ceño cuando tardo cinco minutos en traer sus bebidas, aunque les tomó más de veinte minutos decidir qué querían en primer lugar. La comida no se cocinó lo suficientemente rápido para su agrado. Cuando limpio la mesa y tomo la cuenta, veo lo que escribieron en el lugar designado para la propina: COMIDA CON LIMITACIONES DE TIEMPO, EL SERVICIO FUE DEMASIADO LENTO, NO FUNCIONABA EL AIRE ACONDICIONADO.

Luego de que se marchan, el aire acondicionado vuelve a funcionar. Le doy la espalda al comedor por un minuto y disfruto el aire fresco. Cuando vuelvo a enfrentar la habitación, hay un rostro familiar en una de mis cabinas.

Caro.

—El tercer trimestre apesta —declara cuando me acerco a ella. Su mano descansa sobre su estómago y me pregunto por qué hacen eso las mujeres embarazadas. Si es instintivo, por asombro o si es por una necesidad de asegurarse de que el bebé siga allí. Quizás lo hacen porque creen que deben hacerlo. Me sonríe de la misma manera agradable que lo hizo en su casa y recuerdo esa noche. Instantáneamente, me siento estúpida por lo que sucedió, como si todo estuviera repitiéndose ahora.

—¿Qué te trae por aquí? —pregunto.

—Solía venir aquí todo el tiempo cuando estaba en la secundaria. Me sentaba en una de las cabinas de la esquina por mi cuenta. Me sentí nostálgica.

—Leon no está trabajando hoy.

—Lo sé. No vine por él —dice—. Tengo hambre.

Ordena una hamburguesa con extra queso, tocino, cebolla caramelizada, el pan tostado y patatas fritas. Quiere acompañarla con un vaso cubierto de hielo con un sorbo de Coca Cola.

—¿El aire acondicionado está encendido? Herviré a mi bebé.

—Ha estado fallando todo el día, pero ahora está funcionando. Puedo preparar la orden para llevar, si crees que será un problema para ti y el…

—Era una broma, Romy —me interrumpe—. No puedo creer que Tracey todavía no lo haya arreglado. Está averiado desde que estaba en la secundaria.

—Ah —soy tan extraña.

—Leon dijo que conocías a la chica desaparecida, Penny Young —su expresión se torna seria—. ¿Cómo estás?

Hay tantas cosas escondidas en lo que acaba de decir que no sé por dónde empezar. Si Leon se lo contó, eso significa que estuvieron hablando de mí. Es tan difícil imaginar eso, a ellos juntos hablando de mí como si fuera alguien de quien valiera la pena hablar. También me pone nerviosa.

—Estoy bien. ¿Tú? —porque supongo que estoy destinada a ser estúpida cerca de Caro.

—Sí —me mira desconcertada—. Solo hambrienta.

—Cierto.

Camino hacia la cocina con mi rostro en llamas. Hago su pedido y preparo su bebida. Lleno el vaso con todo el hielo que puedo y cuando lo llevo a su mesa, está jugando con su teléfono y otra mesa me está esperando.

—Regresaré pronto con tu orden —digo.

—Gracias, Romy —echa un vistazo por la ventana hacia el estacionamiento repleto de autos y algunos camiones semi articulados. El calor hace que el aire sobre el pavimento ondule—. Tiene que llover.

—Nunca lloverá.

Sonríe, pero hay algo en su expresión que no está bien. No conozco a Caro, en realidad no, pero cuando alguien te recibe de la manera en que ella lo hizo cuando nos conocimos, puedes notar que la chispa se atenuó, incluso un poquito. Me ocupo de mi otra mesa, regreso a la cocina y espero la comida de Caro. Cuando se la llevo, le digo que me avise si necesita algo más.

—Lo haré —responde.

Para ser alguien que supuestamente está hambrienta, no toca su comida. Dos chicas llegan de correr, agitadas y famélicas. Me ocupo de ellas. Casi terminaron la mitad de su plato y Caro todavía no comió un bocado. Sigue entretenida con su teléfono, lo toma y lo vuelve a apoyar rápidamente, como si estuviera haciendo algo incorrecto.

—¿La comida está bien? No la has tocado…

—¿Qué? —mira su plato y ahora todo está a una temperatura ambiente apetitosa. Toma la hamburguesa y le da un mordisco, pero eso es todo lo que logra comer. Aleja el plato—. Qué desperdicio.

—Puedo calentarlo. O prepararlo para llevar y podrías comerlo en casa.

–No, olvídalo. Debería irme.

–Está bien. Iré a buscar la cuenta –tomo el plato y vacilo.

Su teléfono vibra. Lo apaga rápidamente y presiona sus labios por un minuto, creo que está intentando no llorar. Hay algo que definitivamente no está bien, pero no sé qué debería hacer. Siento que debería comportarme de la misma manera que Caro se comportó conmigo en su casa. Debería comprender lo suficiente como para decir algo indicado. En cambio, me quedo allí parada con el plato de comida sin tocar en mi mano. Ella me salva, como antes.

–Lo lamento –dice–. Sé que estoy siendo extraña.

–Extraña no, ¿estás bien?

–Estoy pasada de fecha –señala su estómago–. Si nada comienza a suceder pronto, intentarán inducir el parto. Con mi suerte, tal vez hasta me abran para quitar este niño de mi cuerpo.

–Yo nací por cesárea –añado sin ayudar mucho.

–¿Sí?

–Sí. Pero nací antes, unas cuatro semanas. De hecho, cuando el doctor hizo la incisión, me cortó, así que era el único bebé en el ala de maternidad con un apósito en el trasero.

–Lindo –Caro ríe.

–¿Estás bien?

–El otro día tuve un accidente automovilístico –encoge los hombros.

–Ay, por Dios –apoyo el plato–. Leon nunca dijo…

–Leon no sabe.

–¿Te lastimaste? ¿Fue muy fuerte? –le echo un vistazo al estacionamiento y mis ojos aterrizar inmediatamente en un sedán gris oscuro con un parachoques golpeado–. ¿Ese es tu auto? ¿El sedán?

–Si. No estoy herida –mira el auto–. No fue mi culpa. Un infeliz detrás de mí estaba enviando un mensaje de texto con su teléfono cuando el semáforo se puso en rojo. Hoy tenía que ver a mi médico y programar una cita para romper la membrana, lo que podría iniciar el trabajo de parto. No fui y ahora Adam está furioso.

—Eso no es bueno —digo.

—Lo superará —replica—. Estaba en camino al médico cuando vine aquí. Y entonces me di cuenta de golpe, que si funciona… —hace una pausa—… tendré un bebé y seré una madre y… Quiero tanto eso, Romy, ni siquiera puedo explicarlo… pero el accidente me hizo… no lo sé. Pensé que estaba lista para esto, pero ahora siento que no necesita ocurrir ya mismo, que no hay apuro, así que… —fuerza una risa—. ¿Por qué no detenerme en Swan's para comer una hamburguesa? Es tan estúpido.

—No es estúpido.

—Bueno, ya no hablemos de eso —los ojos de Caro se detienen en algo detrás de mí y me doy cuenta de que está mirando los carteles—. Es tan triste.

—Habrá una búsqueda con voluntarios el lunes —digo—. Yo participaré. Ya hicieron una búsqueda… la policía, el fin de semana que sucedió, pero…

—Espero que esta vez encuentren algo. Algo bueno.

—¿Disculpa? —la voz de una chica del otro lado del pasillo—. ¿La cuenta, por favor?

Las corredoras terminaron. Juzgando por sus rostros molestos y brazos cruzados, terminaron hace un tiempo.

—Estaré con ustedes en un minuto —les digo y luego vuelvo a mirar a Caro—. ¿Te puedo traer algo más o….?

—Solo la cuenta está bien.

Lanzo la comida de Caro en el cesto de basura y le llevo la cuenta a ambas mesas. Caro bosteza después de pagar.

—Supongo que iré a lidiar con mi marido malhumorado.

—Buena suerte.

—No la necesito. Cuídate, Romy.

—Tú también.

Antes de volver a salir al calor, me sonríe como si tuviéramos un secreto, solo nosotras. Lo lindo del gesto me golpea como cualquier otro tipo de gesto amable: me recuerda el espacio abierto y vacío que siempre hay dentro de mí y que no solía estar allí. Observo a Caro cruzar el estacionamiento. Su estómago enorme abre el camino y ni siquiera puedo imaginar cómo es eso, tener una persona dentro de ti, crear vida. Es un milagro, pero también es horroroso traer a alguien a este mundo en donde una chica ni siquiera puede confiar en una bebida que toca sus labios. No puedo descifrar qué tipo de corazón haría algo así.

–¿Estás segura de que quieres hacer esto?

Estudio mi reflejo en el espejo. Mamá me observa desde la puerta de mi habitación. No vestiré amarillo, pero tomo la cinta blanca y la aseguro en mi camiseta.

–¿Por qué no lo estaría?

–Habrá mucha gente allí. No creo que una más haga la diferencia —entra en mi habitación–. No es necesario que vayas, Romy.

La búsqueda cubrirá los bosques del otro lado del lago y, después, dependiendo de cómo salgan las cosas, el *Grupo Busquemos a Penny* comenzará el proceso de cubrir las autopistas y carreteras desde Grebe a Ibis. Nuestros pies pisarán cada espacio en el que creamos que los de ella podrían haber estado. Si no encontramos nada, ¿nos detenemos? ¿O repetiremos la búsqueda en esos lugares una y otra vez hasta que finalmente la veamos en ellos?

—Quiero ir —digo.

—¿Y si alguien te hace pasar un mal momento?

—Entonces será como cualquier otro día —mamá hace una mueca.

—Podría ir contigo.

—No te necesito allí.

—Tal vez yo también quiero buscar a Penny —puedo ver en sus ojos que, a pesar de que cree que Penny merece que la encuentren, no cree que Penny merezca que la busquemos nosotras. En momentos como este es cuando más comprendo a mi madre. Siento que soy su hija—. ¿Por qué quieres ponerte en esa situación?

Porque me colgarán si no lo hago. Porque me colgarán si lo hago. Pienso que Penny me hubiera buscado. Porque, si la encuentro… por lo menos una parte de todo esto terminará.

—Tengo que hacerlo.

—Romy... —Al principio, solo por la manera en que mamá dice mi nombre, pienso que me dirá que soy valiente y que soy una buena persona por ir, pero no lo hace, lo que es un alivio porque no es el tipo de cosa por la que deberías felicitar a alguien. Suspira—. Si quieres que te vaya a buscar, llámame. Envíame un mensaje cuando llegues. Si no quieres que te vaya a buscar, envía un mensaje así sé que estás regresando.

Le digo que lo haré y luego me aseguro de decirle que la quiero porque cada vez con más frecuencia pienso en las últimas cosas que digo antes de marcharme.

El tráfico hasta el lago es intenso, muy poco común en Grebe durante la noche de un día de semana. Me mantengo cerca de la zanja y avanzo por el camino congestionado hasta el lago, paso autos que acaban de adelantarme. Miro fijo las agujas marrones de los pinos en el suelo.

Caminé hasta aquí, esa noche. Lo recuerdo. Ese momento me acecha ahora, hace que se me tense la piel, que mis dedos sientan un cosquilleo. Cada paso hacia adelante juro que puedo escuchar el sonido falso del obturador de una cámara de un teléfono celular y una imagen parpadea detrás de mis ojos: una chica rodeada en el suelo. Una chica con sus manos en su camisa. Una chica… alguien más.

Me quito la cinta blanca y la aferro en mi mano. Cuando veo el agua, también puedo ver la multitud. Me detengo en la apertura del camino, obligo a que me rodeen todos los que vienen detrás de mí. Debe haber cien personas: chicos de la escuela, algunos con sus padres y hermanos, la mayoría visten camisetas de ENCUENTRA A PENNY.

Veo a miembros del cuerpo docente de la escuela primaria y secundaria: Prewitt, DeWitt, el subdirector Emerson, oficiales del departamento de policía. La directora Diaz está hablando con reporteros. Está Pam Marston de *Grebe Noticias* y estoy bastante segura de que el tipo al lado de ella es del *Matutino de Ibis*. Es surreal. Los autos avanzan lentamente y llenan el estacionamiento. En el centro de todo, hay una mesa grande con una pancarta que dice ENCUENTRA A PENNY. Brock está a cargo de la mesa y algunas personas deambulan detrás de él…

Los padres de Penny.

Verlos me hace olvidar cómo pensar. Un recuerdo de Penny se asoma en mi corazón. *La única manera de reunir a mis padres en la misma habitación por más de cinco minutos sería que* —nosotras en su habitación, hace un año. Su habitación— *yo me muera.*

La similitud entre Penny y sus padres es espeluznante. Heredó el cabello rubio y su nariz perfectamente recta de su padre, y los ojos azules y contextura pequeña de su madre. Hay un océano entre ellos, un divorcio amargo, y es extraño, feo. Desearía que fingieran cierto nivel de cercanía, solo por este día, pero no lo hacen.

Aparece Alek, cubre ese espacio y luce terrible. Al lado de él está su madre, Helen. Matriarca. Reina de Grebe y de Grebe Autopartes. Se me seca la boca. Su cabello negro está peinado en una colita de caballo tirante y tiene una camiseta celeste que dice GREBE AUTOPARTES y ENCUENTRA A PENNY estampado en el frente porque es el tipo de mujer que haría eso. Hacer camisetas para todos de un color y elegir otro para ella misma. Es alta, imponente, no ha cambiado en lo más mínimo en los diecisiete años que la conozco. En todos esos picnics de la compañía a los que asistí cuando era una niña y apenas podía llegarle a las rodillas, lucía exactamente así.

Gira la cabeza en dirección hacia mí. Me congelo. Después de esa noche es su casa, ella se volvió invisible, pero podía sentir su presencia. El sheriff Turner dejó en claro tan pronto como quisimos discutirlo delante de ella, que eso significaría involucrar abogados. Helen Turner me odia y la manera en la que esa mujer me odia se siente como el peor tipo de traición. Una mujer que no piensa en las hijas que no tiene.

Hay un poco de tiempo para relacionarse, para que la gente le exprese sus condolencias a los Young. Después de que cumplen con eso. Brock se lleva un megáfono a la boca. Cuando toma aire antes de hablar transmite un sonido agudo ensordecedor.

–Una vez que hayan llegado, asegúrense de anotarse –la gente avanza hacia la mesa con la lentitud de un rebaño de animales acalorados. Estoy a punto de unirme a ellos cuando llega el último auto y me detengo en seco en mi lugar. Abro la mano y dejo caer la cinta, ondea hacia el pasto muerto. Conozco ese auto. Conozco su cuerpo, su color, la parte trasera y su conductor.

Leon.

El Pontiac se detiene momentáneamente hasta que encuentra uno de los últimos lugares para estacionar. Me saluda con la mano y la mía cae sin fuerza a mi costado.

Sale del auto y camina hacia mí.

No…

Intento recordar en dónde están los ojos de los demás porque no pueden estar sobre nosotros. No pueden conectarme a Leon porque, si lo hacen, si nos asocian…

—No luces feliz —dice cuando está lo suficientemente cerca y, en ese momento, retrocedo un paso. Intento sonreír porque no puedo dejar que sepa cuánto acaba de empeorar la situación, salvo que no puedo sonreír porque empeoró la situación—. Pero es comprensible.

—¿Qué haces aquí? —suena más duro de lo que pretendo y él frunce el ceño.

—Le pedí a Tracey la noche libre. Pensé en venir para… que no estuvieras… —no puede esconder la decepción en sus ojos cuando no actúo como él quería—. Apoyo moral. Pero tal vez no fue una buena idea.

No es una buena idea. Es linda, pero ahora tiene que marcharse para que lo que sea que haya entre nosotros se mantenga lindo. Estudio las camisetas amarillas otra vez, me aseguro de que la mayoría nos esté dando la espalda.

—Solo estoy… —doy otro paso atrás y escondo mi rostro para que no parezca que le estoy a hablando a él—. No esperaba esto.

—Está bien —dice lentamente—. Pero, no te molesta que esté aquí, ¿no?

La voz de Brock vuelve a magnificarse con el altavoz y hace que me retuerza.

—Si todavía no se anotaron, por favor vengan a hacerlo. Necesitamos que todos se registren.

Leon extiende su mano, no puedo tomársela.

—¿Deberíamos hacer eso?

—No —digo. Un paso más atrás. ¿Cuántos puedo dar hasta que lo note? Baja su mano, luce cada vez más confundido—. Quiero decir, deja que yo nos inscriba. El tipo detrás de la mesa es... es un infeliz, ¿sí? Volveré enseguida. Espera aquí. No...

No hables con nadie.

—Solo espera aquí —termino.

Ni siquiera los mires.

Lo dejo allí. Mi corazón está latiendo demasiado rápido y mis palmas no paran de sudar. Las limpio en mi camiseta. Llego a la mesa. Brock me mira y está muy enojado, pero lo único que puede hacer delante de estas personas es mirarme. Sin embargo, es suficiente. Es suficiente que un chico como Brock te mire como si fueras carne, como algo que comería para satisfacerse.

—Anótate —dice—. O márchate.

Miro fijo el papel. Se supone que debo anotar mi hora de llegada y hay un espacio para completar con la hora en que me marche. Al lado del formulario hay botellas de agua, una pila de silbatos (TOMA UNO) y una tarjeta con un número de teléfono que dice PUNTO DE CONTACTO. *Si te pierdes durante la búsqueda, llama.* Nunca se me ocurrió que alguien podría perderse durante la búsqueda.

—¿Olvidaste tu nombre? —pregunta Brock después de un minuto—. ¿Quieres que lo anote por ti o tienes miedo de que confunda con otra palabra de cuatro letras?

Escribo mi nombre, pero no el de Leon. No quiero que Brock lo tenga.

No quiero que nadie de aquí lo tenga.

—¿Cómo haremos esto? —pregunta una chica al lado mío. Avanzo por la mesa rápidamente y tomo dos botellas de agua y silbatos. La atención de Brock pasa de la chica a alguien detrás de mí...

Leon, detrás de mí.

—Le estamos pidiendo a la gente que se anote... —Brock le dice y señala con su cabeza a la mesa.

No puedo soportarlo, me muevo porque si los dos se acercan, quiero estar lejos, lejos de todo. Estoy casi a mitad de camino… ¿me estoy marchando? Debería marcharme, cuando Leon me alcanza.

—¡Ey! Romy… —lo dijo, mi nombre. Demasiado fuerte, como si me conociera—. Ro…

Lo enfrento rápidamente extendiendo la botella de agua. Evita que vuelva a repetirlo, evita que pregunte qué me pasa, pero puedo notar que quiere hacerlo. Toma la botella.

—Te dije que ese tipo era un infeliz —digo—. Te dije que yo te anotaría.

Leon echa un vistazo hacia atrás.

—Parecía amable.

Duele que le haya dado a Brock el beneficio de la duda en vez de confiar en lo que digo. Vuelve a mirar hacia atrás.

—¿Esos son los padres de Penny?

—Sí.

—Me di cuenta por los carteles. ¿Quién es el chico con ellos? ¿Tiene un hermano?

—Es el novio. Es el hijo del sheriff… —apenas lo digo siento que di demasiada información. Extiendo un silbato hacia él—. También toma uno de estos.

Lo toma y quito mi mano tan rápido como si nuestra piel fuera a arder si nos tocáramos. Miro a mi alrededor. Brock sigue en la mesa, pero… Tina. ¿Cuándo llegó? Tina está aquí y está abriéndose paso entre la gente, ¿viene… hacía mí? Mi estómago se retuerce imaginando todas las cosas que diría si me viera con un chico que gusta de mí. Me alejo de Leon y ella… pasa por al lado nuestro. Saluda a Yumi. Leon cierra la distancia que creé, ahora es demasiado notoria y toca mi brazo.

—Romy, ¿qué…?

Es como si Brock lo sintiera, el contacto de Leon, porque nos mira. Pone la cercanía de Leon en mi contra. Mi cuerpo se retuerce. Alejo mi brazo bruscamente y se me ensanchan los ojos, hace que Leon retroceda y pienso... bien.

El rugido del megáfono vuelve a sonar.

—Si pudiéramos tener su atención —dice Cory Scott, un oficial de policía. Su voz tiene un tono profesional y su expresión es seria. Leanne Howard está parada al lado de él, igualmente seria—. Hay algunas cosas que necesitamos decir antes de dividirlos en grupos...

—No deberíamos buscar juntos —le digo a Leon rápidamente.

—¿Estás bromeando?

La multitud comienza a pasar por al lado nuestro para acercarse a la mesa.

—No podemos buscar juntos —digo—. Solo nos distraeríamos entre nosotros.

—En primer lugar, gracias por venir —dice Cory al mismo tiempo que Leon abre la boca para protestar, desafiarme, algo. Pero la cierra porque no es momento de hablar.

Gracias a Dios.

Mantengo los ojos hacia adelante. Los Young están justo detrás de Cory y Alek y Helen, justo detrás de Leanne. Los dedos de Alek están nerviosos, sus ojos pasan de largo los rostros y se concentran en el lado opuesto del lago. Hay algo en su postura... ansiedad.

—Y gracias a Grebe Autopartes por financiar esta búsqueda.

Helen asiente con rigidez. Escucho el suave sonido de las cámaras de los reporteros de Ibis y Grebe. Siguen tomando fotos mientras el oficial habla en nombre de los Young, quienes están demasiado afectados para hablar. Sus rostros contradicen todo lo que está saliendo de la boca de Cory. Dice que cree en nosotros, que seremos quienes traigan a Penny sana y salva, cuando otros no pudieron. Ni la ley, ni otros extraños que no conoció ni el helicóptero del fin de semana pasado. Solo nosotros. Aquí.

Hoy.

Explica con detalles cómo será la búsqueda de hoy y olvido los ojos de Leon sobre mí. Primero, tenemos que agendar el número de contacto en nuestros teléfonos. Si nos separamos, nos perdemos o estamos demasiado lejos para que nos escuchen, así podremos contactarnos. Hay que llamar a ese número y Helen Turner responderá. El silbato *solo* debe usarse en caso de que encontremos algo relevante a la búsqueda de Penny o, supongo, a la misma Penny. Debemos estar atentos y no olvidar anotar el horario en el que nos marchemos para tener un registro de todos. Cuánto más habla Cory, esto se siente más como un engaño. Es un espectáculo. Es como... un funeral, algo que solo haces por... la gente que queda.

—Romy —dice Leon en voz baja, otra vez demasiado cerca. Ese es el precio por prestarle atención a una cosa; pierdo el rastro de otra. Esto es demasiado. Alguien se da vuelta. Andy Martin. Nos mira, arruga la frente intentando descifrar cómo encajamos Leon y yo—. ¿Puedes decirme qué está sucediendo?

—Una búsqueda.

—No me refiero a eso.

—Nada.

—Entonces, ¿por qué...?

—¿Por qué qué? —lo desafío a ponerlo en palabras.

Se mueve en su lugar mientras los oficiales comienzan a formar grupos. No sé cómo evitar que Leon esté en mi grupo, pero sé que no puede estar en el de nadie más.

—¿Por qué no anotaste mi nombre? —pregunta.

—Lo hice —miento.

—No. No lo hiciste. Y... —da un paso hacia mí y yo retrocedo, vuelve a hacerlo y no comprendo por qué lo sigue haciendo hasta que entiendo que está probando un punto. Lo odio un poco por haberlo notado—. Obviamente no me quieres aquí.

—No es por ti.

Pero lo es. Es para conservarte.

—Entonces por qué estás siendo tan…

—Porque esto no es una cita.

—Dios, no vine aquí pensando que lo fuera…

Sus palabras comienzan a desdibujarse porque los cuerpos se están moviendo y estoy perdiendo la ubicación de todos.

—No te quiero aquí —digo y debe ser lo último que esperaba que dijera, aunque él fue quien lo sugirió en primer lugar. Y Brock sigue mirando. Estos mundos no pueden encontrarse. Nunca pueden encontrarse—. No te quiero aquí.

—Romy… —mi nombre otra vez. Se estira y toma mi mano, con fuerza. Es el tipo de contacto que no podría negar ante nadie o pretender que no sucedió. Hace que mi corazón se sacuda terriblemente y me hace hacer algo horrible. Arranco mi mano de él y digo en voz demasiado alta:

—*No me toques…*

Las palabras se sienten y suenan tan mal. La gente nos mira y Leon retrocede. Un paso. Dos. Tres. Un hombre con algunas canas que no reconozco y una panza tan grande que avanza antes que él, se acerca a nosotros. Se para entre Leon y yo como si fuera mi salvador.

—¿Conoces a este tipo? ¿Te está molestando? —pregunta.

Abro mi boca y no puedo decir nada porque no sé cómo decir *sí, lo conozco y no, no me está molestando, pero necesito que se marche.* En ese segundo que me quedo callada, en el que debería haber dicho algo, incluso aunque fuera tartamudeando, memorizo el dolor que causé en el rostro de Leon y me siento tan mal.

—Tal vez deberías marcharte —le hombre da un paso hacia Leon—. Mira, esta es una búsqueda de una chica desaparecida. No es el lugar para hacer una escena…

—No se preocupe —responde Leon, asqueado—. Me iré.

Se marcha. No mira hacia atrás ni una sola vez. Se sube en su Pontiac y conduce tan lentamente como cuando llegó. Cuando se marcha, el conocimiento de que arruine todo horriblemente solo secunda al alivio que siento porque ninguna de estas personas lo tendrá. La chica que él conoce sigue aquí y ella puede solucionar esto. Sé que puede.

—Señorita Grey, estará en este grupo…

La directora Diaz está a mi lado, me guía hacia su grupo con Cat Kiley, algunos estudiantes de primer año, una mujer que dice ser amiga de la mamá de Penny y un oficial de policía, Mitchell Lawrence.

Comienza la búsqueda.

Nos dicen que caminemos en una fila, hombro a hombro y cada vez que se rompe, si nos adelantamos o retrasamos, Diaz nos grita para que nos alineemos. Rodeamos el agua y entramos en el bosque. Hay algo perturbador en la manera en que nos entretejemos con los árboles. El lago está tranquilo detrás de nosotros. Es difícil imaginar que este lugar tuviera algún otro propósito más que este. Ni fiestas, ni lindas tardes de verano o picnics familiares. Solo la búsqueda de la chica desaparecida.

—¿Qué te dio la idea de que alguien te quiere aquí? —pregunta Cat, a mi lado.

—Solo estoy intentando compensar el tiempo que todos creen que desperdicié —no la miro.

Entonces, habla uno de los chicos de primer año.

—¿Estamos buscando un cuerpo?

Quiero hacerle tragar su pregunta hasta que se ahogue con ella.

—No —replica Mitchell de mala manera y el chico hace una mueca.

—Estamos buscando a una chica —le dice Diaz.

Nos quedamos callados después de eso. Cuanto más nos adentramos en el bosque, más oscurece, el aire se torna ligeramente más fresco.

Insectos sobrevuelan nuestros rostros con curiosidad y los alejamos con las manos. Diaz se comporta como si hubiera hecho esto antes, pero no conozco otros casos de chicas desaparecidas en Grebe.

–No puedes –me dice Cat.

–¿Qué?

Nos atrasamos un poco. Lo suficiente para hablar, pero no para que nos griten.

–No puedes compensar ese tiempo –pasa por arriba de un tronco grande–. Probablemente la hubieran encontrado, si hubieran tenido la gente suficiente para buscarla desde el principio.

Pienso en Cat colapsando en la pista, pienso en ella lánguida en los brazos de Bock. En cuán celosa estaba Tina cuando Brock cargó a Cat y lo que dijo después de que Tina le preguntara si la había llevado a la enfermería. *Luego de un rato, sí.* Me pregunto qué pensaría Cat si supiera lo que dijo y cómo lo hizo; la gente estaba decidiendo cosas sobre ella, cosas sobre las que no tenía ningún control.

–Estaba en una *carretera* –mi voz se quiebra–. No tenía idea de en dónde estaba.

–Entonces tal vez no deberías haber estado tan jodidamente borracha.

–*No* estaba borracha... –pone los ojos en blanco–. Creo que Brock me dio GHB –eso en lo que no quería pensar burbujea en mi lengua, no lo puedo detener. Cat se queda boquiabierta y sacude la cabeza una y otra vez e imagino sus manos en mi teléfono, apuntando su lente a mí–. O tal vez, si *estaba* tan jodidamente borracha, alguien debería haberme llevado a casa...

Diaz gira hacia nosotras, furiosa. Rompimos la formación y estamos demasiado atrás.

–Señoritas, *mantengan el ritmo.*

Cat se apresura hacia adelante.

–¿Entonces por qué no me llevaste a casa? –le grito.

–¿*Qué* fue eso, señorita Grey? –pregunta Diaz.

–Nada.

Siento el leve murmullo de otro grupo a nuestra izquierda. Vuelvo a concentrarme en el suelo esperando que algo llame mi atención. Solo hay basura. Preservativos; vasos rojos sucios y rotos. Me pregunto cuán viejo es todo esto. Si es de la fiesta y si ha estado pudriéndose desde entonces o si es de fiestas de años anteriores.

¿Cómo puede ser que estemos haciendo esto?

Estamos peinando la basura en búsqueda de una chica.

Miro fijo a una botella de plástico e intento decidir si es importante. Ramitas se quiebran debajo de mis pies. Algo se mueve sobre mí. Un cuervo vuela de un árbol a otro.

Suena un silbato.

–*Quédense aquí* –dice el oficial Mitchell y se marcha.

Imagino a Penny, su cuerpo perfecto, encorvado y quebrado en estos bosques, sin vida. Imagino su cabello apelmazado con tierra. Imagino su rostro pálido iluminando el suelo y a sus ojos viendo la nada.

El silbato sonó en algún lugar detrás de nosotros. Hay una ráfaga de voces. Otros grupos también lo escucharon. *¿Qué es? ¿Es ella? ¿La encontraron?* Las preguntas rebotan entre los árboles y, después de un largo momento, vemos avanzar a un oficial seguido de los Young y de Alek.

Una chica espera.

Es el tipo de sonido del que huyes, no al que te diriges.

Pero necesito saber.

Diaz grita mi nombre, me dice que me quede en mi lugar, pero no soy un perro. Atravieso el bosque hasta que encuentro a la chica y...

no es Penny. Es una niña pequeña, pálida, no tiene más de diez años, sus rodillas protuberantes se señalan entre sí; es demasiado alta para su edad. Está parada delante de nosotros, temblando, su rostro está rojo y marcado con lágrimas. Es la hermana de Lana Smith, Emma.

Los Young están allí y Alek y otro grupo y otro grupo, todos están salvajemente esperanzados cuando llegan a la escena y luego… se desmoronan.

Cuando se da cuenta de quién no es, Alek trastabilla, gira en un círculo mareado. Ninguna persona en el mundo puede soportar ese tipo de esperanza y arrebato en tan corto tiempo y seguir estando bien. Respira agitado, su rostro está cubierto de sudor. Se queda quieto, se cubre la boca con una mano y se marcha tambaleándose. Brock corre detrás de él, gritando su nombre. Emma llora desconsoladamente y Lana aparece de manera repentina, al igual que todos nosotros, abraza a su hermana pequeña y se disculpa con los Young porque nada de esto era lo que esperaban, pero ya no sé qué es lo que todos están esperando.

–Me separé –llora Emma–. Me asusté…

–Está bien –dice Lana–. Está bien se asustó. Lo lamentamos *tanto*. Emma, diles que lo lamentas… –y Emma repite sobre su hermana:

–*Lo lamento, lo lamento, lo lamento…*

La señora Young hace algo que creo que yo no hubiera podido hacer si fuera ella. No pierde la compostura, no grita ni llora. Abraza a Emma y le dice "está bien, lo entendemos, está bien…". Y luego llegan más personas para presenciar toda esta nada. No es nada. Alguien dice algo sobre un descanso de cinco minutos y escucho a un oficial mascullar "pérdida de tiempo" y en ese momento decido que tengo que irme.

Regreso por los bosques y rodeo el lago, el aroma podrido de agua estancada me causa náuseas. Le envío un mensaje a mamá rogándole que me venga a buscar y me doy cuenta de que nunca le avisé que había llegado, como dije que haría.

Veo el punto de encuentro. Helen Turner está en la mesa hablando por teléfono, está recibiendo la noticia de que no era Penny. No hay distancia entre nosotras que sea suficiente. Estar tan cerca de ella hace que quiera enterrarme. Dios, cómo la odiaba mi papá. La odiaba. Creo que parte de él siempre estuvo secretamente feliz porque lo probó, ¿no es así?, *era* una perra. Helen sigue hablando por teléfono cuando llega el New Yorker. Todd está conduciendo. Me subo y me abrocho el cinturón. presiono mis manos contra el conducto de aire frío hasta que mis dedos se entumecen. Arranca el auto.

—¿Cómo salió? —pregunta.

Pienso en Leon y en cuánto debe odiarme ahora cuando veo una ráfaga de cabello rubio, una chica en la calle. Giro en mi asiento y… no es ella. Otra vez. Y no sé por qué es peor que lo que sucedió en el lago, pero lo es. Bajo la cabeza y limpio mi rostro. Todd se estira hacia mí, coloca su mano en mi nuca el tiempo suficiente para estrujar levemente mi cuello de manera reconfortante, lo que me hace más difícil dejar de llorar.

—No registré mi salida —digo.

—¿Necesitas regresar?

—No creo que nadie se preocupe por eso.

Necesito que Leon sepa que lo lamento.

No necesito que me perdone. No creo en el perdón. Creo que, si heriste a alguien, eso se transforma en parte de ambos. Solo tienen que vivir con ello y la persona que heriste puede decidir si te quiere dar la oportunidad de que lo hagas otra vez. Si lo hace y eres una buena persona, no volverás a cometer el mismo error. Solo errores nuevos. Tomo mi teléfono de la mesa de noche. Podría enviarle un mensaje, pero no parece correcto. Lo herí en persona, lo menos que puedo hacer es disculparme de la misma manera.

Pero antes, tengo que ir a la escuela.

Me visto. Me miro fijo en el espejo. Mis uñas están bien, pero mis labios no. Elimino la piel muerta y froto un cepillo de dientes sobre mi boca hasta que está suave. Lavo mi rostro y aplico mi lápiz labial, una capa a la vez y luego, estoy lista. Peino mi cabello hacia atrás y me pregunto cómo comienzan las mañanas de Penny estos días. Todavía comienzan, ¿no?

Cuando bajo las escaleras, hay un desayuno esperándome. Un pan tostado cortado en tiras con mantequilla de maní y mermelada. Era todo lo que comía cada mañana del verano cuando tenía nueve años y, en ese entonces, llamaba "dedos" a las tiras. Dedos de mantequilla de maní y mermelada. Comida reconfortante.

—Quería que desayunaras con nosotros —dice mamá.

No sé a quién está reconfortando.

Mordisqueo el pan mientras Todd ojea el periódico en el asiento frente a mí y mamá frita tocino y huevos. Todd cierra el periódico y le da una palmadita.

—Esta semana lloverá.

—No lo creo —dice mamá.

—Lo dice aquí en *Grebe Noticias*, así que tienes que creerlo.

Mamá apoya su desayuno delante de él y luego apoya su mano sobre su cabeza. Todd la toma antes de que pueda quitarla para servirse su propio plato. Lleva la mano de mamá a su boca.

—Te amo, Alice —murmura sin complicaciones.

Mamá encuentra mi mirada y hay algo de culpa en su rostro, como si esto fuera algo que debería haber presenciado toda mi vida. Todd es diferente de mi padre. Papá era frío, no hacía grandes demostraciones de cariño, como su padre y el padre de su padre. Una larga sucesión de hombres autocomplacientes que no podían dar amor, pero vivían para tomarlo, que no es igual que recibirlo. Todos sentían tanto dolor y eso siempre era la excusa perfecta.

—La semana que viene probablemente incluyan algo de la búsqueda —digo.

—Es probable —concuerda Todd.

Mamá se sienta con nosotros.

—Tal vez podrías tomarte esta noche y podríamos tener algo de tiempo madre e hija. Ir de compras, terminar el día en el McDonald's de Ibis o algo así.

—¿Y Todd qué hará?

—Marchitarme y morir —dice secamente. Se estira sobre la mesa y despeina mi cabello—. ¿De verdad? ¿Qué tipo de pregunta es esa?

—Solo quiero pasar algo de tiempo contigo —dice mamá.

—Tal vez el fin de semana. Estoy intentando probarle a Tracey que soy confiable después de… —no termino la oración—. Y acabo de tomarme el día de ayer por la búsqueda.

—Antes de fin de semana sería mejor.

—¿Qué sucede? —la estudio.

—Solo hazle un favor a tu madre y complácela.

—Está bien. Antes del fin de semana —acepto, pero realmente tengo que ir a Swan's esta noche, tengo que ver a Leon e intentar solucionar este desastre—. Pero hoy no puedo.

Me tomo mi tiempo para caminar hasta el colegio porque no estoy apresurada por presenciar las consecuencias de la búsqueda. El aire es sofocante como siempre. Es difícil imaginar que llueva. Es difícil imaginar otra estación que no sea esta y, en realidad, ni siquiera es la estación que debería ser.

La calle está tranquila durante la primera mitad de la caminata, pero pronto escucho detrás de mí el fuerte sonido rítmico de pies golpeando el pavimento. Echo un vistazo sobre mi hombro y Leanne Howard está trotando hacia mí. Tiene una camiseta y shorts negros con detalles en neón para decirle al mundo que está corriendo para ejercitarse y no porque la estén persiguiendo. Me muevo a un costado para que pueda pasar, pero se detiene cuando me ve, se inclina hacia adelante para recuperar el aliento.

—¡Uff! —jadea mientras se endereza y limpia su rostro con el cuello de su camiseta—. Hace demasiado calor para esto, ¿no?

—Estás loca —respondo.

—Bueno, es mantenimiento —entrecierra los ojos y me mira—. ¿Cómo estás, Romy?

—Estoy caminando a la escuela.

—¿Te molesta si camino contigo?

—Es un país libre.

Pero no me gusta. Leanne avanza conmigo. La estudio; es joven, pero creo que tiene el mismo tipo de líneas que la entrenadora Prewitt. No me metería con ella.

—La búsqueda dio de qué hablar.

—Me fui después de lo que Emma Smith. ¿Qué sucedió?

—Alek tuvo que marcharse acompañado. Estaba destruido…

—¿En serio?

—Sí y nadie tuvo voluntad para seguir después de eso. Honestamente, creo que sería mejor que buscaran en las carreteras —dice Leanne—. Pero no creo que ayer quisieran encontrar algo en realidad.

Recuerdo al oficial mascullando para él mismo después de la falsa alarma.

Pérdida de tiempo.

—¿Entonces por qué siquiera molestarse?

—Para combatir la impotencia —dice sencillamente. Y luego, con la misma facilidad—. Romy, tienes que saber que, en este punto, están buscando un cuerpo.

Me bloqueo. Se detiene mi corazón.

No, quiero decirle. *Estás equivocada*. Penny no está muerta. Penny sobrevivió casi los cuatro años de secundaria y fue amada por todos, excepto por mí, quizá, e incluso yo la quise por un tiempo; no transitas la secundaria de esa forma y no sobrevives a lo que sea en lo que te hayas metido.

—He estado pensando en lo que me preguntaste cuando viniste a buscar tu teléfono —dice Leanne—. Que tal vez haberte buscado fue la razón por la que no encontramos a Penny y escuché a algunos chicos hablando de ti en el lago –me mira con lástima–. Lo estaban diciendo.

–¿Te sorprende?

–No lo sé.

Encojo los hombros para indicar que *esta conversación se terminó*, deseando que me dejará continuar sola, pero no lo hace. Se atrasa un momento, pero aparece a mi lado otra vez. Es demasiado temprano para comenzar el día con este tipo de dolor de cabeza.

–Escucha, sin importar lo que los demás piensen de ti, no es poco importante que te hayan encontrado –pone una mano sobre mi hombro y volvemos a detenernos–. Cuando te vi en la carretera, estaba tan aliviada. Y me carcome pensar que todavía no encontramos a Penny, pero cuando se trata de chicas desaparecidas, casi nunca tienes esa suerte una vez, mucho menos, dos veces. Cualquiera que intente hacerte sentir culpa... es un imbécil.

Miro fijo al suelo. No sé qué responder a la idea de que haberme encontrado le haya importado a alguien más que a mi mamá y Todd. Y a Leon, quien probablemente ahora lo lamenta.

–Entonces, ¿no hubiera hecho la diferencia?

Quiero escucharla decirlo, eso exactamente, que no hizo la diferencia.

–Incluso si lo hubiera hecho... –se muerde el labio–. No hubiera sido tu culpa.

–¿Qué se supone que significa eso?

–Solo lo que dije –desvía la mirada.

–Leanne, ¿cómo descartaron la conexión entre nosotras?

–No puedo decírtelo. Pero te prometo que no fue tu culpa. Solo quería que supieras eso, ¿sí?

–Bueno –me río un poco–, muchas gracias por eso. Lo recordaré cuando me digan una y otra vez que soy la chica que nadie quería que encontraran.

Vuelvo a caminar, intento olvidar todo este desperdicio de tiempo, pero luego dice:

—Necesito mi trabajo, Romy.

—¿Y? —me volteo.

—Cuando Turner me dice que no diga algo, no lo hago —dice—. A veces no lo hago sin importar lo que yo piense. Sigo creyendo que debería haberte llevado al hospital ese día —se detiene—. Pero *necesito* este trabajo por mi familia.

—No diría nada —prometo. Cuánto más conflictuada luce, mi corazón más desea saber qué sabe—. Y si lo hiciera, nadie me creería —esto último profundiza las líneas en su rostro.

—Fue la hija de Ben Ortiz —dice finalmente—. Tina.

Tina.

Su nombre es como una navaja en mi piel.

Sé que lo próximo que dirá Leanne me cortará.

Lo hace.

Mi palma descansa sobre mi pecho. Presiono firmemente mi piel.
Escucho a mi corazón porque se detuvo hace un rato y no estoy segura de que siga estando allí.

Estoy esperando. Espero. Espero a las chicas que caminan por el pasillo. Sus voces llegan antes que ellas, se filtran dulcemente debajo de la puerta. Espero. Entra Tina. Miro fijo a sus pies mientras camina hacia su casillero. Observo cómo se deshace de sus zapatos y cuando comienza a desvestirse, dejo que mis ojos suban por sus piernas, sus caderas, su delicado estómago y sus pechos.

–¿Sabes por qué la mitad del departamento de policía estaba perdiendo tiempo buscándome cuando podrían haber buscado a Penny? –pregunto.

Los dedos de Tina se detienen detrás de su espalda, dejan de buscar el broche de su sujetador. No dice nada, solo levanta el mentón para desafiarme a seguir hablando. Me desafía a decir en voz alta que estuvo en la oficina del sheriff la noche del sábado y les dijo lo que me había hecho para que comenzaran a buscar a Penny en los lugares correctos. Me pongo de pie, mis piernas tiemblan como si fuera un potrillo recién nacido hasta que lo siento, un suave *pum* en mi pecho —mi corazón cobra vida— y me estabilizo.

—Me pusiste en esa carretera. Me arrastrarse hasta esa carretera —digo—. Escribiste *viólame* en mi estómago y después me dejaste allí.

Me mira a los ojos. Esto es lo que quiero que suceda: quiero que las chicas se den cuenta de que *ella* es la ladrona que le robó tiempo a Penny. Quiero que la rodeen. Quiero que se la coman cruda sin abrir la boca una vez. Quiero que este sea el fin de Tina Ortiz, pero nunca suceden las cosas que quiero. Nadie la culpa. Nadie la hace pagar. Ni siquiera el sheriff haría eso. No a la hija de su buen amigo.

—Linda historia —dice.

Pum, otra vez, más fuerte esta vez. Tina vuelve a buscar el broche de su sujetador. Así de poco le importa esto, tan poco como la noche que se paró sobre mí y escribió en mi piel.

—Además, cualquiera lo hubiera hecho —dice en voz baja solo para que yo pueda escucharla.

Mi corazón me ruega que haga algo al respecto para poder respirar. Tina y esa carretera.

Me dejó en esa carretera e invitó gente a mi cuerpo, a cualquiera.

No recuerdo haber decidido lo que sucede a continuación, pero supe después que lo volvería a hacer una y otra vez. Mil veces.

La empujo contra los casilleros, la sostengo tan fuerte como puedo contra el metal. El sonido que hace Tina es mejor que cualquier canción que haya escuchado en mi vida. Quiero oírlo sin parar. Hundo mis uñas en sus brazos, siento cómo cede su suave piel. Sus ojos se ensanchan, me empuja y hay un espacio entre nosotras, suficiente para paralizarme por todas las cosas que podría hacerle. Podría alzar mi mano y golpear su rostro o llevar mi rodilla a su estómago, tomar un puñado de su cabello y arrancarlo de su cráneo.

No puedes hacer esto cuando eres una chica, entonces cuando la oportunidad para la violencia se presenta finalmente, quiero todo al mismo tiempo. La misma quietud también parece adueñarse de ella y, por un segundo, no sucede nada y luego…

Mi interior se torna salvaje y me transforma en un arma. Nací para lastimar al igual que Tina. La golpeo, rasgo su piel, pero ella no se queda quieta sin contraatacar. Se abalanza sobre mí con la misma fuerza y de la manera que quiero, de la manera que Tina lo haría.

Al principio, lo único que siento son las partes de ella que estoy intentando arruinar. Luego, su hombro encuentra mi estómago, me roba el aliento y todo dentro de mí cobra de vida después de eso. *Todo*. Devuelvo como puedo cada golpe que logra darme. Es desprolijo. Mi pie sobre sus dedos descalzos y el sonido que ella hace, su mano en mi cabello, los mechones que se separan de mi cuero cabelludo.

Hay chicas gritando, chicas demasiado asustadas para separarnos. Tina me empuja contra una fila de casilleros, algunos de ellos están abiertos y mi frente se encuentra con el borde de metal; dolor, pero qué es el dolor en realidad; esta liberación, no hay nada que valga la pena para detenerla.

No nos detendremos.

Alguien tendrá que hacerlo.

No me doy cuenta de que tengo sangre en los ojos hasta que llegan la entrenadora Prewitt con la directora Diaz. "Está sangrando", susurra una chica. Estoy sangrando. Llevo mi mano a mi frente y las puntas de mis dedos se embeben de mí misma.

Dejo caer mi mano y Tina está en la otra punta de la habitación, luce terrible. Tiene un rasguño en su hombro y un magullón en su mejilla. Yo hice eso. Pero… vuelvo a mirar mi mano, el rojo. Su estómago desnudo. Esto no puede terminar.

Todavía no escribí en ella.

Me abalanzo hacia Tina, pero Diaz toma mi brazo y grita.

—Ey, ey, ¡ey! ¡Suficiente!

Tina se trastabilla sobre Prewitt, sus ojos están bien abiertos y aterrorizados como si nunca hubiera peleado porque ahora es el momento para actuar de esa manera. También debería actuar así, pero no puedo hacerlo.

Quiero lastimarla hasta sentirme satisfecha.

—¿*Qué* está sucediendo aquí? —Diaz quiere saber, su voz retumba con ferocidad en la habitación antes de que alguien pueda decir algo, la boca de Tina está lo suficientemente abierta para hacerlo, mira mi rostro y cambia de táctica—. Ortiz, vístete y ve a mi oficina —sacude la cabeza—. Vergonzoso. Esto es… —echa un vistazo alrededor buscando otra palabra, no la encuentra—. *Vergonzoso*. Espero mucho más de mis estudiantes, pero ustedes dos…

—Grey empezó —dice Tina. ¿Yo empecé?

—Dije *vístete*, Ortiz —replica Diaz—. Grey, sígueme —me guía fuera del vestuario, el sonido de sus tacones retumba en el suelo. Vuelvo a llevarme mi mano a mi cabeza. El corte está sobre mi ceja derecha y todavía no dejó de sangrar. Díaz me echa un vistazo—. Estás cubierta de sangre.

Miro hacia abajo. Tiene razón. El cuello de mi camiseta… en todos lados.

—¿A dónde vamos? —pregunto con voz ronca. La sangre no me afecta, pero toda la adrenalina de la pelea está desvaneciéndose y esto es tan extraño.

Es tan extraño sentir que todo sale de mí de esta manera.

—Te llevaré a la enfermería —dice Diaz—. No sé qué te poseyó. Esa fue una demostración horrible –*Horrible*, pienso y luego, me río, solo un poquito. Diaz me enfrenta–. ¿Crees que esto es gracioso?

Presiono mis labios y desvío la mirada. Creo que es graciosísimo. Hay una chica en algún lugar y todos creen que está muerta porque, ¿conoces todas las maneras de matar a una chica?, yo sí, pero se supone que debo preocuparme por el problema que me pueda causar esta estúpida pelea en el colegio en vez de la satisfacción que sentí mientras luchaba.

En la enfermería, DeWitt me echa un vistazo. Espero que me diga que tengo edad suficiente para cuidar de mí misma, pero, en cambio, inspecciona mi frente con manos gentiles y dice que debería ir al médico.

Los puntos parecen innecesarios una vez que limpian la mayor parte de la sangre y puedo ver el corte, pero el doctor Aarons anestesia mi frente y dice "es lo suficientemente profundo, quédate quieta".

Nunca me dieron puntos y hay algo extraño en la presión de la aguja cuando entra y sale de mi piel. Mamá no puede soportar mirar y aguarda en la sala de espera. Le ha costado mirarme a los ojos desde que me vino a buscar a la escuela.

—Explícamelo —dice en el camino a casa. Me recuesto sobre mi asiento y cierro los ojos—. Romy, explícamelo. ¿Qué estaba pasando por tu cabeza para hacerle algo así a otra chica?

—No —digo—. Nada.

Se detiene en la entrada del garaje. Salgo del New Yorker antes de que apague el motor.

—Romy, espera…

Marcho en línea recta a mi habitación porque supongo que me enviarán allí de todos modos, pero Todd está en mi camino y me detiene. Mira mi frente como si no pudiera comprender que lo que me sucedió fue consecuencia de algo que yo hice porque dejé en claro antes de irme de la escuela que no era una víctima.

—Rayos, niña —dice en voz baja.

Da un paso al costado y entro en la casa. Ahora, mi cabeza está comenzando a sentirse como si hubiera tenido un encuentro con el borde filoso de un casillero abierto. Escucho a mamá lanzar su bolso en el suelo. Estoy en la mitad de las escaleras cuando habla.

—Romy, detente. Detente *ahora mismo*.

Lo hago, pero sigo parada en dirección a mi cuarto hasta que me dice que gire y la mire. Me volteo y la miro, los miro. Todd sigue allí y, por primera vez, deseo que estuviera tan ausente como el hombre al que reemplazó.

—Explícamelo —repite mamá—. Porque no quiero enterarme de lo que sucedió mañana en la oficina de la directora cuando nos digan si sigues siendo bienvenida en la escuela. *No* me harás eso.

Suena como alguien que ya perdió la guerra, pero que no dejará de pelear a pesar de ello. Y tiene razón, no puedo hacerle algo así. No querría y no podría hacerle algo así. Cada día, ella tiene que ser mi madre en este pueblo. No necesito hacerlo más complicado todavía.

—Tina habló de más, así que la empujé y así todo comenzó.

—En serio —mamá cruza los brazos—. ¿Eso es todo?

—Sí.

—Hay algo que no me estás diciendo. Tú no eres así —dice. Creo que está equivocada. Si lo hice, tengo que ser así, de otra manera, no lo hubiera hecho—. ¿Qué te dijo?

—No importa lo que dijo.

—Sí, importa. Si no me lo dices, ¿cómo podré ayudarte?

–¿Qué podrías hacer para ayudarme?

Luce como si la hubiera abofeteado. La verdad es que, en realidad, no sé si podría ayudarme, pero sé que realmente quiere creer que puede y sé que quiere que yo lo crea. Mi amor debería hacerme comprender esto y ser capaz de pretender, pero no puedo. Voy a mi habitación. Nadie me dice que vaya. Solo lo hago.

Una semana de suspensión.

Hubiera creído que tendría más problemas que eso, pero como Tina fue la que me dejó en la carretera y los Ortiz lo saben, no exigieron respuestas de mi parte por lo que le hice a su hija. Tampoco hubiera dicho nada delante de mi mamá. Solo clavo mi mirada en el padre de Tina, lo odio. Me pregunto si ya le contó al sheriff sobre esto o si está esperando al próximo juego de golf. Como Tina y yo nunca nos hemos comportado de semejante manera impropia de una dama, Diaz dice que no tendremos una sanción tan severa. Quiero preguntarle qué significa "impropio de una dama".

Nuestro extraño quinteto abandona la oficina justo antes de que suene la campana. Nuestros padres se marchan tan pronto suena, eligen esperar en los autos mientras Tina y yo buscamos la tarea para esta semana. Tina es abordada inmediatamente por dos chicas que quieren saber toda la historia. Llego a escuchar el inicio del relato de Tina —es una maldita loca, no harán nada...—, pero no me quedo para escuchar el final.

Los profesores me tratan con frialdad y me pregunto si es una reacción sincera o si Diaz les dijo que se comportaran así. Cuando llego al salón de la señora Alcott para conseguir mi tarea de Literatura, Brock está en su escritorio y ella le entrega una pila de papeles.

—Envíale a Alek mis buenos deseos. Dile que espero volver a verlo aquí pronto.

—Sí, lo haré... —Brock se tensa cuando me ve—. Gracias, señora A.

Se marcha y la deja sonriendo tristemente, la sonrisa desaparece cuando su atención se concentra en mí.

—Tengo *tu* tarea justo aquí...

—¿Qué le pasa a Alek? —pregunto.

Me mira como si fuera una idiota y en este momento, tengo la sensación de que no le caigo bien en serio.

—No puedes imaginar el tipo de estrés que Alek está sufriendo en este momento, pero espero que esto te de algo en qué pensar, Romy. Hay gente con problemas reales y... —toma una pila de papeles y me los entrega—. Hay gente que se los genera.

Brock me está esperando cuando salgo. Apenas tengo tiempo de registrar su presencia antes de que esté demasiado cerca. Demasiado, demasiado cerca.

—¿Le estás diciendo a la gente que puse GHB en tu bebida en el lago Wake? —pregunta y suena casi divertido, como si hubiera estado tan sobrecargado con todo lo de Penny que está bien tener esta pequeña distracción—. ¿En serio?

—¿Lo hiciste?

—¿Por qué preguntas si es lo que le estás *diciendo* a la gente?

Por más que quiera correr, también quiero acorralarlo, quiero transformar esto en una confrontación y asustarlo para que confiese de alguna manera, pero eso nunca sucedería, no con Brock. Lo más seguro que puede hacer mi cuerpo es seguir avanzando.

—Sé que lo tenías —digo—. Escuché a Sarah y a Norah hablar de eso en el baño…

—¿Pero puedes probar que lo puse en tu bebida? —siento ira estallar dentro de mí, del mismo tipo que me hizo desear destrozar a Tina—. Quiero decir, ¿estás *diciendo* que recuerdas el momento específico en el que puse GHB en tu bebida? Porque si no lo recuerdas, Grey, será mejor que cierres tu maldita boca.

—¿Lo hiciste? —pregunto otra vez porque lo único que puedo hacer es preguntar. La gente nos está mirando, a Brock y a mí, caminar por el pasillo juntos. No es correcto. Él también debe notarlo. Se separa de mí inocentemente alzando las manos.

—¿Lo hice? —responde con una pregunta.

Cuando me subo al auto con mi mochila cargada, estoy temblando. Quiero morder mi puño. Intento evitar que todo eso se muestre en mi rostro.

—Llamarás a Tracey esta noche y le dirás que no irás a trabajar hasta la semana que viene…

—¿Qué? —parpadeo—. No puedo…

—No creo que la suspensión de ese lugar —mamá señala con la cabeza al colegio— te haga entender que lo que hiciste, Romy, estuvo mal. No podrás estar en casa todo el día y después ir a trabajar y ver a Leon. ¿Qué te parece eso como castigo?

Escuchar su nombre es un doloroso recordatorio de lo que todavía tengo que arreglar. No sé cómo lo haré porque cuando reproduzco la búsqueda en mi cabeza, no sé qué podría haber hecho de otra manera.

—¿Qué le diré a Tracey cuando me pregunte por qué no puedo ir por una *semana*?

—Tendrás que descifrarlo.

—¿Y si pierdo mi trabajo?

—¿Si realmente creyera que podrías perder tu trabajo, crees que te haría hacerlo? —suspira—. Ayer a la noche le dije a Tracey que tuviste algunos problemas en la escuela, que te lastimaste. Está esperando tu llamada.

—¿Le dijiste que yo lo inicié?

—Obviamente no.

En casa, llamo a Tracey desde mi habitación y le digo que necesito algo de tiempo. Ella utiliza su voz agradable, abandona el tono administrativo que mantiene a todos a raya. Holly cubrirá mis turnos. Está bien. Todo está bien.

Ocupo toda mi tarde en terminar la tarea, escribo respuestas que no sé si están bien, pero sé que no me importa que estén mal. Cuando mamá va a trabajar, Todd pone la cena en mis manos. Se sienta en la mesa y hojea un libro viejo mientras corto patatas y cebollas y le quito la piel a las patas de pollo. Es casi pacífico.

—¿Iniciaste una pelea con Tina Ortiz porque estabas molesta por otra cosa? —pregunta casualmente mientras pasa de página.

Era casi pacífico.

—¿Qué?

—Me escuchaste —inclina su cabeza para mirarme.

—¿Inicié una pelea con una chica porque estoy molesta por otra cosa? —repito y él asiente—. Eso ni siquiera tiene sentido.

Marca el lomo del libro y lo apoya sobre la mesa.

—¿Me estás diciendo que nunca te enojaste o molestaste por una cosa y te desquitarse con otra persona?

—No sé de qué estás hablando.

—Creo que lo sabes —hace una pausa—. ¿Sabes?, puedes contarnos lo que está sucediendo. No hay nadie a quien se lo tengas que ocultar.

—No sé qué quieres decir —repito. Suspira pronunciadamente.

Espero a que el horno levante temperatura, meto la comida y programo la alarma.

—Saca la comida cuando esté lista —le digo—. No tengo hambre.

Me despierto en mi cama sobre las sábanas.

Siento que debería ser de mañana, un nuevo día, y supongo que lo es. Cuando me fijo la hora, son las tres de la mañana. No recuerdo haberme acostado, pero de seguro me ganó el cansancio.

Miro por la ventana, la calle está tan tranquila. Las luces están apagadas en las casas que puedo ver desde aquí, todos duermen. Todavía falta una hora para ver las primeras señales de vida; escucho pasar un auto por otra calle. Pasan unos minutos más antes de que pase otro: un leve chirrido se escabulle por mi ventana abierta, es familiar, pero extraño a esta hora. La puerta mosquitera. Echo un vistazo a la oscuridad, intento descifrar si alguien está llegando o marchándose y entonces escucho una tos suave.

Mamá.

Supongo que bajará los escalones hasta la acera y caminará hacia el New Yorker porque quizás somos parecidas en ese sentido. Tal vez a veces también tiene que subirse al auto y marcharse. Pero nunca se materializa y el chirrido delator no vuelve a sonar otra vez, así que solo está allí, sola. No quiero ir con ella, pero creo que tengo que hacerlo. Es como encontrar un accidente; una vez que miraste, eres parte de él.

Especialmente si te marchas.

Salgo de la cama y camino hasta el pasillo de puntillas. La puerta de su habitación está levemente abierta, por allí se escapa el sonido de los ronquidos de Todd. Bajo las escaleras en silencio, la puerta principal está abierta. Miro hacia afuera, pasando el porche, mi mamá está sentada en los escalones de la entrada con la cabeza sobre sus rodillas y, en ese momento, me sorprende lo joven que es. Lo olvido. Todd también. Hasta incluso mi papá.

A veces, siento que tenemos tanta vida por delante. Salgo hacia el aire seco nocturno. Mamá se endereza, me mira como si supiera que iba a aparecer, me siento al lado de ella y me envuelve con un brazo.

—La cena estaba rica. Te guardé un plato. Intenté despertarte, pero estabas bastante dormida. Me dijiste —escucho la sonrisa en su voz— "observa sus plumas". Pensé que sería mejor dejarte dormir.

A veces hago eso, cuando estoy muy cansada. Solo dejo que una pequeña parte de mí se despierte y diga sinsentidos hasta que quien esté intentando despertarme me deje tranquila. Puedo tener conversaciones enteras siempre y cuando no sea necesario que tengan sentido. Una vez le dije "esto no es nuestro". Otra vez, "el vidrio no se romperá". A veces mamá rememora esos momentos como si fueran grandes recuerdos.

Acaricia los bordes del vendaje en mi frente con la punta de sus dedos y me pregunta cómo se siente. Encojo los hombros y le digo "bien". Después de un tiempo, suena otro auto por el pavimento. Este viene en nuestra dirección.

—Ford azul —dice.

Lo recuerdo. Es un juego que solíamos jugar juntos; mi papá, ella y yo. Solo en los días buenos de papá. Adivinar el auto y el color por el sonido. Como mi papá estaba todo el tiempo rodeado de autos, nunca parecía errar el fabricante; pero todos podíamos acertar el color.

—Honda violeta —digo.

Estamos las dos equivocadas; pasa un Chevy negro.

—Sé por qué iniciaste esa pelea.

Lentamente, asimilo lo que dice. Sabe. ¿Qué cree que sabe? Clavo la mirada en el suelo, las enredaderas son visibles incluso en la oscuridad, e imagino las diferentes posibilidades. ¿Sabe lo de las fotos? ¿Lo de la palabra en mi estómago? No… No puede saber nada.

—Porque yo te lo dije.

—No, no lo hiciste.

—¿Tenemos que hacer esto ahora? Yo…

—*Sí*, tenemos que hacerlo. No te presiono para que hables porque no siento que tenga derecho a hacerlo después de todo lo que sucedió… —hace una pausa—. He estado esperando a que me digas por qué iniciaste la pelea con Tina, pero sé que no lo harás. Porque yo sé el motivo, Romy… Ya lo sabía.

—¿Cuál es? —cierro los ojos brevemente.

—Kellan Turner regresará.

Al principio solo siento sorpresa, después llega el dolor y luego, lo único que puedo pensar es cómo puede ser que mamá no sepa que un nombre puede equivaler a una declaración de guerra. Que puedo decirle cualquier cosa ahora, sin importar cuán cruel sea, para poder… recuperarme.

Regresará.

—Eso es lo que sucedió, ¿no? Tina te dijo algo al respecto.

Veneno. Viaja por mis venas, transforma mi sangre en algo demasiado nauseabundo para nombrar. Avanza sobre mí, encuentra mi corazón y… cada parte vital de mí se apaga.

—Lo sabías —las palabras encuentran cómo salir de mi lengua muerta, lenta y estúpida, espesa como jarabe. Siento que ahora algo se adueña de mí, pero no es tan compasivo como el sueño. Lucho contra él, peleo para permanecer aquí a pesar de que ya no sea un lugar en el que quiera estar—. ¿Lo sabías?

—Todd escucho a Andrew Ryan el lunes. Quería contártelo antes de la búsqueda, pero no parecía el momento indicado… y después te lo quise decir el martes, pero… –*Tal vez podrías tomarte esta noche y podríamos tener algo de tiempo madre e hija. Ah–*. No logré descifrar cómo contártelo. Pero sabía que no quería que te enteraras de esa manera y sucedió –exhala–. Eso fue lo que dijo Tina, ¿no?

–Sí.

–Bueno, todavía no está aquí –una pequeña parte de mí se alivia, solo una pequeña parte–. Llegará el lunes, eso es lo que escuchó Todd. No logró que le dieran tiempo en su trabajo antes... –su trabajo. Su trabajo. Este pequeño dato me enciende de una manera que no deseo. No quiero saber nada de él–. Vuelve por Alek, supongo que mantendrá un perfil bajo, pero… Romy, no es necesario que seas valiente todo el tiempo, ¿sabes? Deberías hablar conmigo.

Espero hasta que otro auto avanza por la calle, veo las luces a la distancia. Solo lo miro.

–Chevy negro –aventuro porque tal vez decidió regresar.

–Eh… no –replica mamá–. No, no, creo que es un…

Su voz se quiebra.

Nunca termina.

Adentro, en mi habitación. Escribo mi nombre en mis labios una y otra vez, pero no se siente bien. No me siento como yo misma. Todas esas partes de mí se apagaron. No quiero ser una chica muerta. No quiero ser una chica muerta. Necesito regresar. Tomo mi teléfono y le envío un mensaje a Leon.

SOY YO

En realidad, quiero decir *por favor*.

Correr ahora parece más importante.

Es lo único que quiero hacer. Salgo a la mañana y corro por Grebe hasta que no puedo más, hasta que casi tengo que gatear hasta casa. Quiero aprender a llegar a un ritmo que me permita no detenerme jamás.

Cuando me despierto a la mañana, estoy tan tiesa que apenas puedo moverme. Me ducho con agua suficientemente caliente para quemar mi piel y relajar mis músculos. Desayuno porque no quiero que mi cuerpo se consuma a sí mismo. No quiero ser débil. No quiero enfermarme. Solo quiero ser rápida.

Durante el fin de semana, el aire comienza a cambiar. Hoy, me despierto y el cielo tiene un color verde grisáceo. De hecho, puede que llueva como dijo *Grebe Noticias* o puede que solo sea una burla. Ajusto mi calzado deportivo y le digo a mamá que volveré más tarde.

Camino hasta superar la última casa y, en ese momento, comienzo con un leve trote, como si este fuera mi pequeño secreto sucio. Entro en calor antes de bordear las calles internas y salir del pueblo.

Regresará.

Interrumpo ese pensamiento solitario y desagradable y me concentro en dejar a Grebe detrás de mí. Cuando llego a los límites del pueblo, siento las primeras gotas tentativas de lluvia.

Ahora el cielo está más oscuro, promete una tormenta.

Llego a la autopista. No sé a dónde me dirijo. Ibis es lo más cercano, pero no hay nada para mí allí. Me mantengo en cerca de la zanja y la lluvia cae con un poco más de seguridad. Echo un vistazo a mi costado, solo hay hierba sin podar y basura y pienso en mis compañeros buscando a Penny. Mientras nadie la encuentre, sigue estando viva.

Esa es la idea que quiebra el cielo.

Es como si la lluvia hubiera estado allí arriba, acumulándose por siglos, fortaleciéndose, cada vez más y ahora cae toda junta. Me empapa, estampa mi cabello contra mi rostro y mis prendas a mi piel. Un camión semi articulado pasa con velocidad y el sonido que hace me lastima los oídos. Todas sus ruedas me salpican, pero no me importa. Sigo avanzando hasta Slab Road, una carretera de tierra al costado de la autopista. Ahora es puro lodo. Mis pies se hunden en el suelo. Con el tiempo, a través de una cortina de lluvia, veo una forma en el horizonte. Algo no está bien. Entrecierro los ojos, intentando dilucidar la imagen.

Es un accidente.

Hay una camioneta en la zanja. Completamente descarrilada, inclinada hacia adelante, la rejilla está contra la tierra. Me inclino hacia adelante, abrazo mi estómago con un brazo e intento proveer de oxígeno a mis pulmones mientras tomo mi teléfono con el otro brazo.

Me tambaleo hacia adelante hasta que la imagen que estoy viendo se aclara.

Es un Escalade EXT.

Solo hay uno de esos en Grebe.

Inmediatamente decido regresar por donde vine y dejar que otro encuentre esto, pero... clavo mi mirada en el accidente; no puedo distinguir si es del tipo que heriría seriamente a alguien o no.

No tengo que ayudar solo porque quiera mirar.

Mis piernas están entumecidas, pero las obligo a llevarme hasta el auto, hasta Alek. Miro bien el amplio espacio entre las ruedas traseras y la carretera; será complicado extraer al auto de la zanja. Mis ojos pasean hasta llegar al lugar en donde el peso del vehículo está hundiendo la parte delantera en el suelo.

La puerta del conductor está abierta de par en par.

Bajo lentamente por el terraplén. Mi calzado apenas se aferra la hierba. Caigo sobre el auto y mis dedos se deslizan sobre su exterior húmedo. Me asomo por el lado del conductor. Las llaves están en su lugar, pero el motor está apagado. Hay un teléfono en el suelo, el de él. Lo tomo y reviso el historial de llamadas, veo si llamó a una grúa o a una ambulancia o algo. Pero la última persona que llamó fue su madre.

–*¡Penny!*

Me volteo hacia el bosque detrás del auto.

¿Hace cuánto tiempo no escucho su nombre de esa manera?

Como si le estuvieran hablando a ella.

Penny. Si regresó, si está en esos bosques, las cosas pueden volver a cómo eran antes y nadie que no necesite estar aquí tiene que regresar. Camino entre los árboles, la lluvia cae con menos intensidad y veo a un chico en un claro. No me está mirando, sostiene su brazo derecho con fuerza sobre su pecho. Nunca lo vi tan quebrado, pero no me importa, no me importaría porque la estoy buscando a ella. Alek dijo su nombre. Tiene que estar aquí. Si ella regresa, *él* no lo hará.

Alek se trastabilla cuando escucha mis pasos, sus ojos se ensanchan. Pierde el equilibrio, cae con fuerza sobre el suelo y solo se queda sentado. Entierra su cabeza en sus manos, sus largos dedos finos se enredan con su cabello y luego se desploma hacia un costado y se hace una bolita.

Está borracho.

Está borracho y ella no está aquí. No la encontró. Me pregunto si estaba pretendiendo que lo había hecho. Si condujo su auto fuera del camino sabiendo que ella no estaba allí, pero quería sentir la mentira solo por un minuto. Se desarma lentamente hasta quedar acostado sobre su espalda mirando al cielo resignado a esto, a mí.

—Supongo que llamaré a tu papá —digo. Lo llamaré y no sucederá nada. A mí me detuvo sobria y Alek saldrá impune de todo esto.

Cierra los ojos por un minuto y, cuando los abre otra vez, dice:

—Dame tu teléfono. Dame tu teléfono, quiero mostrarte algo.

La horrible información que acaba de revelar inunda mi cuerpo.

Me mira fijo, enfoca la mirada para disfrutarlo.

—Ah, las viste —dice.

—Tú... —bajo mi teléfono—. Tú tomaste las fotos.

Asiente, su nuca toca el suelo, una sonrisa se asoma sobre su boca. Este recuerdo lo hace sonreír; es lo único que podría hacerlo sonreír en este momento. Cierro los ojos y veo a Alek, veo mi teléfono en sus manos y ya no quiero sostenerlo si estuvo en sus manos. No quiero mi piel si él ha visto tanto de ella.

—Tú me lo permitiste —dice.

—No —No lo hice. No lo hubiera hecho.

—Lo hiciste... —empieza a reírse y cierra los ojos—. Le dije a Penny que tú me lo habías permitido y no le importó. Me dijo... me dijo que me detuviera. La última vez que hablé con ella, *nos peleamos...* —deja de reírse y abre los ojos—. Por ti.

Retrocedo, pero no puedo alejarme de esto, de lo que dijo. No puedo...

—Pero me lo permitiste, lo querías —intenta sentarse erguido, pero no puede. No puede y ahora Penny está en mi cabeza y me está quitando algo; siempre me está quitando algo. Una chica en la cafetería, una chica sentada enfrente de mí en una mesa. Abre la boca y dice...

—Como se lo permitiste a él, basura inservible.

Últimamente se parece mucho a su hermano. Quiero enterrarlo. La lluvia cae sobre nosotros y quiero enterrarlo. Se deja caer sin fuerza sobre hojas húmedas y lodo, está demasiado ebrio para ponerse de pie.

Camino hacia él. El latido de mi corazón se va apagando hasta detenerse por completo y planto mis piernas a cada lado de su cuerpo. Lo tomo del cuello de su camiseta y lo alzo un poco para poder volver a empujarlo sobre la tierra porque quiero ser la basura inservible que lo entierre.

Aferra mis brazos con desesperación hasta que estoy sobre él, mis rodillas en el suelo a cada uno de sus lados, está debajo de mí y ejerzo presión sobre él. Vuelve a insultarme y la lluvia cae sobre nosotros. Quiero enterrarlo. Quiero hacerlo sentir un momento de impotencia para que pueda conocer una fracción de lo que sentí, lo que siento, lo que me ha seguido en cada momento desde entonces. Así que yo *tú* cubro *cubres* su *mí* boca *boca*.

Me fui lejos.

Pero no me fui a ningún sitio.

Me tambaleo entre los árboles, utilizo el auto accidentado para trepar el terraplén. Alek sigue en el suelo en el bosque y siento que estoy gateando a través del tiempo. Mi cabeza se siente pesada, mis manos y mis piernas están entumecidas. Algo quiere salir de mí, alguien, una chica. No. Ella no. Ella. No. Me tropiezo y caigo con fuerza sobre una rodilla. Me pongo de pie lentamente.

Cuando llego a lo de Leon no soy yo misma.

La lluvia me sigue hasta Ibis, todo el camino por Haron Street hasta su apartamento. Camino hasta que veo su Pontiac y luego bordeo la pequeña casa de piedra hasta que encuentro la que debe ser su puerta. Llevo mi puño a la madera. Después de unos minutos, Leon responde y cuando me ve, cierra la puerta en mi cara.

–No debería haber hecho eso –dice, retrocediendo con su Pontiac.

Estoy en el asiento del pasajero, jugando con el cinturón de seguridad. Mantengo mis ojos dolorosamente abiertos porque, si parpadeo, caerán lágrimas. Me está llevando a casa. No sé si lo hubiera hecho antes de ver cuán empapada estaba, el vendaje en mi frente y mis piernas cubiertas de lodo.

–Debías hacerlo.

–No –dice con firmeza–. No, debería haberlo hecho. No trato a la gente de esa manera.

–Pero yo sí.

–Sí, supongo que tú sí.

–No me dejaste explicar.

–Me enviaste *un* mensaje –salimos de su calle.

–No respondiste.

–Cuánto más pensaba en él, menos quería hacerlo.

–¿Por qué? –siento un dolor en el pecho.

–Te comportaste como si no me conocieras. Actuaste avergonzada.

–No…

–Sí, lo hiciste. Y cuando te toqué, fue como si… –hace una mueca–. Como si estuviera haciendo algo malo. Casi haces que me echaran *a la fuerza* de la búsqueda…

–No –repito–. No estabas… no te hubieran…

–¿No crees que hubiera terminado así? –indaga–. Por Dios, Romy. Era el único chico de color allí y la manera en que ese infeliz se comportó conmigo cuando pensó que te estaba molestando *a ti*… conozco ese tipo de mirada.

Esto… de *esto* me avergüenzo. Puedo saborearlo; mi vergüenza, su dolor y lo único que puedo decir no alcanza. Pero bueno, nunca lo hizo.

Es solo que no me había dado cuenta hasta ahora.

—Tienes razón —digo—. Leon, lo lamento mucho.

—Dices eso demasiado seguido —se detiene en una señal de alto y no me mira a los ojos—. No puedo pensar una razón suficientemente buena para que me hayas tratado así.

La razón es que lo necesito. Lo necesito para quitarme este fantasma de encima porque todavía puedo sentirla. Puedo sentirla y quiero que se quede muerta. El auto vuelve a moverse. Parpadeo por accidente. Lágrimas. Intento limpiarlas antes de que las vea, pero noto que ya las vio por el suspiro que suelta; me hace sentir mal, como si esto fuera una especie de manipulación. Si sé algo, es que una chica nunca logra argumentar a su favor llorando. Es solo otro lado más de ella en el que no se puede confiar. Leon conduce un rato más, la lluvia cae sobre el parabrisas mientras nos saca de Ibis.

Después de un tramo de autopista, Leon se detiene en un estacionamiento abandonado en donde solía estar la estación de servicio Fontaine, antes de que se incendiara. Apaga el motor.

—Explícamelo —dice.

El espacio entre nosotros solo se siente lo suficientemente grande para la verdad. Intento tranquilizar mi pánico emergente, ese que hace difícil respirar. No puedo decirle la verdad.

—Romy —dice.

Pero no tiene que ser la verdad, solo tiene que acercarse lo suficiente para sonar como ella.

Así es como cada mentira sobre mí se transformó en algo honesto.

—Grebe no es un lugar agradable —digo.

—¿Entonces?

—Mi familia no es muy bien vista y no quería que tuvieras que lidiar con ello —la manera en que me mira es sofocante—. Lo que sucedió en la búsqueda fue solo por eso.

—Estás diciendo que conocerte sería un problema para mí en Grebe.

—Sí.

—Sabes cómo suena eso, ¿no?

—Grebe Autopartes... —me detengo—. ¿Lo conoces?

—¿Quién no?

—Es el negocio de Helen Turner, todo comenzó... Está casada con el sheriff Turner. Su hijo más joven es el novio de Penny Young. Te lo señalé el lunes, Alek Turner.

—Lo recuerdo.

—Los Turner odian a mi familia y una vez que estás en su lista negra, estás en la lista negra de todos los demás. Así que sí, hubiera sido un problema para ti.

—¿Y qué diablos hiciste para estar en la lista negra de todos?

—Mi papá...

—Tu papá.

—Le dijo a Helen Turner que era una perra, trabajaba para ella. Él bebía... es un borracho —cierro los ojos brevemente—. Ella lo despidió. Fue malo.

Espera que diga algo más y cuando no lo hago, se estira hacia las llaves.

—Si eso es lo único que tienes para mí, entonces tenía razón. No es un buen motivo.

—Está bien —digo.

—No ayuda que ni siquiera luces como si estuvieras diciendo la verdad.

Hace que... hace que quiera salir del auto. ¿Cómo puede ver eso? ¿Cómo puede ver eso, si no puede verla? ¿Puede verla? No puedo... desvío la mirada para que tenga menos que mirar y luego, antes de que pueda detenerme:

—¿Cómo luzco?

—Romy, por favor —suspira—. Algo no está bien aquí.

No. Tengo puesto el rojo. Estoy… jalo del cinturón de seguridad, mis manos intentan desabrocharlo con torpeza.

—¿Qué estás…? ¿Qué estás haciendo?

Saboreo el metal en mi sangre. Si puede verlo… Toca mi brazo, me mantiene en mi lugar. Me obligo a respirar, a no delatar nada.

—*Comenzó* con mi papá —digo—. Imagina que desapareces la misma noche que una chica que todos aman y eres la chica que todos odian y eres tú la que regresa —no dice nada, pero no sé qué significa eso. No conozco los silencios de Leon como debería—. Apareciste en la búsqueda y… ¿crees que te herí de esa manera a propósito? Tú eres la parte buena…

—No podrían haberme hecho nada —me interrumpe—. Si hubiera sabido por qué no me querías allí, me hubiera marchado para darte paz mental. Lo único que tenías que hacer era decírmelo. Pero no lo hiciste, lo empeoraste tanto…

—Tienes razón —digo—. Me equivoqué

Miro al cielo por la ventana, espero que el sol se despegue de las nubes. Es gracioso, todo este tiempo estuve deseando que lloviera, pero ahora es demasiado.

—Entonces, soy la parte buena —dice.

—*Sí* —exhalo temblorosamente—. Pero fui horrible contigo y algo horrible te sucedió por mi culpa y no hay excusa para eso. Lo lamento.

Giro hacia él, no me está mirando.

—También quiero que seas la parte buena —dice—. Y, si quieres ser la parte buena, entonces nunca vuelvas a hacerme algo así, Romy.

—No lo haré.

Gira las llaves y enciende el motor. Da marcha atrás en el estacionamiento. Escucho el siseo de llantas mientras avanzan sobre la calle cubierta de lluvia. Relámpagos brillan en el cielo cuando llegamos al cartel de: BIENVENIDO A GREBE.

—Entonces, te veré en el trabajo –dice.

Nuestros ojos se encuentran. Me veo a mí misma en él y algo dentro de mí se acomoda. Esta vez es más lento, pero lo que sea que creyó haber visto en mí… ya no está allí. Ella ya no está allí. De manera impulsiva, me estiro hacia él y toco su mandíbula, la acaricio con la punta de mis dedos y él deja de respirar. Dejo caer mi mano y me bajo del auto. Llego a la puerta de casa y, cuando me volteo, Leon sigue allí, sus dedos pasean con gentileza sobre los lugares en donde estuvieron los míos.

Me quitan los puntos.

Estoy en el consultorio del médico con la cabeza inclinada hacia atrás. Después de que termina, declara que estoy "como nueva". Mamá me lleva a Ibis, compramos malteadas y nos sentamos en el New Yorker en un estacionamiento con vista al río Egret y vemos cómo cae la lluvia. No hablo y ella no tiene palabras para ofrecer. Se estira hacia mí y estruja mi mano. Cuando salimos de Ibis, se detiene en una luz roja y hay un cartel de DESAPARECIDA de Penny estampado en el poste. Está raído por el clima; las puntas están encorvadas y el centro arrugado. Se siente como si hubiera desaparecido hace mucho tiempo.

–Ustedes dos –dice mamá mirando fijo el afiche– se hicieron amigas tan rápido –la nostalgia en su voz trae a la luz recuerdos que no quiero.

Recuerdo estar sentada en la cena con la cabeza baja, intercambiando mensajes con Penny de manera frenética y, después de cenar, hablar con ella en mi habitación hasta verla en la escuela. Y luego, en la escuela. Verla en la escuela.

Después de que Helen Turner despidiera a papá por haberla insultado y Alek y yo tuviéramos que trabajar juntos para ese proyecto de Literatura, Alek quería que las cosas fueran difíciles, al igual que ahora. Me hacía responsable por las acciones de mi padre así que era justo que yo hiciera responsable a Penny por él. No sé por qué son las chicas quienes siempre parecen que tener que lidiar con ese tipo de carga. Después de que despidieran a mi papá, fue mi mamá quien recibió el mayor impacto de la lástima y el desprecio del pueblo, nunca él.

Debo haber impresionado a Penny, debo haberle dado un buen argumento porque habló con Alek y él se comportó mejor. Era como si no fuera la hija de mi padre; era uno de ellos. Nos hicimos amigas rápidamente, demasiado rápido… Esas dos chicas desaparecieron y ahora ninguna de las dos existe.

El semáforo se pone en verde. Cuando regresamos a Grebe, es diferente. Feo. Este lugar siempre es feo, pero de una manera que ya conozco. Ahora no puedo confiar en nada. Ahora que él regresó.

Cuando Todd me lleva al trabajo el martes, le pregunto si escuchó algo sobre Alek.

–¿Cómo qué?

Como que estuvo en un accidente porque estaba conduciendo ebrio. Si pasó la noche en la celda de ebrios. Si le quitaron la licencia de conducir, pero solo encojo los hombros.

–Cualquier cosa.

–Nop.

Se detiene en Swan's, que luce como una imagen desgastada, la lluvia transforma el tono del exterior del edificio. Me bajo del auto y le agradezco a Todd por haberme traído.

–Te veré en unas horas –dice. Cruzo el estacionamiento tan rápido como puedo y, cuando entro a la cocina, solo estoy semiempapada.

–Hola –dice Leon mientras me sacudo.

–Hola.

Sonríe de manera tentativa, es una sonrisa que no sabe si me la merezco. Un pequeño regalo. Tracey sale de su oficina y también me sonríe.

–Espero que estés lista para trabajar. La lluvia ha estado atrayendo a un montón de gente.

–Hola, extraña –grita Holly. Me volteo. Extiende un periódico–. Hace tanto que no te veo que casi olvido tu rostro, hasta que vi esto.

–¿Qué?

Tomo el periódico de su mano y se me retuerce el estómago. Es el *Matutino de Ibis* de hace una semana y allí estoy en blanco y negro. Debe haber sido antes de que Leon llegara a la búsqueda, no lo veo… solo estoy yo de brazos cruzados mirando a un mar de gente, todos tienen la misma camiseta, todos buscan a una chica. Pero la chica que estoy mirando es inconfundible; soy yo.

En la primera página.

Sujeto con más fuerza el periódico para que no tiemble y me delate, porque lo único que puedo pensar en quién puede haber visto esto, en como puede que sepa cómo luzco ahora. No… solo cómo luzco en blanco y negro. Yo vivo en color. No hay rojo en esta foto, sigue siendo mío. Podría… podría cortarme el cabello. Puede que ahora tenga una cicatriz. Toco mi frente. si no la tengo, podría hacerme una.

–Lamento que la búsqueda no haya resultado –dice Holly.

Arrugo el periódico y lo lanzo en el cesto de reciclaje. Tomo mi delantal, lo ato e intento concentrarme. Cuando salgo al salón, las luces fluorescentes titilan y escucho a alguien gruñir desde la cocina antes de que se cierren las puertas. Tracey tiene la suerte de intercambiar problemas con el aire acondicionado por cortes de luz.

Escaneo mis mesas y hay un hombre en la cabina de la esquina esperándome, luce familiar de cierta manera, pero no puedo ubicarlo.

No me gustan los rostros que no puedo ubicar tanto como los que sí. Tomo mi lápiz y mi anotador de mi bolsillo y camino hacia él.

Asiente con la cabeza y arruga sus cejas.

—¿Te conozco? —pregunta.

—No —respondo, pero lo miro con atención. Hay algo en él, algo frustrante porque creo que sí lo conozco. Tiene una camisa a cuadros. Una de sus piernas está estirada hacia el pasillo. Tiene un agujero en los jeans. Es joven, treinta y tantos, tal vez. El tipo de juventud que… ha estado debajo del sol demasiado tiempo. Es el hombre del estacionamiento, el del camión.

"No es seguro que estés afuera a esta hora. Una chica está desaparecida".

Parece recordarlo al mismo tiempo que yo y chasquea los dedos.

—Bueno, rayos. No sabía que trabajabas aquí. Eres demasiado joven para estar trabajando aquí.

—¿Puedo tomar tu pedido?

—¿Cuántos años tienes?

—Yo… —sacudo la cabeza un poquito—. El especial de hoy es el sándwich club con sopa. La sopa del día es de tomate.

—Solo estoy entablando una conversación amistosa —dice.

—Solo estoy tratando de hacer mi trabajo.

—Bueno, ¿y si te doy más propina si hablas?

Presiono mis labios entre sí. Él sonríe y se recuesta en su asiento, gira hacia la ventana. La lluvia se calmó un poco.

—Pediré ese especial con una taza de café. Negro.

—Está bien.

—¿No lo anotarás?

—Lo recordaré.

Lo escribo mientras camino, casi me estrello con Claire en mi camino. "Cuidado, Romy", me dice. Para cuando llevo su pedido a la cocina, me siento mal. Me hace sentir mal. Holly lo nota, está preparándose para ir a fumar.

—¿Qué pasa?

La llevo hasta la puerta y lo señalo. Ahora está mirando el techo, tamborilea sus dedos sobre la mesa.

—Ese tipo de ahí.

—¿Qué hizo? —pregunta Holly con un filo en su voz, porque ella es así. Ha estado haciendo esto el tiempo suficiente para cuidar de nosotras mejor de lo que lo hacemos nosotras mismas. No sé qué decirle. No es una buena respuesta que me hizo sentir mal.

Pero creo que, a veces, debería serlo.

—Solo no me gusta.

—¿Quieres que me ocupe de tu mesa?

Sí.

—No.

Me da una palmada en el hombro y sale. Observo a Leon trabajar.

—Pedido listo —me dice.

Llevo la comida. El hombre frota sus manos con ansiedad mientras apoyo su plato delante de él.

—Muchas gracias —dice. Espero que algo asqueroso salga de su boca porque eso es lo que mis entrañas me dicen que sucederá, pero no dice nada. Tomo el pedido de otra mesa y regreso a la cocina sintiendo que debería alegrarme porque el tipo no cumplió con mis pésimas expectativas, de alguna manera, yo soy la villana en su historia.

—¿Estás bien? —pregunta Leon.

Es uno de esos momentos extraños y tranquilos en los que Tracey está en su oficina y la mayoría de las chicas están en el salón o en su descanso y casi no hay nadie alrededor.

—¿Descanso más tarde? —pregunto porque se siente como la manera más sencilla de asegurarme de su perdón.

Me hace esperar un largo minuto, se limpia las manos en su delantal, cruza la habitación y me da un abrazo. Me da ganas de llorar. Me olvido de todo y olvidar están lindo.

—Seguro.

Leon me hace acordar a un día antes que nos mudáramos a la otra punta del pueblo. Cuando Todd venía seguido a casa e intentaba convencer a mamá de que necesitábamos vivir los tres juntos. Ese día llegué del colegio y la casa estaba silenciosa hasta que oí un gemido suave del piso de arriba y lo seguí hasta la puerta cerrada de su habitación. No pude evitar escuchar. He escuchado a mi mamá y a mi papá tener sexo un par de veces en mi vida. Cuando él estaba borracho, cuando estaba sobrio, cuando mamá estaba tan triste o enojada que no podía hablar con él, pero todavía estaba dispuesta a besarlo. Siempre sonaba desesperado, como si los dos estuvieran aferrándose a la última manera que conocían para comprenderse. La manera en que mamá sonaba con Todd… no era así. Parecía tierna, más allá de cualquier cosa que yo haya experimentado con alguien. Esto es tierno. Presiono mis dedos en la camiseta de Leon e intento memorizarlo, pero él se aleja. Quiero olvidarme en él otra vez.

En cambio, vuelvo a trabajar. Llevo otra orden y para entonces, el tipo terminó con su plato. Le llevo la cuenta. La toma de la mesa y dice:

—Ey, sabes que puedes ser profesional y amistosa —luego toma una servilleta y la desliza hacia mí—. Llámame si quieres algún consejo.

No sé por qué tomo la servilleta. Es algo que mi cuerpo hace sin consultar primero con mi cabeza, es como si la obligación de ser amable con él fuera más grande que yo misma.

Regreso a la cocina y repito el momento en mi cabeza. Odio haberla tomado, odio que ya pasó y que no puedo retractarme. Entro al baño y mi labial perdió intensidad. ¿La lluvia? No sé. Lo único que sé es que casi no estaba cuando ese hombre me obligó a tomar su número. Lo arreglo, salgo del baño y el teléfono de Leon suena a todo volumen en su bolsillo trasero. Se aleja de la parrilla para responder.

—¿Qué sucede? —escucha por un momento—. ¿Qué? ¿Hace cuánto? Tú… ¿Por qué no llamaste antes? ¿En serio? Sí, no… sí, si salgo ahora puede que… sí. Puedo hacer eso… ok, dile que la quiero. Estaré allí. Los veré pronto —termina la llamada incrédulo—. Eh… Caro tendrá a su bebé… ahora.

—¿Qué? —siento que mi expresión imita la suya, la misma extraña sorpresa. No sé de dónde sale. No es como si no supiera que estaba embarazada.

—Lo sé —sacude la cabeza y da zancadas hasta la oficina de Tracey y abre la puerta—. Tracey, necesito que alguien se ocupe de la parrilla. Tengo que irme. Mi hermana está en trabajo de parto. Tendrá a su bebé…

—¡Qué! —Tracey se apresura y abraza a Leon—. ¡Ah, felicitaciones! Esto es maravilloso. ¿Lo tendrá pronto?

—Están en el hospital desde esta mañana. Lo tendrá… en cualquier minuto, el bebé nacerá así que tengo que irme… —se aleja riendo un poco—. Guau. tengo que irme.

—Diles que los felicito —digo.

Sonríe.

—Te contaré cómo sale todo.

Lo observo desde la puerta trasera mientras atraviesa la lluvia en su Pontiac y sale del estacionamiento. Meto mis manos en mis bolsillos, mi mano izquierda hace una bolita con la servilleta y ese viejo pensamiento reaparece, pero es más fuerte ahora.

Tal vez es una plegaria.

Espero que no sea una niña.

Espero que no sea una niña, pero más tarde, después de mi turno, cuando me estoy desvistiendo para irme a dormir, Leon me envía un mensaje y me dice que es una niña.

El suelo se torna suave.

El lago está lleno hasta el borde y el río tiene más agua de la que puede manejar. En algunos momentos, la lluvia es tan ligera que nos engaña
y nos hace creer que se detuvo hasta que salimos y nos damos cuenta
de que hay un rocío. Otras veces, parece enojada, atrapa a caminantes
debajo de marquesinas y hace que los autos planeen sobre el agua.

Es constante la mayor parte del tiempo.

Le pido a mamá que me lleve al colegio y que me venga a buscar.
Es increíble cuán sencillo es quedarte adentro si eso significa no arries-
garse a ver un rostro que no quieres ver o escuchar un nombre que no
quieres oír. Leon se toma el resto de la semana para ayudar a Caro y a
Adam a ajustarse. Lo extraño.

El sábado me llama y me cuenta sobre su sobrina, Ava.

—Es increíblemente fea-hermosa.

—¿Fea-hermosa?

—Sí. Está toda arrugada, luce como un anciano —explica y me río—. ¿Qué? ¿No crees que los bebés son como una especie de pequeños bichos feos hasta que llegan a los seis meses? Yo sí.

—No veo suficientes bebés para tener una opinión. ¿Cómo están los padres primerizos?

—Dichosos por las hormonas como predije; la naturaleza en acción.

—Qué lindo.

—Es raro. A Caro le encantaría verte. Me dijo que te invitara —hace una pausa—. ¿Qué te parece venir a Ibis mañana? Puedes almorzar con nosotros y conocer a Ava. Iré a buscarte.

Uh. Me alegra que no pueda ver mi rostro porque la idea me repugna de una manera que no sé cómo poner en palabras. Pero probablemente eso es algo bueno, tengo la sensación de que no sería bueno que pudiera hacerlo. No quiero conocer a la bebé.

—Seguro.

—Genial. ¿Sabes? Después de esto, puedo decirte una cosa… Definitivamente no quiero mudarme con ellos y cuidar a la bebé. No logré hacer nada de mi trabajo con la computadora. Quiero decir, los ayudaré cuando lo necesiten, pero me siento demasiado… no hecho para esto.

—Sé a lo que te refieres.

—¿Sí?

—Sí.

—De todos modos, tengo que irme. Caro y Adam están intentando recuperar horas de sueño y Ava se está poniendo molesta. Te iré a buscar a la mañana, ¿cerca de las diez?

—Suena bien —miento. Termino la llamada, miro el teléfono y me preocupa cómo resultará la segunda visita a Caro. Si volveré a actuar como una tonta. Intento pensar en qué diré cuando vea a Ava. Probablemente no puedo ir con las manos vacías.

Voy al baño y descubro una mancha marrón en mi ropa interior y sangre fresca sobre ella. Ni siquiera tuve una advertencia esta vez. No sé si es un par de días antes o después, pero, de todos modos, no lo quiero. Me pongo un tampón y cambio mi ropa interior. Cuando termino, bajo las escaleras y encuentro a mamá acurrucada con Todd en el sofá. Están mirando televisión y el cálido brillo de la pantalla sobre sus rostros los hace lucir tan tranquilos. Mamá me pregunta qué necesito.

—¿Puedes llevarme al Granero? Leon me invitó a ver a la bebé mañana y creo que debería llevar algo. Juguetes, no lo sé.

—Eso es dulce, cariño —mamá sonríe—, pero no creo que vayas a conseguir algo que valga la pena en el Granero.

Siento un cosquilleo, me pregunto si está intentando decirme de manera delicada que es un lugar demasiado barato para comprar algo lindo. Tendría razón, pero lo último que quiero es ir a comprar algo en el pueblo. Solo Dios sabe qué rumor iniciaría Dan Conway si me viera con cosas de bebé.

—¿Por qué no?

—¿Cuánto tiene el bebé?

—¿Como una semana?

—En este momento, es probable que el bebé tenga todo lo que necesita —dice Mamá—. Entonces piensa en Caro. ¿Qué necesita ella?

—No lo sé.

Mamá se libera con cuidado de Todd. Es un proceso lento, él siempre se rehúsa a liberarla y creo que a ella le gusta saborear eso todo lo posible.

—Tiempo. Eso es lo que necesita. Tiempo y una cosa menos de la que preocuparse.

—Bueno, dime en dónde les puedo comprar eso y listo.

—Comida —dice mamá mirándome significativamente—. Llévale algunas comidas caseras que pueda congelar. Eso es tiempo que Caro no tendrá que pasar cocinando y una cosa menos de la que deberá preocuparse. El primer mes después de que naciste, cada vez que alguien venía con comida *lloraba*, era tan feliz –me empuja levemente hacia la cocina–. Vamos. Tenemos trabajo que hacer.

Decidimos un menú para el que necesitamos más provisiones de las que tenemos en la heladera. Hago una larga lista y se la doy a Todd con algo de dinero; hace el saludo militar cuando sale por la puerta.

–Yo también recibiré una cena, ¿no? –pregunta.

–Si te portas bien –le dice mamá. Todd se marcha y ella comienza a tomar lo que sí tenemos de las alacenas y del congelador. Me da una bolsa de zanahorias para que corte porque comenzaremos con su famosa sopa de zanahoria. Nos acomodamos en la mesada, hombro a hombro.

–¿Cómo estás? –pregunta después de un minuto.

–Mantuvieron en secreto el sexo del bebé –digo, lo que ni siquiera es una respuesta–. Caro y su esposo. No quisieron saber qué tendrían hasta el nacimiento.

Mamá aplasta un ajo con el costado de su cuchillo.

–Tu padre y yo hicimos lo mismo.

–No lo sabía.

–Tan pronto como nos enteramos de que estaba embrazada, quise mantenerlo en secreto. Tu papá no estaba de acuerdo, pero como era *yo* quien daría a luz, fue mi decisión.

–¿Querías una niña? –pregunto.

–Quería un bebé.

–¿Papá quería una niña?

Pregunto antes de darme cuenta de que no es algo que quiera saber en realidad. Mamá hace una pausa y responde con demasiado cuidado.

–Estaba feliz cuando naciste, Romy. En ese entonces, era diferente.

–No pregunté si lamentó haberme tenido. Sino si quería una niña.

–Ok. Bueno… al principio, quería un niño porque estaba nervioso por tener una niña. Temía que no sería capaz de comprenderte o relacionarse contigo si eras una niña, pero cuando naciste... lloró más que yo. Estaba muy feliz.

Es difícil imaginarlo, así que no lo hago.

—¿Cada cuánto hablas con él?

No sé por qué esa es la siguiente pregunta dentro de mí.

—No hablo con él —responde. Me sorprende. Pensé que seguían en contacto. Siempre la imaginé escondida en su habitación susurrándole furiosamente al teléfono. Eso es lo que hacían cuando yo era muy pequeña. Se encerraban y susurraban como si no fuera a darme cuenta de que las cosas estaban mal si susurraban.

—¿Incluso cuando desaparecí?

—¿Quieres que yo —vacila—... si alguna vez hay una emergencia...?

—No. Yo solo... pensé que lo habrías hecho.

—Quizás en algún momento —dice y ahora sé que ambas estamos pensando en las veces que ella creaba excusa tras excusa para él hasta que, al fin, ya no quedaron más excusas—. Tu papá te ama, Romy.

—Mamá, no...

Porque no necesito que me lo diga porque...

—Pero no es suficiente.

Lo sé. Lo supe antes que ella.

—Y tú —dice—. Siéntete como quieras respecto de tu padre. Nunca estará mal, ¿me entiendes?

No sé qué decir. Mamá sigue preparando la comida e intento hacer lo mismo, pero es difícil concentrarme. Todd llega a casa cuarenta minutos después con las compras. Mantengo mis ojos en la tabla de cortar, no me doy cuenta de que hay algo que merece la pena observar hasta que mamá pregunta:

—¿Qué pasa?

Me volteo. Todd está parado en la entrada de la cocina, las bolsas de plástico giran lentamente debajo de sus manos. Nunca lo vi tan pálido, ni siquiera cuando sufre dolores inimaginables. Apoya las compras y pasa la mano sobre su boca antes de hablar. Cuando lo hace al fin, dice:

—Anoche encontraron el cuerpo de Penny Young en el río Gadwall.

¿Estás bien?, me pregunta Leon.

No puedo verte mañana, le respondo.

Lo entiendo, dice. **Si necesitas algo...**

Pero ¿qué podría necesitar?

¿Qué podría necesitar que ella ya no necesite?

ENCONTRARON A CHICA DESAPARECIDA

Un título lo suficientemente terrible para detener corazones y una historia para aplastarlos. Una historia que el *Matutino de Ibis* no se supone que deba tener todavía. No llegaron a publicarla en la edición impresa del fin de semana, pero la subieron a su sitio web y eso fue lo que Todd nos mostró, la impresión arrugada que alguien le dio en la tienda como si fuera una nota en clase.

Un amigo de la familia que no desea ser identificado dice que el cuerpo de Penny Young de dieciocho años fue encontrado en el río Gadwall durante la tarde del viernes. La familia Young fue notificada del descubrimiento esta mañana.

Los departamentos de policía de Grebe y de Ibis no quisieron confirmar estos datos, pero informaron que habrá una conferencia de prensa el domingo a la una de la tarde para discutir las últimas novedades del caso.

Young, quien dividía su tiempo entre la residencia de su madre en Ibis y la de su padre en Grebe, fue vista por última vez en una fiesta en Grebe. Su madre reportó su desaparición cuando no llegó a casa la mañana siguiente.

Aliso el papel en el escritorio y presiono mi mano izquierda sobre él. Me estiro hacia mi barniz de uñas. Antes de que arrancara las etiquetas, este color se llamaba "Paraíso" o "En fuga". Me pregunto cómo se llamaría si tuvieran que llamarlo por lo que es en realidad. *El color de tu interior. Eso que tu corazón hace circular. Nada que puedas perder.* Alzo el pincel y observo el rojo gotear sin apuro hasta la botella.

—Romy —grita mamá.

Presiono el pincel contra el borde de la botella hasta que las cerdas apenas están cargadas. Comienzo con mi dedo meñique y lo pinto con cuidado. Mis manos no tiemblan. Ni siquiera un poquito.

—Romy, comenzará pronto.

La primera capa se seca para cuando termino con la última uña de la misma mano. Paso a la otra. Después, la segunda capa. No salgo de las líneas. Si no sales de las líneas, ni siquiera una vez, quizás te conviertes más en la persona que intentas ser.

Y luego estoy lista.

—Romy, está comenzando.

Me siento en el sofá entre mamá y Todd. Mis piernas tocan las de ellos, me inclino hacia adelante, apoyo mis uñas recién pintadas sobre mis labios recién pintados.

A lo largo de la pantalla del televisor hay una mesa de oficiales, todos ellos lucen sombríos. Un hombre que no reconozco se para detrás de un podio, es demasiado alto para el micrófono. Quiero estirarme y de alguna manera acomodarlo para él. Le agradece a la audiencia —que no puedo ver— por asistir y cuando nos dice qué le sucedió a Penny, su voz no tiembla.

Ni siquiera un poquito.

Dice que dos campistas encontraron el cuerpo de una chica en el río Gadwall. Dice que notaron algo enredado en las ramas de un árbol que tocaban el agua, río arriba del lugar de su campamento. La autopsia indicó que probablemente el cuerpo fue retenido por esas ramas y quedó sumergido hasta que las lluvias incrementaron el cauce de agua y desplazó lo que quedaba de ella solo lo suficiente para que lo vean. La autopsia indicó que murió por causas sospechosas, no naturales, pero no divulgarán más información al respecto en este momento para no perjudicar la investigación en curso... sobre la muerte de Penny Young.

Mamá me envuelve con su brazo y me sujeta con fuerza como si quisiera asegurarse de que no es un error y que definitivamente están hablando de otra chica y no de mí.

Escucho mientras el hombre repite cada pequeña cosa que hicieron para intentar llegar a un final feliz. Entrevistaron a cada estudiante que fue a la fiesta –supongo que se refieren a cuando el sheriff se sentó enfrente tuyo y te dijo que estabas bien–, las búsquedas aéreas y terrestres, hicieron seguimientos de doscientos datos telefónicos, búsquedas de voluntarios. Sin importar todo el bien que hayan hecho, cuando el mundo quiere que una chica desaparezca, desaparece.

–Dios –dice Todd cuando termina la conferencia de prensa. Apaga el televisor–. Todo lo que hicieron cuando el suelo estaba seco y no pudieron encontrarla... Ahora que la lluvia barrió todos los rastros de esa noche, no sé qué tengan para continuar.

Siento que mamá me está mirando. Quita un mechón de cabello de mi rostro.

–¿Estás bien? –me pregunta.

Clavo mis ojos en la pantalla del televisor y todo se siente lejano.

–¿Qué significa lo de muerte sospechosa? ¿Alguien la puso allí? ¿En el río? –mi voz suena estúpida y mi cabeza también se siente así. Alguien la puso en el río después de que... ¿qué?–. No entiendo qué significa eso.

–Tiene que ser algo malo si no quieren decirlo –responde Todd.

Mamá me lleva en auto a la escuela.

Pasamos a Leanne Howard trotando bajo la lluvia y quiero ver una ráfaga de su rostro, ver cómo luce en ella todo esto, pero no hay luz suficiente. El cielo está gris oscuro y cubierto de nubes, ni siquiera se siente que es de día.

Mamá se detiene tan cerca del edificio como puede. Miro fijo a la entrada principal. La exhibición de ENCUENTRA A PENNY desapareció. Sé que no podía quedarse, pero parece incorrecto que no haya nada en su lugar. No está aquí así que nunca estuvo aquí.

Salgo del auto, me apresuro debajo de la lluvia. Adentro, todo está silencioso, tengo el pensamiento fugaz de que estoy sola en este espacio, pero subo las escaleras hasta encontrar a la gente haciendo duelo atestando los pasillos. Están en grupos, cerca de sus casilleros, cabezas inclinadas hacia adelante, susurrando; cuerpos resonando por el dolor. Todo se siente familiar y extraño a la vez. Ese momento en el que descubrimos otra vez que había desaparecido es más real que antes y no podemos atravesar nuestra impotencia con esperanza esta vez. Nunca regresará.

Tomo mis libros de mi casillero y voy a mi aula. Soy la primera en llegar y el señor McClelland está sentado en su escritorio, revisando papeles. Su rostro es impasible, pero su respiración lo delata: cada inhalación es un jadeo, cada jadeo es un intento fallido de recuperar el control. Me siento en el fondo e intento no escucharlo, pero es lo único que puedo oír. Observo la puerta y a los estudiantes llegar uno a uno. Algunos de ellos entran desaliñados y llorando, otros lucen como si recién hubieran logrado dejar de llorar y otros, como el señor McClelland, no lloran deliberadamente.

Suena la campana.

McClelland enciende el televisor. Después de una breve demora, la fotografía de Penny aparece lentamente, nada más y ahora también está aquí. Es la misma imagen que utilizaron en los afiches de DESAPARECIDA, es más clara en el monitor que en papel. No está ampliada en blanco y negro, está en color y sus ojos lucen… más vivos de lo que lo hacían cuando todavía creía que había una chance de que siguiera viva.

McClelland se pone de pie y apoya las manos sobre su escritorio.

—Nos han recomendado que nos tomemos un momento esta mañana para hablar con ustedes sobre… —pasa su mano sobre su boca, ya está abrumado—. Sobre la muerte de Penny Young. Penny era… —se detiene otra vez—. Una luz… en la vida de todos aquellos que la conocían. Esta pérdida es inconmensurable. Esta pérdida es cruel.

Clavo la mirada en los dos asientos vacíos adelante. ¿Y si su espacio vacío fuera el mío?

¿Qué dirían sobre mí?

—Los alentamos a volcar sus recuerdos de Penny y sus condolencias en unos cuadernos dispuestos para ese fin en la biblioteca. Cuando termine la semana, se los enviaremos a su familia. Estamos planeando una asamblea general. Los mantendremos informados sobre el funeral… —no puede lidiar con esta palabra, presiona sus labios entre sí por un largo momento—. Han comenzado a llegar reporteros, pero les pedimos que por favor honren a nuestra amiga y compañera y a sus seres queridos y no hablen con ellos.

McClelland se sienta. El discurso terminó. Mira fijo al reloj. Sigo su mirada y observo al segundero avanzar hasta que suena la campana. Hago un recuento de los ausentes: Brock, Penny, Alek. Pero parece que solo faltan ellos, todos los demás están aquí para compartir la devastación. La campana suena una y otra vez y para cuando es hora de Educación Física, hay un poco más de vida en los pasillos. La presencia de las camionetas de noticias afuera transformó todo esto más en un evento que en una tragedia. De eso está hablando Cat Kiley en el vestuario.

—¿Hablarás con ellos? —le pregunta a Yumi.

—*No* —dice Tina antes de que Yumi pueda responder—. Y tú tampoco.

—¿Por qué no? —pregunta Cat—. Marie Sinclair salió y dijo que solo querían unas palabras sobre cómo la gente lo estaba tomando…

—Penny *no* es unas jodidas palabras —Tina se quita su camiseta. Cat la fulmina con la mirada y se voltea. Tina lanza su camiseta en dirección a Cat. Aterriza en el medio de su espalda. Cat gira en su lugar, furiosa—. ¿Me escuchaste? Si dices *algo*, Cat…

—*Está bien* —Cat levanta la camiseta de Tina y se la devuelve.

—Lo mismo para el resto de ustedes —los ojos de Tina escanean a todos antes de detenerse sobre mí—. Si hoy las veo en televisión, será mejor que mañana sigan creyendo que valió la pena.

Nos estudiamos desde lugares opuestos de la habitación, buscando grietas. Irradia enojo, lo contiene, lo mantiene cerca y no hace lugar para otra cosa porque algo más sería demasiado. No dejará que nadie vea su dolor, pero tendrías que ser un tonto para no ver que está allí.

—¿Entonces qué crees que le sucedió? —pregunta Yumi en voz baja.

Finalmente, Tina arranca su mirada de mí, lanza su camiseta en el banco y va a su casillero para tomar su ropa de gimnasia.

—No importa lo que piense.

—¿Hablas con Brock? ¿Dijo si...?

—¿Qué tendría Brock que decir al respecto?

—No sé. Tal vez habló con Alek. Tal vez Alek escuchó a su papá...

—El sheriff Turner ya no le dice nada a Alek —masculla Tina.

Cat cruza sus brazos sobre su pecho.

—Ahora tengo toque de queda y mi hermana también. Ocho de la noche. Solo en caso de que algún degenerado la haya atacado y siga allí afuera. Eso es lo que piensa mi mamá. Cree que violaron a Penny. Cree que por eso no dicen por qué...

—Cierra tu maldita boca.

Espero que suene la voz de cualquier otra persona menos la mía, ni siquiera me doy cuenta de que lo dije hasta que rebota y la escucho en mi cabeza. Fui yo. Fui yo. Miro a mi casillero abierto, mis manos sobre el dobladillo de mi camiseta. Olvido lo que estaba haciendo. Olvido por qué estoy aquí. Hay un punto en todo esto, pero ya no sé cuál es.

Hay silencio y luego:

—¿Qué dijiste?

Me muerdo el labio para que nada más salga accidentalmente.

—¿Qué le dijiste a Cat, Grey? —pregunta Tina.

Cierro mi casillero y enfrento a la habitación. Todas me están mirando.

Ahora, Cat parece estar más cerca de Tina. Puede que Tina muerda, pero yo soy la que se marcha de peleas cubierta de sangre.

–Le dije que cerrara su maldita boca.

–¿Por qué?

–Porque no sabe de lo que está hablando.

–¿Y *tú* sí? ¿En serio? –Tina lame sus dientes con su lengua y lamento tanto haber iniciado esto. No quiero estar en el lugar en dónde pone su ira–. Bueno, espera. Eres buena fingiendo este tipo de cosas. Entonces, ¿crees que la violaron antes de que terminara en el río?

Frío. Tengo frío. No siento el suelo debajo de mis pies, no siento nada. Flexiono mis dedos y no sabría que se están moviendo si no los estuviera viendo. Pestañeo y las chicas siguen mirándome fijo y quiero preguntarles si lo sienten, ese frío, porque no puedo ser solo yo.

–Tú... –Tina se detiene.

Tú.

Si hubiera sido yo en vez de Penny nadie me llamaría una luz. No, pensarían lo mismo que piensan ahora de mí. Creerían que fue una especie de conclusión natural a mi historia. Triste, tal vez, *se lo merecía*, bueno no, nadie lo merece, pero... Esa chica. Puedes verlo. Está escrito en ella.

Lo escribieron en ella.

–Vamos, quiero escuchar tu opinión –dice Tina–. ¿Y si la hubieran violado?

–Entonces está mejor muerta.

———

En el baño de chicas, abro el grifo de agua caliente y sostengo mis manos debajo del agua hasta sentir.

Un reportero me hace señales en el estacionamiento, alguien de
Ibis. Viste un traje rígido y tiene un aroma nauseabundo a laca para el
cabello y colonia. "¿Estarías dispuesta a decir algunas palabras sobre
Penny Young?". Sacudo la cabeza y avanzo hasta el otro lado de la calle
en dónde Todd me espera en el New Yorker. Echo un vistazo sobre mi
hombro, me detengo brevemente para observar al reportero intentar
que alguien diga algo sobre Penny y fallar; luego, al fin… unas palabras. Un estudiante de primer año dispuesto; debe gustarle la idea de
salir en televisión más que lo que teme las consecuencias. Me subo al
auto. Todd espera a que pasen algunos peatones antes de encender el
motor. Descanso mi cabeza contra la ventana y veo a la escuela alejarse
cada vez más.

—Debería tranquilizarse pronto —digo.

—¿Qué cosa? —pregunta Todd.

—Todo. Después de que la entierren —no tengo que mirarlo para saber que está haciendo una mueca–. Y todos tendrán que regresar…

–… al lugar del que vinieron. Todd no dice nada, así que lo repito–. Todos se marcharán, ¿no?

—Es probable, sí –dice al fin.

—¿Crees que deberíamos preocuparnos de que haya alguien peligroso afuera? ¿Que haya hecho esto?

—Bueno, lo pensamos. Tu mamá y yo.

—¿Sí?

—Sí, te llevaremos al trabajo y te iremos a buscar. Deberíamos haberlo hecho antes. No sé en qué diablos estábamos pensando –luce como si quisiera decir algo más al respecto, pero no lo hace. Algunas gotas de lluvia golpean el parabrisas y luego algunas más–. Tengo que hacer una parada en la ferretería y retirar unos estantes para tu madre. Solo tomará un segundo.

Tomamos la calle principal y aparcamos en frente de la ferretería Baker. Al principio, creo que me quedaré en el New Yorker, pero después pienso en quién podría pasar y verme. Entro con Todd. El aroma artificial de pino invade mi olfato. Pino artificial y polvo real.

—Buenas, Bartlett –dice una voz débil. La sigo hasta la caja registradora en dónde Art Baker está sentado. Es el tipo de anciano de setenta y cinco años que actúa como si tuviera noventa–. Romy.

—¿Cómo estás, Art?

—Esta lluvia mantiene el ritmo, no deja de caer.

—Eso es cierto –Todd suelta una carcajada educada.

—Una lástima lo de la niña Young, ¿no?

—Sí, terrible –lo que quedaba de la sonrisa en la boca de Todd desaparece–. Es verdaderamente terrible. Teníamos la esperanza de un final mejor.

—Todos nosotros.

Deambulo un poco por el pasillo hasta los suministros de pesca, me entretengo con los señuelos. Mi papá intentó enseñarme a pescar una vez. Fue un experimento corto y fallido. Sin embargo, me encantaban los señuelos de colores. Eran demasiado interesantes para un deporte tan aburrido.

—Ken Davis casi mata a tres chicos mientras la buscaba —Art le cuenta a Todd—. Estaban buscando en la carretera en la oscuridad, ninguno tenía nada reflectivo. Puse en oferta algo de cinta reflectiva. Pensé que atraería algunos clientes. Eso fue justo antes de que la encontraran.

—Eso... qué increíble.

Chicas desaparecidas. Bueno para el negocio.

—¿Qué cuentas? ¿Estás disfrutando la domesticación?

—Ahora tengo una familia, Art. ¿De qué me puedo quejar?

—Tienes un sostén de familia —ríe Art—. Esa es la verdad y ahora tienes menos cosas que hacer que antes —Ese anciano infeliz. Le echo un vistazo a Todd y él solo mira fijo a Art, no se une a la risa a su costa hasta que Art está incómodo por haber hecho el chiste el primer lugar—. De todos modos... olvidé lo que necesitabas. ¿Qué era?

—No lo dije, pero necesito un kit para estantes. ¿Esos en el panfleto?

—Correcto, sí, sígueme —Art sale de atrás del mostrador y guía a Todd por la tienda. Podría haberle dicho a Todd en dónde estaban, este lugar apenas tiene dos habitaciones, pero sin dudas quiere una excusa para seguir hablando. Toca mi brazo cuando pasa por al lado mío—. Romy, ¿estás bien?

—Sí —no lo miro.

Desaparecen, pero la voz de Art se sigue escuchando. La bloqueo y camino hacia el escaparate. Ahora llueve con más fuerza. La calle principal ni siquiera puede pretender que es algo linda en este clima. Me volteo y la exhibición en la caja registradora llama mi atención.

CORTAPLUMAS
Venta autorizada a <u>mayores de 18</u>

Las navajas descansan en una caja y están elevadas por un exhibidor de plástico. Un cortapluma está abierto arriba de todo y puedo verme, un desastre distorsionado, en la hoja. Escaneo los colores y los estampados ordenados debajo. Las navajas de la izquierda son ligeramente diferentes de las de la derecha. Son grises, verde bosque, marrones y de rojos sólidos. A la derecha, los colores parecen más suaves. No los llamarías por su nombre, pero les darías nombres como *rosáceo, carmesí...* hay una con estampado de camuflaje rosa. Estoy segura de que es la navaja perfecta para alguna chica allí afuera, pero me pregunto con qué objetivo la fabricaron. Si estaban pensando en esa chica o si solo pensaron que era una broma. Ella quiere que la mire.

Tal vez no saben con cuánta facilidad una chica podría utilizar este cuchillo.

Estiro mi mano.

–Romy.

Doy un paso hacia atrás. Todd y Art caminan hasta mí. Todd alza el estante.

–Estoy listo, ¿tú?

–Sí.

Clavo la mirada en la navaja mientras paga.

Me pregunto si hubiera hecho la diferencia.

———

Leon me está esperando afuera cuando mamá me lleva al trabajo. Ella hace un gesto para llamar su atención y él la saluda con la mano. Sus ojos caen suavemente sobre mí, preocupados como la primera vez que me vio después de la carretera. No me gusta recordar eso. Me pregunta si estoy bien y le digo que no soy a la que encontraron en el río. Frunce el ceño.

—No están tratándote mal, ¿no?

—Leon, eso es lo que hacen.

—Puedes hablar conmigo —dice—. Si lo necesitas.

—Lo sé.

—Realmente lo lamento, Romy.

—Está bien.

Ni siquiera éramos amigas cuando murió.

Me abraza antes de que pueda hacer algo al respecto. Me gusta cuando Leon me toca, pero no de esta manera. No quiero sentir nada por ella en la manera en que me está abrazando. Se aleja, sonrío débilmente y entramos. Holly me dice que ha estado teniendo pesadillas sobre Annie, pesadillas en las que a Annie le sucedían cosas terribles.

—No me escucha —se queja—. Y no puedo cuidarla todo el tiempo. Solo quiere alejarme y no *piensa*. Todo esto con la chica Young... no puedo convencerla de que debe estar asustada. No sé cómo asustarla lo suficiente.

—Ya lo comprenderá —digo porque no sé qué más decir.

Holly saca un paquete de cigarrillos del bolsillo de su delantal.

—Sí —masculla—. Si vive lo suficiente.

Me ocupo de mis mesas, intento perderme en la repetición de caminar entre la cocina y el salón, tomar órdenes y servir los platos, pero no puedo. Me siento intranquila, como si algo no estuviera bien además de todo lo que está mal y esa sensación solo empeora a medida que avanza la noche. Empeora tanto que termino deteniéndome en el medio de mi turno buscando la causa para poder dejar de sentirla.

Los carteles de DESAPARECIDA de Penny.

Tienen que salir de la pared. No puedo creer que nadie lo haya hecho todavía, que no haya sido lo primero que hicieron. Que ni un solo cliente haya dicho algo al respecto todavía.

Pero… lo hubieran hecho, si la hubieran visto.

Penny me mira fijo. Me mira hasta que arranco los carteles.

No la vieron y ahora es demasiado tarde.

Cuando llega el fin de semana, Leon sugiere que quizás ir a Ibis y ver al bebé ayudaría a distraerme. Accedo porque no hay una buena manera de negarse. Pinto mis uñas, mis labios y luego estoy lista. Me siento en el sofá y miro televisión hasta la tarde cuando llega el Pontiac de Leon. Tengo el presentimiento de que no tiene sentido intentar llegar a la puerta antes que mamá, así que dejo que ella y Todd lo reciban mientras lleno una hielera con la comida para una semana que mamá y yo preparamos para Caro y Adam.

—¡Tío Leon! —mamá le abre la puerta y él se ríe—. Felicitaciones.

—Sí —dice Todd—. Es bueno tener buenas noticias estos días.

Arrastro la hielera. Leon me mira, impresionado.

—Realmente no tenían que hacer eso, pero estarán encantados. Gracias.

—No es nada —dice mamá—. Envíales nuestros buenos deseos.

Leon y yo nos marchamos. Hoy la lluvia se tomó un descanso, está lo suficientemente despejado para salir a correr y lamento no estar haciendo eso en cambio. Leon enciende la radio y no sé de qué hablar, así que dejo que la música ocupe el silencio hasta que él ya no lo soporta.

—¿Los reporteros ya se marcharon? —pregunta con torpeza cuando casi llegamos.

—Sí. Me olvidé de contarte, los últimos se fueron el miércoles. No sé por qué tardaron tanto.

—Tal vez estaban esperando que apareciera Turner, alguna declaración del heredero de Grebe Autopartes. Haría todo esto un poquito más interesante.

—Porque sin eso es tan aburrido.

—Ey, eso no es lo que dije. Las noticias aman una buena tragedia, aman las cosas conocidas. Si juntas la tragedia con algo conocido, tienes algo que llama la atención.

—No creo que vean a Alek pronto. No sé si siquiera será capaz de lidiar con el funeral el martes.

—¿Irás?

—Es privado. Habrá una asamblea en el colegio el lunes a la mañana y el velorio será a la noche.

Cuando llegamos a la casa de Caro y Adam, salgo del auto más nerviosa de lo que estaba mi primera vez aquí. Si Leon lo nota, no dice nada. Toma la hielera del asiento trasero y lo sigo hasta la entrada. Caro abre la puerta antes de que lleguemos a ella.

—Emocionada por vernos, ¿eh? —Leon apoya la hielera en el suelo y la abraza.

—Ava está durmiendo. Quería recibirlos antes de que tocaran la puerta, para no tener que golpearlos *con* la puerta —explica—. Pero debería despertarse pronto.

Caro suelta a Leon y se voltea hacia mí, hay un breve momento en el que nos miramos. Quiero ver cuánto la ha cambiado la maternidad. Ella quiere ver cuándo me ha cambiado una chica muerta. Caro tiene un vestido estilo túnica de un lindo azul, calzas negras y pantuflas. Luce cansada, pero su felicidad hace que el cansancio luzca bien. Me estudia y no creo que luzca muy bien o que haya trabajado mucho en mi imagen porque caen las comisuras de sus labios.

—Lamento tanto lo de Penny —dice.

—Está bien —no sé por qué no puedo pensar en algo mejor que decir que eso, porque es una respuesta tan mala. No está bien.

—Leon me contó que las cosas entre ustedes eran complicadas —dice y desvía la mirada—, pero igual. Espero que estés bien.

—Estoy bien. Yo… —me obligo a decir las siguientes palabras—. Estoy emocionada por conocer a Ava. Ah… les traje algo de comida —señalo a la hielera—. Mi mamá y yo la preparamos. Hay más o menos una semana de comidas para ustedes, todo se puede congelar.

—Ay, por Dios, gracias —me da un gran abrazo y me permito disfrutarlo solo un poco—. Acabamos de terminar la última cazuela que nos envió un amigo. Me concentro tanto en asegurarme de que la bebé siga viva que, para cuando termino, apenas puedo lograr interesarme en mantenerme hidratada y alimentada. Agradécele a tu mamá por mí.

Leon entra la hielera y lo seguimos. Caro le asigna la tarea de llenar el congelador *silenciosamente* mientras me pregunta si quiero algo de tomar. Me pongo roja, aunque sé que no dijo con un sentido oculto.

—¿En dónde está Adam? —pregunta Leon—. ¿Está por acá?

—Fue a comprar leche. Regresará pronto. Sufre de ansiedad por separación.

—Es un blando —Leon cierra el congelador.

—Entonces, ¿cómo fue? —pregunto—. ¿Tenerla?

—Asqueroso —interviene Leon.

—Nadie te preguntó y ni siquiera estabas en la habitación —dice Caro sonriéndole antes de responderme a mí–. Asqueroso. Pero sencillo, creo. Con una epidural. No tuve complicaciones. Pero… fue asqueroso. El parto es algo caótico.

–Lamento no haber venido a verte la semana pasada –digo–. Con Penny…

–No, está bien –Caro agita su mano–. Quería verte, pero Leon no estaba pensando, bendito sea. Estábamos un poquito demasiado sobrepasados para visitas *tan* pronto.

–Bendita seas *tú* –Leon regresa. Le echa un vistazo a uno de los contenedores–. Ah, lasaña. Esto luce genial. ¿Quieren que lo meta en el horno? Estoy famélico.

–No puedo dejar que mi hermanito tenga hambre –pone los ojos en blanco–. Nuestros padres nos visitaron y también las hermanas de Adam y eso fue suficiente. Ha sido un *gran* ajuste. Todavía lo es, pero esa primera semana me sentía como un desastre caminando. De hecho, todavía me siento así.

–No luces como un desastre.

–Me gusta Romy, Leon –dice Caro–. No lo arruines con ella.

Leon no dice nada, mantiene sus ojos sobre mí.

–Si alguien fuera a arruinarlo, sería yo –ofrezco–. Él es demasiado bueno –Leon esboza una pequeña sonrisa, mete la lasaña en el horno y toma una botella de agua.

–Entonces, ¿los recuerdos del embarazo ya se esfumaron lo suficiente y ahora crees que tendrás otro niño, Caro?

–Cállate –responde de manera agradable.

Un auto ruge en la entrada.

–Adam –dice Leon–. Iré a ayudarlo –se marcha y Caro los observa por la ventana.

–¿Cómo eligieron el nombre Ava? –pregunto.

Vuelve a posar su atención en mí.

—Simplemente nos gustó a los dos. De hecho, era el *único* nombre que nos gustaba. No peleamos mucho, Adam y yo, pero juro que tuvimos tres guerras mundiales por los nombres. Despiadadas. Y luego vimos "Ava" y solo funcionó.

—Pareces más... —intento encontrar las palabras—. Quiero decir, desde que te vi en Swan's...

—Ah, cierto. Ese fue un día extraño. No lo sé —encoje los hombros un poco, avergonzada—. Es solo que... mi embarazo fue horrible y me sentí demasiado fuera de control durante la mayor parte de él. Me gustar estar en control.

—A mí también —digo.

—Entonces pensé, *cuando lo tenga todo volverá a su lugar porque me tendré de vuelta, esa parte volverá a dónde debe estar.* Pero el accidente de auto hizo que me diera cuenta de cuán fuera de mi control está todo esto... Me asusté mucho.

—¿Sigues asustada?

—Pero ahora tengo que lidiar con eso —asiente— porque ahora ella está aquí.

La puerta principal se abre. Leon y Adam entran cargando bolsa tras bolsa con lo que sea que se acaba en las semanas posteriores a la llegada de un recién nacido; casi todo.

—¿Qué es ese aroma increíble? —pregunta Adam.

—La lasaña de Romy —dice Caro—. Nos trajo una semana entera de comidas.

—Guau. Eso es fantástico. Gracias.

—De nada y felicitaciones.

—Gracias por eso también. ¿Ya se despertó? —pregunta Adam y, en ese momento exacto, suena a través del monitor de bebé esos pequeños llantos granulosos. No lo noté en la mesa. El rostro de Adam se ilumina—. ¿Ves? Sabe que estoy en casa.

—Ve a buscarla —dice Caro.

Adam sube las escaleras de a dos peldaños mientras Caro prepara un biberón. Mis manos comienzan a sudar. Las froto sobre mis pantalones e intento lucir como… no lo sé. Espero no lucir como que quiero sostener a un bebé. No pasa mucho tiempo antes de que Adam baje con Ava en sus brazos envuelta en una manta azul pastel. Todavía está llorando.

—Allí está mi sobrina favorita —dice Leon. Planta un beso en su frente.

—Ok, aquí vamos —dice Adam. Caro extiende el biberón hacia él—. Aquí vamos…

—Tuvo problemas para agarrarse al pecho —explica Caro como si fuera algo que tiene que justificar o tal vez ya estaba obligada a hacerlo—. Entonces…

—A mí me dieron biberón desde el primer día —le digo y me regala una pequeña sonrisa.

Adam observa a Ava. Solo puedo ver un poquito de ella desde aquí, un pedacito de cabello negro y el costado de su rostro. Caro se voltea hacia mí y dice:

—Ava se pone un poco molesta antes de comer, pero después está bien.

—Ah —trago saliva—. Está bien.

El rico aroma a tomate y queso llena el aire mientras Leon le cuenta a Caro y a Adam que fue contratado por un autor en la lista de los mejores vendidos de New York Times que quiere que rediseñe su sitio web. Gran proyecto, gran pago. Está feliz.

—Mírate —dice Caro—. Eso es genial.

—Sí —concuerdo—. Lo es.

Pero mis ojos están sobre Adam y Ava, mi estómago es un nudo mientras espero el momento en que me la pase. No sé por qué no lo dije. *No quiero sostenerla.*

Justo antes de que la lasaña esté lista, Caro toma a Ava de Adam. La mira embobada un minuto y acaricia su mejilla.

—¿Quieres conocer a Romy? —me sonríe—. Luces aterrorizada.

—Nunca sostuve a un bebé —digo.

Eso no la detiene. Caro trae a Ava hacia mí y la acomoda en mis brazos.

—No es muy complicado. Solo asegúrate de sostener su cabeza… mécela de esa manera… muy bien. Ya lo tienes. Ava, ella es Romy. A tu tío Leon le gusta.

Leon ríe suavemente.

—Hola, Ava —susurro.

Su peso está en mis brazos, mi palma está sobre las mantas que envuelven su cabeza. Tiene más cabello de lo que hubiera creído que tendría un recién nacido y su piel luce tan suave, tan delicada. Tiene sueño y está llena, sus ojos están semi abiertos y no registran nada. Bosteza, se mueve un poco y lo siento a través de las mantas. Sus piernas estirándose y me sorprende tanto que me encojo del susto.

Todo es tan silencioso, ellos me miran mientras la miro. Debería decir algo, pero no puedo encontrar palabras, no las indicadas. Porque no puedo soportar esto. Porque Caro tiene razón. Debería estar asustada. Todo está fuera de su control ahora, incluso cosas que no siempre pedirá, porque es una niña. Ni siquiera sabe cuán difícil será todavía, pero lo sabrá porque todas las chicas lo descubren. Y sé que será difícil para Ava en maneras que ni siquiera yo experimenté ni lo haré y quiero disculparme con ella por eso ahora, antes de que se entere, como me hubiera gustado que alguien se disculpara conmigo. Si ya sabes que te lastimarán, quizá dolería menos.

—Está bien —Caro toma a Ava de mis brazos con gentileza—. La comida casi está lista. Acostaré a Ava para una siesta y después comeremos.

—¿Puedo usar tu baño? —pregunto.

–Seguro. Te mostraré en dónde está –gira hacia los chicos–. Pongan la mesa.

Caro me guía hasta el baño de la planta baja. Cierro la puerta y descanso sobre ella por un minuto, esperando a que este momento pase, a que mi garganta y mi pecho se sientan menos tensos, pero solo empeora.

"¿Crees que la violaron antes de que terminara en el río?".

Presiono mi palma sobre mis ojos. No lo hagas.

En el camino de vuelta a casa, Leon me pregunta si estoy bien.

–Es tan nueva –digo porque tengo que decírselo a alguien. Creo que me matará todavía más si no lo hago–. Tan nueva…

–Sí –dice.

Cierro los ojos y me concentro en el sonido del asfalto debajo de nosotros, intento convencerme de que no vamos a ningún lugar o que no estamos yendo a Grebe. Después de un rato, pregunta:

–¿Te me quedaste dormida? –pero mantiene la voz lo suficientemente baja para no despertarme en caso de que así fuera. Pretendo estar dormida.

Me pregunto cómo se siente la oscuridad.

Me pregunto si estaba viva cuando terminó en el río, si sus ojos estaban abiertos y tenían la esperanza de llegar a la superficie. Imagino hasta los puntos más pequeños de luz, las estrellas a través del agua, pero ella no puede alcanzarlos antes de marcharse.

Un cuerpo en agua se pudre. Su cuerpo en el agua, podrido. Esos hermosos mechones de cabello rubio se deben haber separado de ella y se alejaron con la corriente, y toda esa piel tersa debe haberse ablandado. Todos sus colores sanos deben haberse desteñido en una paleta de verdes y grises y equivocación. Su interior se derramó, incapaz de sostenerse junto, un derrame final. Por eso transformaron lo que quedó en cenizas.

Me quito el piyama y me miro en el espejo. Mi cabello está apelmazado y enredado, roza mis hombros encorvados. Mi piel es pálida, se marca con demasiada facilidad. Arrastro mis uñas sobre mi clavícula y observo las líneas rojas aparecer casi instantáneamente. Inclino el espejo hacia mi estómago, suave, sin definición, una pequeña barriga que heredé de mi familia materna. En mi abuela, venía acompañada de caderas para tener niños y el tipo de senos que causa dolor de espalda. En mi madre, encajó a la perfección con el resto de sus curvas. Solía mirar fotos de ellas y mirar fijo a mi estómago, pensé que tal vez daba indicios de mi potencial, pero terminó siendo grasa y no creo que alguna vez me deshaga de ella. Hay más de mi padre en mí y, por supuesto, la manera en que me parezco a él solo sugiere lo que podría haber sido. Me quito la ropa interior y echo un vistazo a mi oscuro vello púbico. Después, estudio mis caderas; son huesudas, me recuerdan cuán incómoda me hacían sentir los bailes en la escuela primaria. Las manos de un chico sintiendo mis aristas. Parecía más personal que un beso.

Se siente mal tener todo esto.

Siempre se sintió mal tener todo esto, pero hoy especialmente. Elijo prendas que cubren todas las partes de mí que parecen un insulto. Visto colores oscuros, sirven para mimetizarse con el ambiente. Mangas largas y pantalones. Cabello suelto. Mis uñas están bien, no hay imperfecciones, así que solo pinto mis labios y luego estoy lista. Cuando bajo las escaleras, mamá está en la cocina, mira por una ventana y bebe café.

—¿En dónde está Todd? —pregunto.

—Sigue en la cama. Te despertaste temprano.

—Tú también. Hoy es la asamblea por Penny.

—¿Tienes que ir tan temprano para eso?

—Sí.

Quiero ver el montaje antes que los demás. Quiero que el impacto de esa imagen no sea algo que tenga que compartir.

—Debería llevarte…

—Hoy no sucederá nada.

No es una promesa que pueda hacer en realidad, pero mamá lo piensa y debe decidir que parece improbable que me suceda algo malo.

—Está bien. Enviaré algunas flores a la funeraria. ¿Quieres que ponga tu nombre en la tarjeta?

—Seguro —trago saliva.

—Ven aquí.

Extiende sus brazos y me acomodo entre ellos. Me acerca a ella, puedo escuchar el latido de su corazón y me pregunto si está pensando que este día tranquilamente podría haber sido mío y de ella. Podría ser polvo. Ella podría estar esperando para enterrarme. Pero yo fui la que regresó. Y no hay un *porqué*. No estoy aquí por ser especial, sino porque se supone que debo estar aquí. Solo sucedió de esa manera.

—Te amo más que a la vida misma —dice.

El cielo está nublado. En el estacionamiento del colegio, hay reporteros. Otra vez. Regresaron para esto. No me preguntan nada cuando paso, así que tal vez solo están aquí para las imágenes. Para obtener una toma de rostros devastados para completar algún segmento.

La escuela está fría y vacía. No veo a nadie, pero escucho voces, sonidos que vienen del auditorio. Si no supiera la verdad, podría pretender que son las preparaciones para un baile, para cualquier otra cosa. Sigo los sonidos. Hay una foto montada al lado de la puerta del auditorio y me detiene porque no es la que utilizaron para los carteles de DESAPARECIDA. Es del anuario del año pasado y Penny está brillando en ella porque cuando tomaron esa fotografía todavía no habían sucedido muchas cosas. Podría mirar mi foto del anuario de ese año y verme como la veo a ella, todavía nueva.

Intento retener ese sentimiento el tiempo suficiente para guardarlo dentro de mí porque nunca volveré a estar así de nueva y quiero recordarlo. Quiero ese recuerdo, pero es difícil porque creo que él no me quiere a mí.

El señor Talbolt sale del auditorio al mismo tiempo que alguien entra por las puertas detrás de mí. Me quedo en mi lugar, mis ojos sobre Penny mientras él habla.

—Oh… gracias por traerlas y agradécele a tu mamá por la donación. Lucirán hermosas al lado de su foto…

El aroma asquerosamente dulce de rosas se siente en el aire.

—Sí, lo harán.

Una voz que es como una canción que nunca quieres volver a escuchar. Una voz que hace que quiera cerrar los ojos, pero tengo miedo de hacerlo. Una voz que hace que quiera correr, pero he olvidado cómo hacerlo. No puedo moverme. Una corona de rosas rojas pasa por al lado mío y el chico que las está cargando deja de caminar cuando me ve. Sus ojos se detienen primero en mis uñas y luego en mi boca antes de abrir la suya y decir…

–Romy.

Apenas puedo escuchar a Leon sobre el latido errático de propio corazón. Observo cómo se mueve su boca.

–Romy –repite, pero no es suficiente. Solo es un nombre, cualquiera puede decirlo.

Necesito que me muestre a quién le pertenece.

–No podía estar allí –le digo y me deja pasar–. No quería estar allí.

–Ok. Está bien –me muestra su pequeño apartamento y miro a mi alrededor, pero no puedo procesar este lugar más allá de sus paredes. Intenta que me siente, pero sacudo la cabeza. En cambio, me paro detrás de una silla en su pequeña cocina.

–¿Caminaste hasta aquí?

Tiene una camiseta y pantalones de piyama. No estaba esperando a nadie, pero ahora estoy aquí.

–Romy, ¿caminaste hasta aquí? –pregunta otra vez.

–¿Importa?

Abre una alacena y toma un vaso de vidrio. Lo llena con agua del fregadero y lo apoya delante de mí. No lo quiero, pero lo tomo y lo golpeo con torpeza contra mis dientes. No tiene sabor a nada cuando trago, pero lo bebo todo y cuando termino, me limpio la boca y me doy cuenta demasiado tarde de lo que podría haberles hecho a mis labios. Reviso mi mano en búsqueda de rojo, pero no hay nada. Leon me mira desconcertado.

–Quería estar aquí –digo–. Quería estar contigo.

Intenta analizar el significado detrás de esas palabras porque sabe que cargan más de lo que aparentan. Esto es lo que significa: Leon, necesito verme a mí misma.

–Okey –dice.

Lo sigo hasta la sala de estar y nos hundimos en su sofá. Sus ojos viajan sobre las partes de mí delante de él, pero no las está uniendo de la manera que necesito.

–Rosas –digo.

–¿Rosas?

–Llevaron rosas para la asamblea. Tuve que irme…

–Está bien –dice y toma mi mano–. Estará bien.

No, no, no está bien. Algo está sucediendo dentro de mí y necesito que se detenga, necesito detener este sentimiento; el pasado está intentando salir a la luz porque es demasiado difícil esconderlo.

–Leon, bésame.

–¿Qué?

Necesito verme.

–Por favor.

Vacila y se acerca a mí muy despacio, exasperantemente lento. La primera parte de nosotros en tocarse son nuestras piernas. Lleva una mano a mi rostro con la palma abierta sobre mi mejilla. Acaricia mis labios con su pulgar, el rojo.

—Romy —dice—. Yo…

—Tú eres la parte buena —le aseguro para que no diga nada más.

Lleva su otra mano a mi rostro y se inclina hacia adelante. Me besa, presiona su boca suavemente contra la mía y luego comienza a alejarse, como si eso pudiera ser suficiente, pero no lo es. Envuelvo sus muñecas con mis dedos y mantengo sus manos en dónde están. Exhala y se acerca a mí otra vez y vuelve a besarme. Su boca se abre contra la mía, pero todavía puedo sentir su vacilación así que lo beso con fuerza porque quiero sentirlo en cada parte de mí para poder sentir cada parte de mí. Quiero que ella regrese, la chica por la que él se detuvo.

Las manos de Leon bajan y me muevo lentamente contra el brazo del sofá, mis rodillas están entre nosotros y él se inclina sobre ellas como si estuvieran molestando, al fin me besa como quiero que lo haga. Me besa hasta que mi boca se siente amoratada, no es suficiente. Pero ahora está hambriento.

Me acomodo debajo de él y entonces está sobre mí, respirando con dificultad y está demasiado sobre mí. Sé a dónde está yendo su sangre. Mis manos están en su espalda. Su mano sube y baja por mi muslo, sus dedos se aventuran sobre mis jeans y debajo de mi camiseta, debajo de mi camiseta. El rojo está en su rostro, en sus labios. Escucho otro latido debajo del mío y es más fuerte que todo esto. Su boca contra la mía y lo único que puedo escuchar es el latido de otra chica, no… cierro los ojos.

—Ey —dice Leon—. Ey, mírame.

Él cubre su boca.

Así es cómo haces que una chica deje de llorar, cubres su boca hasta que el sonido muere contra tu palma.

—¿Está bien? Está bien —dice él.

Cuando está seguro de que ella no hará ruido, la deja volver a respirar.

Le dice que "está bien".

El chico se lleva dos dedos a la boca y ella desea descomponerse, si vomita, quizás él se detendrá. Desea que suceda, pero no sucede. Él saca los dedos de su boca y pone esa mano entre las piernas de ella, quita su ropa interior del camino y luego… una presión profunda y no bienvenida.

—Quiero que estés húmeda —susurra.

Ella hace el tipo de sonido que nunca creyó que escucharía salir de su boca, pequeños gemidos suplicantes. Cierra los ojos mientras esos dedos permanecen dentro de ella.

Si no puede vomitar, entonces solo se marchará.

—Mírame, mírame, ey, mírame.

En algún momento, él quita sus manos de allí y ella regresa, sus piernas están separadas. Él tiene los pantalones bajos. Su peso está sobre ella, es pesado. Cierra los ojos otra vez, pero él la obliga a abrirlos.

—Despierta, despierta. Despierta porque quieres esto, siempre lo has querido.

Pero ella no quería esto. No quiere esto. Él se fuerza dentro de ella, está tensa y seca.

Duele.

—Abre los ojos.

Pero duele.

—Abre los ojos.

En ese momento, vomita. Cinco, seis, siete, ocho, nueve tragos salen de ella. Su cuerpo no tiene sentido para ella. No se mueve cuando ella quiere que se mueva, pero ¿esto? Gira su cabeza hacia un costado y el vómito cae se su boca, se acumula en las ranuras de la caja de la camioneta y él maldice, pero no se detiene. Le dolería demasiado detenerse. Después pueden limpiar juntos. Como si fuera una promesa, como si fuera algo que ella querría. No que importe, porque él la dejará allí de todos modos, semidespierta, expuesta y con un sabor amargo en la boca. Su cabeza es tan pesada. ¿Por qué esto no terminó todavía? Cierra los ojos y él la obliga a volver a abrirlos.

—Mírame, mírame, ey...

—*Romy*...

—Despierta, despierta.

Despierta de esto, despierta de esto. Pero nunca termina y ella *no puede dejar de hacer esos sonidos* y él dice...

–Romy.

Empujo sus hombros y sus ojos están sobre mí, se detienen en mi boca y en mis uñas, pero él ve más allá de ellos. Ve a la chica muerta y dice *"Romy" y ella regresa.*

–No me mires –susurro.

Leon se sienta al lado mío en el sofá.

Han pasado... minutos. Y quiero desvanecerme. Quiero desvanecerme, ponerme de pie, superar esto, pero tengo que vivir cada momento horrible así que estoy sentada al lado de Leon, en su sofá, esperando que el latido de mi corazón desacelere y el dolor entre mis
piernas desaparezca. Está esperando que hable y si puedo hablar, si
logro descubrir cómo hacer eso, entonces puedo descubrir cómo caminar y puedo marcharme.

—Tengo que irme —son las primeras palabras que logro decir.

—¿Qué?

—Lo lamento, Leon.

Me ponto de pie. Mis piernas están rígidas, intentan funcionar a
pesar del dolor, la traición de mi cuerpo. Paso el sofá y entro a la cocina. Veo la puerta por la que entré.

—Espera, espera, espera —dice Leon—. Háblame, por favor...

—Tengo que irme —mi lengua se siente tan pesada como mi cabeza, como si hubiera bebido nueve tragos y esas fueran las únicas palabras que logro emitir. Me estiro hacia la puerta y digo—: Esto fue una mala idea. Lo lamento.

Pone su mano sobre mi hombro.

—No. No sé qué acaba de suceder...

Me libero lentamente. No quiero que me toquen porque me siento demasiado tocada. Tengo que ir a casa. Tengo kilómetros por delante. Presiono mi cabeza contra la puerta y Leon se queda allí parado, tan impotente; todo esto está más allá de lo que pueda o quiera explicarle.

—No quiero hablar. Tengo que ir a casa.

—No sé qué fue lo que... —se interrumpe—. No luces...

No me digas cómo luzco. Lucho para abrir la puerta, no coordino al principio. Cierro mis ojos con fuerza y los abro. Utilizo todas mis fuerzas para sonar estable.

—Está bien —digo—. No me sigas.

Salgo, cierro la puerta detrás de mí, pero él la detiene antes. Desearía que no lo hubiera hecho. No me sigue, pero siento sus ojos en mi espalda, en la manera incomoda y extraña en la que estoy caminando mientras intento moverme a pesar del dolor que mi cuerpo quiere creer que siente.

Cuando salgo de Ibis, recibo un mensaje de texto de él.

Tenemos que hablar sobre qué fue eso.

Y entonces sé lo que tengo que hacer.

Me dirijo a Swan's. Tracey se sorprende al verme y me dice que luzco terrible. Nos sentamos en su oficina que es demasiado calurosa y cuyas luces fluorescentes hacen que me duela la cabeza. Le digo que tengo que renunciar. Le digo que el colegio y las chicas desaparecidas son demasiado. Dice que me entiende, pero que podría haber esperado, que Swan's es el último lugar en el que debería estar ahora. Parece querer decir más, pero no lo hace.

—Siempre habrá un lugar para ti aquí —afirma y luego frunce el ceño—. Habrá algunas personas bastante tristes por no tener la oportunidad de despedirse.

—Tengo sus números.

Me da un abrazo y me dice que revise los bolsillos de mi delantal ante de irme. Encuentro algunas cintas para el cabello, un brazalete que debe haberse deslizado de mi muñeca en algún momento y una servilleta arrugada con números negros. Guardo todo en mis bolsillos.

Comienza a llover mientras regreso a casa. Para cuando llego, estoy empapada, tengo frío y estoy temblando, pero no estoy entumecida. Siento el cosquilleo en mi piel, la manera en que me domina.

—¿Romy?

Todd estaba en el sillón reclinable en la sala de estar, pero ya está de pie para cuando llego al pie de las escaleras. Me mira y se queda boquiabierto. Siento los mechones húmedos de cabello pegarse a mi cuello y a mi rostro. Mi camiseta estampada contra mí.

—¿De dónde diablos vienes?

—¿En dónde está mamá? —no sé si quiero que esté cerca o la tranquilidad de que esté lejos.

—Quería llevar las flores para Penny a la funeraria ella misma —Todd me estudia. Estoy dejando pequeños charcos en el suelo—. ¿Estás bien? ¿En dónde estabas?

—Estoy bien.

Arrastro mis pies por las escaleras y me encierro en el baño. Abro el grifo para llenar la tina, regulo el agua tan caliente como es posible porque quiero dejar de temblar. Dejo que el agua la llene hasta que casi desborda mientras me desvisto evitando el espejo. Cierro el grifo y entro en la tina sin sentir la temperatura antes, dejo que me queme.

Así. Así es cómo se siente el dolor cuando está sucediendo y le ruego a mi cuerpo que conozca la diferencia.

No me escucha.

Me hundo en el agua, pero el dolor persiste y no puedo. No puedo. Abro mis piernas y descanso mis rodillas a cada lado de la tina. Pongo mi mano en el espacio entre ellas, exploro con mis dedos, separo la piel, casi esperando que se sienta como en ese momento.

No es así.

Este no es ese momento.

Pero todavía puedo sentirlo.

Inclino mi cabeza hacia atrás y cubro mi rostro, dejo que el agua se enfríe a mi alrededor. Espero a estar temblando antes de salir. Para cuando me sequé y me metí en la cama, estoy sudando. Lamo mis labios y saben a tierra. Me cubro con mis sábanas y cubro mi cuerpo. Su cuerpo. Desearía no tener un cuerpo.

Cuando abro los ojos, la casa está en silencio y me pregunto semi-dormida por qué mamá me dejó quedarme en la cama después de que sonara mi alarma y recuerdo que hoy enterrarán a Penny. Sus cenizas.

Me levanto lentamente y bajo las escaleras. No hay señales de mamá o Todd, pero veo una nota.

Estoy haciendo trámites en Ibis, regresaré antes de la cena. Besos, mamá.

Aunque recién me desperté, dormir es la única manera que se me ocurre para volver a apagarme así que me acuesto en el sofá. Entre inhalaciones y exhalaciones, el sonido de un auto acercándose parece casi demasiado pronto. Pero escucho que alguien llama a la puerta.

—¿Hay alguien en casa?

Abro los ojos.

—¿Romy?

Me paro del sofá y camino hasta el recibidor pensando que solo revisaré. Solo me asomaré por la puerta principal y veré si realmente es él. Y, si lo es, me marcharé, pero mamá y Todd dejaron la puerta abierta así que Leon puede ver a través del mosquitero, no puedo esconderme. Me ve. Luce tan entero y yo... no.

—Tenemos que hablar —dice.

—No.

—Acabas de renunciar. Me debes una explicación.

No digo nada.

—Por favor.

La escucho, su necesidad. Es difícil bloquearla cuando le dije las mismas palabras ayer y él sí respondió. Le debo algo: necesito terminar esto, creo.

Vacilo y abro la puerta. Leon entra, mantengo mis ojos en la pared detrás de él porque temo mirarlo directo a los ojos. Esto ya es igual de doloroso como cada vez que late mi corazón y se forma un magullón.

—¿Hice algo malo? —pregunta y suena tan incómodo—. Porque lo único que sé es que en un segundo estabas allí... *estábamos* allí... y después tu expresión cambió y me estabas empujando como si yo...

—No hiciste nada malo.

—Entonces, ¿por qué no puedes mirarme?

La amarga urgencia de llorar me acecha.

—No hiciste nada malo, Leon.

—Creo que fui un detonante.

—¿Qué? —exhalo y suena algo que quiere ser una risa, algo que lo haga reconsiderar lo que dijo y se retracte. Pero es débil y me delato. Sé lo que significa esa palabra, pero él no debería saberlo—. ¿Qué? ¿Crees que sabes algo porque...?

—¿Porque qué? —pregunta—. ¿Por qué no puedo saber algo como eso?

—Porque no sabes *nada*.

–Romy…

–Detente. No sabes *nada*.

Y luego dice:

–Romy, lo lamento.

Cualquiera que comience una oración con "lo lamento" después de que le dijiste que no hizo nada malo… no puede terminar en nada bueno. Retrocedo, instintivamente me distancio de él.

–Yo… –pausa–. Conduje hasta aquí para verte ayer a la noche. Estaba preocupado y estaba… tan cansado de este ida y vuelta contigo, porque sentí que estábamos llegando a un buen lugar después de la búsqueda… Vine aquí, pero no tuve el coraje de hablar contigo y cuando regresaba a casa, cargué combustible en Grebe Autopartes. Había un par de chicos allí hablando de Penny Young y el funeral y mencionaron la "búsqueda desperdiciada" en Romy Grey. Les dije que se fueran al diablo y me contaron…

Su voz. Su voz está sobre mí. Quiero arrancarla de mi piel. Y su rostro… debería avergonzarse por lo que está diciendo; hace que quiera arrancarle su rostro y…

Detente.

–Romy, me contaron.

Le contaron.

–Lo lamento tanto –dice.

Lo lamenta tanto.

Cierro los ojos.

–Pero pude ver más allá de sus palabras, pude ver más allá de toda la basura. No sé los detalles, no necesito saberlos, pero la manera en la que te comportaste en la búsqueda, lo que dijiste de todos aquí, tu papá y cómo te alejaste de Penny… todo comenzó a tener sentido…

Tener sentido. Así es cómo me entiende, cuando soy una chica muerta. Ni siquiera puede creer que soy una mentirosa, lo único que hace que apenas logre tolerar la escuela es que piensen que soy una mentirosa en vez de una chica muerta.

—No quise enterarme de esa manera —dice.

—Pero lo hiciste —abro los ojos.

—Lamento tanto que haya sucedido…

—No lo hagas —mi corazón está palpitando, más moretones. Busco las salidas, pero esta es mi casa y él está parado en la puerta de entrada—. No lo lamentes. Solo márchate.

—Lo lamento —dice otra vez y es *verdad*. Lamenta tanto haberse enterado de esa manera y tener que decirme que lo sabe; lamenta que ahora todo tenga sentido. Pero no es suficiente que lo lamente porque ahora, cuando me mire…

Seré ella.

—Tienes que marcharte —digo.

—Romy…

—No te quiero aquí si lo sabes.

Da un paso hacia atrás, pone espacio entre nosotros y juro que el espacio hace más visible cada parte de mí que estoy intentando esconder. No se marchará. Quiero que se vaya.

—Dime qué puedo hacer.

—No hay nada que puedas hacer.

—Tiene que haber…

—Hazme sentir como si no hubiera sido… —titubeo y mi voz comienza a quebrarse sobre mis palabras y no puedo detenerme—. Como lo hacías cuando no sabías. Porque la odio Leon y, cuando estaba cerca de ti, no era… ella. Tú… te detuviste. Por eso eras la parte buena. Así que, si quieres ayudar, pretende que no lo sabes y podríamos…

No puedo terminar. Es demasiado imposible terminar. Espero a que él hable, todo esto lo está cubriendo lentamente, muy lentamente…

—Tienes razón —dice al fin—. No puedo ayudarte si eso es lo que necesitas de mí. Y si hubiera sabido que todo este tiempo me estabas usando de esa manera…

Llevo mi mano a mi frente y hundo mis uñas en la piel tan fuerte como puedo porque quiero ser capaz de elegir qué me causa dolor para variar.

—¿Cómo crees que podrías ayudar? —pregunto débilmente—. ¿Me dirás que lo acepte?

—No haría eso. No tienes que aceptarlo —hace una pausa—. Pero tal vez deberías odiar a los responsables. Porque ciertamente no eres tú.

—No te quiero aquí si lo sabes —repito.

Suspira y se voltea, siento sus pasos mientras se aleja y cierro los ojos hasta que escucho el chirrido de la puerta mosquitera al cerrarse; hasta que escucho el sonido del motor y lo único que siento después es a ella, esta raja, esta chica muerta, intentando salir de dentro de mí…

–¿Hola?

Estoy en el teléfono de la cocina. La voz del hombre del otro lado de la línea es áspera y parece estar medio dormido. El sonido hace que sienta una ráfaga de adrenalina en mi cuerpo, suficiente para marearme. Por un momento, olvido cómo hablar.

–¿Quién es? –ahora está más despierto y todavía no puedo hablar. Juego con los botones del teléfono y presiono uno por accidente. El tono estalla en mi oreja y en la de él, me sorprendo y retiro mi mano.

–Soy la chica de la cafetería –logro decir.

–¿Quién?

–A la que no le gusta hablar.

Hay una pausa larga antes de su risa.

–¿Esto es una broma?

–Dijiste que me dirías algunos consejos.

—No lo puedo creer. Eso no suele funcionar.

Clavo la mirada en el cable del teléfono, lo envuelvo nerviosamente en mi dedo. Mi cuerpo tiembla, siento un escalofrío nauseabundo en mi columna como una advertencia.

—¿Te encontrarías conmigo?

Garabateo en la nota que mamá me dejó, debajo de sus palabras.
Lo mantengo tan simple como un "te amo" porque siempre se puede decir
eso. Tomo mi bicicleta del garaje y camino sobre las enredaderas de
la entrada antes de subirme en ella. Siento más alivio que nunca cuando paso el cartel de AHORA ESTÁ ABANDONANDO GREBE.

El viaje en bicicleta hasta la carretera Taraldson me pone a prueba.
Todo lo que no corrí me ha hecho más suave en dónde debería ser más
fuerte. Tengo que descansar a mitad de camino, me duelen las pantorrillas y se me retuerce el estomago

La autopista es una especie de pesadilla, la manera en que los autos y los camiones pasan a toda velocidad a mi lado. Su sensación, su
sonido. Duelen. Hacen que me duelan los dientes. Comienza a llover
y pedaleo tan lejos, pedaleo a través de la lluvia… puedo ver el punto
en dónde dejé ese clima detrás de mí.

Tardo una eternidad en superar la autopista y llegar a la carretera de tierra que estoy buscando; mi carretera. Arrastro mis pies y me detengo. Bajo de mi bicicleta, dejo que caiga de costado. Me acuesto en el suelo, sobre mi espalda y no puedo respirar, no puedo respirar este aire y me pregunto cómo se siente estar sumergida, me pregunto otra vez si estaba muerta antes de llegar al agua o si eso sucedió después. Es difícil pensar en lo que queda de ella en cualquier tipo de oscuridad.

Espero, escucho.

Espero, dibujo las letras en mi estómago.

Espero.

Y la escucho; la camioneta, delante de mí.

Desacelera, rechina hasta detenerse y luego solo siento el sonido del motor en espera. Hundo mis dedos en la tierra, los clavo allí, anclándome al suelo mientras la camioneta se queda en su lugar, el conductor está adentro. Tal vez sea alguien amable. Tal vez alguien finalmente vino a terminar lo que se empezó. No me importa, siempre y cuando termine…

Mi corazón late frenéticamente en mi pecho.

El corazón de ella late frenéticamente en mi pecho.

El motor se detiene.

Y yo…

Me pongo de pie apresuradamente, me tropiezo cuando paso por al lado de mi bicicleta. La dejo allí y avanzo por el terraplén tan rápido como puedo, intento llegar a los árboles antes de que él salga de su camioneta. La hierba está resbaladiza por la lluvia y pierdo el equilibrio; termino deslizándome de costado, sobre mi muslo, la mitad de mi cuerpo termina cubierto de lodo y manchas de hierba.

Logro ponerme de pie y echo un vistazo hacia atrás, veo un destello de la camioneta estacionada. Imagino al hombre confundido, intentando comprender qué se supone que deba hacer con esta chica que recién estaba aquí y ahora ya no. Lucho para atravesar un grupo de árboles demasiado juntos, temo no caber entre los troncos, pero lo logro. Ramas rasguñan mis brazos. Escucho la puerta de la camioneta abrirse y cerrarse y me detengo, me inclino sobre un abedul moribundo.

–¿Hola? –grita el hombre. Ni siquiera sé su nombre, no se lo pregunté, de la misma manera que él no preguntó el mío y no pareció alarmante en ese momento, pero ahora…–. ¿Estás allí?

Presiono las puntas de mis dedos contra la corteza. Silencio. Espero al sonido de él marchándose en su camioneta, pero no sucede. En cambio, escucho el crujido de sus zapatos en el suelo.

–Te vi –grita–. Tu bicicleta está aquí.

Me muevo hacia atrás y mis crujidos interrumpen el silencio seguro que había creado. No puedo ver la carretera desde aquí, quizás él no pueda verme. Estoy atenta para ver si logro escucharlo, sus pasos, me preparo para correr si tengo que hacerlo y ruego ser lo suficientemente rápida.

Ruego ser lo suficientemente rápida.

–¿Crees que esto es divertido? –demanda y luego–. ¿Crees que sería divertido si tomara tu bicicleta? ¿Qué te parece si me quedo con tu estúpida bicicleta?

Lo escucho; levanta mi bicicleta del suelo y la lanza en la caja de su camioneta. El horrible sonido del impacto hace que de otro paso atrás.

–No puedo creer esto. Sé que estás allí.

Y después… el sonido sin elegancia de él bajando por el terraplén y cayendo de la misma manera que yo. Sus insultos inundan el aire, está furioso y no me importa cuánto ruido hago; corro.

Avanzo a toda velocidad por casi un kilómetro de bosque antes de ver destellos de luz, los árboles están más separados. Lo atravieso y encuentro otro terraplén, descuidado y salvaje. No puedo notar si hay algo detrás de mí porque solo puedo oír la lucha de mis propios pulmones agitados en búsqueda de aire. Cuando finalmente se calman, escucho.

No hay nada.

Y luego estoy llorando. Lloro tan fuerte y no puedo detenerme. Solo quiero que se detenga. Me volteo y no hay nada hacia qué correr. Intento recuperar la compostura tanto como puedo y veo... veo...

Piedritas se escabullen debajo de mis pies. Camino hacia adelante hasta que termino parada delante un Vespa blanco escondido entre los árboles, inclinado hacia un costado y con semanas de abandono.

−¿Sabías que estaba allí? ¿Todo este tiempo?

−No −digo.

−Si no sabías, ¿qué estabas haciendo en la carrera en primer lugar? −antes de que pueda responder, el sheriff Turner pregunta−: ¿Penny estuvo contigo esa noche? ¿Estuviste mintiéndome?

Estoy en el asiento trasero de su Explorer, detrás de la reja y el espacio se está haciendo cada vez más pequeño con cada kilómetro. Intento pensar en cualquier cosa menos en lo que sé. El Vespa de Penny en el bosque. Tiemblo. Me estoy congelando, mi piel está húmeda, cubierta de sudor. Mis ojos están hinchados y adoloridos por llorar.

−No me siento bien.

−Responde la pregunta.

No sé si es correcto que me esté haciendo estás preguntas en primer lugar. Pero nunca importa lo que es correcto, no en este pueblo.

—Yo no… No puedo recordar nada de esa noche, le dije…

—Entonces, ¿qué estabas haciendo allí afuera? ¿Cómo pudiste *simplemente* encontrar el Vespa de Penny de esa manera si no sabías que estuvo allí todo este tiempo?

—No lo sé.

—No te creo.

Vinieron cuando los llamé. Me senté en el camino mientras esperaba a la policía y después tuve que mostrarles el Vespa, decirles si lo toqué y en dónde. No tenía respuesta para algunas de sus preguntas, no podía pensar por la sorpresa. El sheriff Turner ni siquiera debería estar aquí, pero cuando escuchó que se trataba de ella y que yo estaba involucrada, decidió venir. Se quitó el traje del funeral y se puso otro. Todo su rostro está retorcido y es horrible. Me asusta. Odio a este hombre y le tengo miedo.

—Era como una hija para mí.

—Lo sé.

—Será mejor que esto no regrese a ti, Romy.

Mamá y Todd me vienen a buscar al departamento de policía y, para cuando llegan, ya vomité; solo se enteran porque Joe Conway se los dice. Mamá pone una mano sobre mi rostro y dice en voz suave y sorprendida:

—Tienes fiebre.

En el camino a casa, lucho por mantener los ojos abiertos.

—Ve a tu habitación —dice mamá cuando llegamos.

Hago lo que dice. Voy a mi cuarto y me desvisto.

Para cuando me meto en mi cama, escucho a mamá en el baño, el agua corriendo. Me quedo dormida. Entra unos pocos minutos después. El colchón se hunde y comienza a despertarme un poquito cuando presiona un paño frío sobre mi frente.

—¿En qué estabas pensando? —pregunta en voz baja, como siempre—. ¿En qué rayos estabas pensando?

–Fue un funeral –digo, porque ya nada parece ser equivocado. Después de un tiempo, la escucho llorar y se me rompe el corazón. Rompí su corazón. Me aferro a su mano y le digo que está bien, que no llore, no es necesario que llore, pero no puedo sonar convincente.

El tiempo pasa o no, pero debe… porque tiene que hacerlo.

Cuando ya no tengo fiebre, no sé qué chica quedó.

No sé qué me he hecho a mí misma.

El viernes abro los ojos durante las últimas horas de la tarde y el cielo está vacío. No hay nubes, no es azul, solo una masa blanca de nada extendida sobre el pueblo.

Escucho las voces de mamá y Todd por la ventana junto al sonido metálico de música de la vieja radio de Todd, una estación de viejos clásicos. Salgo de la cama y sigo la canción hasta el porche delantero. Dejan de hablar cuando salgo.

–¿Por qué no me despertaron?

–No te venía mal el descanso extra –dice mamá–. Y ahora deberías comer. Deja que te prepare algo.

Pasa por al lado mío y entra a la casa.

–Vamos, niña –dice Todd y la sigo hasta la cocina, él entra detrás de mí. Abro el refrigerador y miro la comida en su interior. Mi estómago no conecta con nada de lo que veo.

–Dije que dejes que te prepare algo *yo* –mamá me desplaza con gentileza. La canción en la radio cambia. Mamá señala la mesa. Me siento al lado de Todd–. Te prepararé pan tostado, ¿está bien?

–Está bien.

Pienso en Alek. Me pregunto qué está haciendo. Si sigue en su cama tan destruido por el duelo que no puede moverse o si experimenta el tipo de duelo que no se tranquiliza, que lo impulsa de un momento a otro tan rápido que nunca tiene tiempo de pensar cuánto duele.

Me pregunto si puede hacerse su propio pan tostado.

Mamá apoya el plato delante de mí.

–Oh –toca una de mis uñas, un lienzo arruinado. Los bordes están andrajosos y la manicura está saltada, una capa de rojo desaparece tras otra. La chica que era, o que solo me engañé y quise creer que era, está haciendo su salida lentamente–. ¿Quieres que las arregle?

Quiero preguntarle cuál es el punto de hacerlo cuando la canción de la radio se detiene de manera abrupta y suena la voz del conductor:

–Última noticia. Un sospechoso está en custodia en este momento en relación con la desaparición y muerte de Penny Young de dieciocho años. Los departamentos de policía de Ibis y Grebe no difundirán más detalles en este momento. Young fue vista por última vez en Grebe, en una fiesta en el lago…

–¿Qué? –pregunta Todd.

–Oh, por Dios –mamá lleva una mano a su pecho. Todd sube el

volumen de la radio y solo dicen cosas que ya sabemos como cuándo fue vista por última vez y hablan de los intentos desesperados de encontrarla, pero algo está gestándose en los espacios entre lo que se dijo y lo que no; algo se está gestando dentro de mí. El Vespa, la carretera.

"Será mejor que esto no regrese a ti, Romy".

Pero si no regresó a mí, ¿de quién se trata?

Subo las escaleras, tomo mi teléfono del escritorio y llamo al departamento de policía. Joe responde, pido hablar con Leanne. Cuando toma el teléfono, no suena feliz. Cuando le digo que soy yo, solo lo empeora.

—¿Por qué estás llamando? —pregunta.

—¿A quién tienen en custodia?

—No te lo diré.

—¿Qué pasó con el Vespa? —pregunto y hay un silencio—. ¿El lugar donde apareció tiene algo que ver con todo esto? ¿La carretera en la que estaba? ¿Y Tina Ortiz?

—No puedo comentar sobre esto, Romy.

—Por favor.

—*No puedo* —responde de mala manera. Baja la voz—. Prometiste que no repetirías lo que te conté sobre Tina y lo hiciste.

—Pero…

—Y me *sancionaron*. Estoy trabajando detrás de un escritorio desde entonces. No puedo decirte a quién tenemos en custodia, Romy. No lo haría. Necesito mantener libre esta línea.

Me corta.

Más tarde, cuando mamá y Todd están en la cama, abro mi computadora portátil y mi habitación se ilumina con el brillo frío de su pantalla. Busco el nombre de Penny una y otra vez y estoy atenta a las actualizaciones en los sitios web de los departamentos de policía de Ibis y Grebe para más detalles.

El único rastro de información nueva es que el sospechoso es menor de edad. ¿Un extraño… o alguien que conocemos? Tal vez sea alguien un año menor o un estudiante de último año a tan solo semanas o meses de su próximo cumpleaños.

No puedo imaginar un rostro familiar; no para esto.

Todos los que la conocen la aman.

Salvo que la gente lastima a la gente que ama todo el tiempo.

Intento relacionar a muchos de nuestros compañeros con su muerte, pero es imposible. Ni siquiera puedo imaginar a Alek, que la amaba más que la mayoría. Si fuera yo, sería diferente, podría trazar esas líneas entre ellos y yo con claridad y todo el dolor que querrían causarme.

Mi teléfono vibra. Son mensajes de Leon.

Quería llamarte y ver cómo estabas.

Pero no creí que quisieras eso.

Los elimino y miro fijo por mi ventana a las estrellas desparramadas por el cielo. No sé por qué todavía le importa. Cuán estúpido es preocuparse por una chica.

Pero nada permanece secreto en Grebe. Las noticias vuelan. Se
mascullan en los bares, se murmuran sobre cercas entre vecinos, en
el sector de verduras del supermercado y una vez más en la fila para
pagar porque la cajera siempre tiene algo para agregar. Cuando mamá
me dice que Todd salió a hacer unas compras, espero que regrese con
un nombre. El sonido del auto aparcando tarda una eternidad y creo
que estoy lista para cualquier cosa, pero en realidad, no lo estoy.

Tengo miedo.

No me muevo hasta que escucho unos pasos familiares sobre el
porche, hasta que mamá sale al recibidor y dice "oh". No es Todd.

Hay un lobo en la puerta.

—Hola, Alice Jane.

Está vistiendo su uniforme.

Me inclino hacia atrás, me envuelvo con mis brazos mientras mamá deja pasar al sheriff Turner. Mi estómago se revuelve mientras avanza, sus ojos estudian el lugar, su nariz capta los aromas. No me gusta esto. Y cuando habla, me gusta todavía menos.

—Necesito algunas palabras con tu hija.

Posa sus ojos sobre mí como si me estuviera viendo por primera vez, como si, de alguna manera, mi imagen hubiera superado su rápido vistazo. Me encojo por su mirada. No me gusta pensar en por qué querría hablar conmigo, porque solo hay un motivo.

—¿Por qué? —pregunta mamá.

—Necesito repasar algunas cosas relacionadas con los últimos avances en el caso de Penny Young.

Allí está. Y, aunque lo esperaba, escucharlo es diferente. El impacto hace que vea puntos negros por un segundo. Parpadeo para deshacerme de ellos y, cuando ya no están, mamá, quien espero que se derrumbe, no lo hace. Se endereza, sus ojos se posan en mí y abro la boca; no sale nada.

—Por supuesto —dice mamá—. Vamos a sentarnos... y hablemos de esto.

Hace un gesto haca la cocina. El sheriff Turner luce como si lo último que quisiera hacer es sentarse, pero ella lo mira fijo hasta que sus botas caminan hasta la cocina. Sus pasos fuertes son algo que no quiero volver a escuchar nunca más. El sonido de él moviendo la silla y sentándose en ella. Me quedo en mi lugar.

—Romy, vamos —dice mamá, y luego hace una promesa que no puede cumplir, que nadie puede cumplir—. Todo estará bien.

Extiende su mano hacia mí y avanzo de manera tentativa, la sigo, atravieso la puerta y veo llegar al New Yorker. Todd está obligado a aparcar en el cordón de la acera porque el Explorer de Turner está en el garaje. Sale del auto con las manos vacías, puedo ver las bolsas en el asiento trasero. Se mueve rápidamente y empuja la puerta.

–¿Qué está sucediendo? –pregunta–. ¿Qué está haciendo *él* aquí?

–Levi quiere hacerle algunas preguntas a Romy sobre Penny –le dice mamá.

Todd clava la mirada en la cocina y luce como si quisiera decir algo, pero solo sacude la cabeza y entra.

–Romy –dice mamá. Doy un paso adelante y enfrento la cocina. Turner se sienta en la cabecera de la mesa. Todd se acomoda en frente de él. Mamá se posiciona al lado de Todd y yo me quedo en mi lugar, en la puerta de la cocina.

–Romy, siéntate –dice mamá.

–Estoy bien aquí –respondo y cruzo mis brazos. No me presiona, pero Turner luce como si deseara poder hacerlo, como si no tuviera ninguna intención de tener esta conversación, sea de Penny o no, desde un lugar en donde tenga que alzar la mirada para hacerlo.

–Solo son un par de preguntas –dice–. Romy, no tienes ningún recuerdo del lago Wake y de cómo terminaste en la carretera Taraldson, ¿correcto?

–Sí –digo

–Tenemos varias declaraciones de que esto se debe al hecho de que estabas extremadamente intoxicada. ¿Esto también es correcto? –asiento–. ¿Eso es un sí?

–Sí.

–Ese sábado, cuando hablamos por primera vez, me diste la impresión de que debiste haberte embriagado y deambulaste hasta esa carretera, pero esa noche nos llamó Tina Ortiz. Nos dijo que te llevó en auto y te dejó allí como una broma…

–¿*Qué*? –mamá me mira y luego a Turner, la observo enfurecerse tanto como el día que le dijo a papá que se marchara, algo que nunca creí volver a ver–. Me estás diciendo que Tina Ortiz *puso en peligro* a mi hija y no nos dijiste…

—Alice, por favor —interviene Todd—. Es la hija de Ben Ortiz. Piensa en el club de golf.

—Tu hija sabía —replica Turner y mamá me mira, comprende lentamente lo que eso significa, si lo supe todo este tiempo. Su rostro se desmorona y no puedo soportar mirarlo. Turner se acomoda en su lugar un poquito, le gusta haber provocado eso—. ¿No tienes ningún recuerdo de eso?

—No.

—Y cuando te pregunté si tenías alguna herida, me dijiste que estabas ilesa —continúa—. ¿Eso es correcto?

—¿Esto se trata del chico Garrett? —pregunta Todd antes de que pueda decir "sí", incluso mientras me veo en la tierra, con mi sujetador desabrochado y esa palabra en mi estómago.

Al principio, no comprendo lo que Todd está diciendo, pero la pregunta tiene un efecto en Turner. Su rostro se enrojece de un tono que deja entrever el nivel de control que está ejerciendo para no delatar nada. Salvo que es demasiado tarde.

El chico Garrett.

—¿Brock? —pregunto.

—Sí, a él tienen en custodia —dice Todd—. Y tienen que acusarlo de algo pronto, ¿no? Si no lo han hecho todavía.

—¿En dónde escuchaste eso? —Turner se inclina hacia adelante.

—No importa —responde Todd.

—Sí que importa. Esa información no fue divulgada oficialmente todavía. Si no me dices en dónde lo escuchaste, Bartlett…

No sé cómo tengo espacio para eso, para más de esto. Cada vez que creo que llegué a mi límite, aparece algo más.

Brock Garrett está en custodia por la muerte de Penny y cada recuerdo que tengo de él me atraviesa como un cuchillo. Las cosas desagradables que hizo, cosas que pensé que… me haría.

Pero ¿ella?

¿Penny?

–¿Por qué me están interrogando si él...? –me llevo una mano a mi boca. Veo una carretera. Veo un camino con dos chicas. No... no, no, no...–. ¿Yo estaba allí cuando ella murió?

El sheriff Turner no responde, pero no tiene que hacerlo. Mamá se mueve hacia mí, quiere alejarme de todo esto, pero sacudo mi cabeza para que se quede en su lugar. No hay manera de alejarme de todo esto. Yo estaba allí cuando su luz la abandonó.

He estado teniendo eso dentro de mí.

–Bartlett, ¿en dónde lo escuchaste?

–¿Qué tiene que ver Romy con esto? –pregunta Todd.

–No importa –responde tenso–. Vine aquí hoy para establecer que no es un testigo viable y eso es lo que he hecho. Ahora *dime* en dónde...

–No puedes simplemente venir aquí y hacerle esto a mi familia. Lo que ella ha atravesado... –Todd me señala con la cabeza–. No lo soportaré, Levi. Dime qué tiene que ver Romy con esto ahora mismo y te diré en dónde escuché lo de Brock. Es alguien de tu departamento. Lo prometo, no quieres hacerte el estúpido esta vez.

Turner aprieta la mandíbula y por su arrogancia no puede pensar en un solo nombre, en alguien de su oficina que lo traicionaría, ni siquiera alguien tan obvio como Joe.

–Si algo de esto *sale* de esta habitación...

–No lo hará –dice mamá.

Turner está desgastado, extremadamente agotado. Algo que nunca había visto en él. Me echa un vistazo y hay un enojo que reconozco. *¿Por qué ella?* Por qué ella y no yo. Y por eso, no puede lograr decírmelo directamente.

Me odia tanto que, en cambio, se dirige a Todd y a mamá.

–No fue Tina quien dejó a Romy en esa carretera; fue Brock.

Sigo reescribiendo esa noche. La única cosa que pensé que sabía… no es verdad. Remuevo a Tina de la situación y ubico a Brock en su lugar. Me dejó en esa carretera. ¿Qué significa eso? ¿Estuve en su auto? ¿En sus brazos? La idea de él cargándome hasta su auto…

–Fue una broma –dice Turner–. Romy estuvo inconsciente todo el tiempo. Cuando regresó a la fiesta le dijo a Tina lo que había hecho y Tina se lo dijo a Penny. Después de un tiempo, Brock decidió regresar a la carretera y traer a Romy a casa.

–Traerme a casa –digo débilmente porque Turner lo dice como si pudiera ser verdad que Brock tuviera corazón, saliera a la carretera y me trajera a casa. Pero no ha visto la manera en que Brock me mira, no me ha visto con él en la pista…

–Penny tuvo la misma idea. Fue a buscar a Romy para traerla a casa y llegó poco después que Brock –Turner lucha para mantener un tono formal–. Los dos tuvieron un altercado. Brock alega que no puede recordar qué sucedió exactamente, pero su muerte fue accidental. Entró en pánico y se deshizo de su cuerpo. La mañana que encontramos a Romy, Brock le pidió a Tina que lo cubriera para descartar cualquier posible conexión entre las desapariciones de las chicas. Quería asegurarse de que buscáramos en otro lugar.

–Tina sabía… –retrocedo.

–Tina *no* sabía que Penny estaba muerta. Tina pensó que Penny desapareció en camino a la casa de su madre, como todos los demás –dice Turner–. Y cuando recuperamos el Vespa, la volvimos a interrogar y nos dijo la verdad. Y cuando interrogamos a Brock…

La cocina se queda en silencio, una débil luz entra por la ventana. La miro fijo, clavo mi mirada en ella mientras me inunda esta simple verdad.

Ella regresó por mí.

Él la mató por ello.

Me quedo sin aire. Me miran y me volteo, veo todas las cosas que ellos no pueden ver. Cosas que no he dicho nunca.

—Romy —dice mamá.

Viólame. Brock puso algo en mi bebida. Mi labial en mi estómago. Mi labial en su mano y sus manos presionando sobre mi estómago. Sus manos. Mi camisa, todavía desabotonada, ¿después del lago? Abierta para él. *Viólame.*

—Me iba a violar —digo.

—*¿Qué?* —pregunta Turner.

Mamá y Todd están en silencio por la sorpresa, la puedo sentir, pero Turner deja que su furia salga primero, sin escuchar, sin procesar... Es solo una demanda de más información, desde un lugar que no cree lo que acaba de salir de mi boca, pero ella regresó por mí y murió por ello. Vuelvo a enfrentarlos y no quiero decirlo porque no quiero, no lo pedí...

Pero ella murió por esto.

—Lo sé... —mi voz se quiebra—. Cuando me desperté en la carretera, mi camisa estaba desabotonada y mi sujetador... estaba desabrochado y... *viólame* estaba escrito en mi estómago con lápiz labial. Brock me hizo eso.

Pasaré el resto de mi vida intentando olvidar el sonido que hace mi madre. "¿Sabes cuál es la parte más difícil de tener hijos?". Nunca debió ser esto.

—No —Turner sacude la cabeza—. No dijiste eso. ¿Tu camisa estaba desabotonada y te habían escrito algo en el estómago? ¿Cómo puede ser que Leanne no haya reportado nada de eso...?

—Abotoné mi camiseta antes de que me encontrara.

—Ah, ¿sí? ¿Y crees que no hay chance de que eso haya sucedido en la fiesta? No iba a mencionar esto delante de tu madre, Romy, pero tengo varias declaraciones de personas que dicen que te quitaste la camisa allí…

—Levi, te lo estoy *advirtiendo* —dice Todd.

—Brock llevó GHB —suelto—. Me drogó.

Turner se queda boquiabierto, pero estoy desesperada porque necesito que comprenda qué fue lo que le quitaron a Penny, *por qué* está muerta. Por ella… Tiene que entenderlo por ella.

—¿Cómo sabes esto? —pregunta.

—Lo repartió en la fiesta. Le dio… le dio un poco a Norah Landers. Pero creo que me drogó…

—¿*Crees*?

—No recuerdo haber bebido. No recuerdo haber bebido *ni una sola vez* esa noche —cierro los ojos brevemente—. Estaba planeando violarme…

—¿Por qué *habría*…?

—Porque sabía que saldría impune como… —Esto. Por esto ya no está—. Como lo hizo Kellan.

Mamá está llorando, sus manos cubren su boca y Todd está pálido. Pero Turner…

Turner se ríe.

—Ah —dice suavemente—. Veo cómo es.

Dos chicas en una carretera.

—Ella me salvó.

—No —dice Turner—. No…

—Ella me salvó…

—*No* —repite, se pone de pie y retrocedo—. Alice, ¿quieres hacer algo con tu hija? *Nunca* he visto a alguien tan desesperada por atención en mi vida —clava su mirada en mí con tanto odio y asco e intenta que lo sienta—. Quieres hacer que la muerte de Penny sea sobre tus mentiras… —doy otro paso atrás—. Tus mentiras sobre mi hijo. No te permitiré hacer eso… No lo…

–No estoy...

–*Estás mintiendo...*

–*No* la llames *mentirosa...* –Todd estampa su mano sobre la mesa.

–Romy –me llama mamá.

–Romy...

–¿A dónde cree que va?

Camino. Me estoy yendo. Empujo la puerta y salgo a la calle. Me siguen y escucho mi nombre otra vez.

–Romy...

Y corro.

Corro y veo a Penny...

Veo a Penny sentada en una mesa en frente de mí y dice...

No.

Me concentro en mis pulsaciones. Respiro con dificultad, obligo al aire a ingresar a mi cuerpo y corro y veo a Penny sentada en una mesa en frente de mí y dice...

"Quiero hablar contigo y luego me marcharé".

No, no. No tengo que escuchar esto porque ya te marchaste, Penny. Ya no estás. Intercambiaste tu vida por la de una chica que ya estaba muerta y lamento que hayas renunciado a todo por ella, pero ahora no puedo escucharte.

El sudor cubre mi piel. Mi camiseta se pega a mi espalda. Corro y veo a Penny sentada en la mesa en frente de mí y no sé qué puedo darle por lo que le han quitado.

"Por favor".

Sé que puedo ser más rápida que esto, sé que puedo ser más rápida que esto. Sé que puedo escaparme del chico en la caja de la camioneta. Puedo superar al chico en la caja de la camioneta y a todos los chicos que se transformaron en él solo porque podían, solo porque nadie les dijo que no podían...

Godwit… había una chica… me dijo que no era seguro estar a solas con él. No quiso decir por qué, pero la mirada en su rostro…

Todavía puedes denunciarlo.

Mi cuerpo cede sin aguantar más. El sonido cuando golpeo el suelo. Empujo mis palmas sobre la gravilla, intento luchar por ponerme de pie, pero no puedo así que me siento en la carretera con las manos sobre mis rodillas, hundo mis uñas en ellas, creo nuevas heridas y cuando las quito están rojas.

Están tan rojas.

Después

—Mi pregunta es, ¿cómo una comunidad entera mira hacia otro...

Ahora hace frío. El aire es como metal en tu boca.

—... lado cuando hay una fiesta con adolescentes sin supervisión y se sabe que beberán en exceso? Esta no era una fiesta que nadie conocía. Es una tradición. Estamos tan ansiosos por señalar a este chico... y desearía que la gente dejara de llamarlo "joven" porque es un chico... pero ¿cuánta culpa recae verdaderamente sobre él? Es casi inevitable, ¿no? ¿Qué sucedió?

Estoy parada en el porche, mirando la calle e intentando bloquear las voces de la radio en la cocina, aunque fui yo quien la encendió.

—No creo que homicidio en segundo grado sea una consecuencia inevitable de una fiesta de secundario...

—Lamento interrumpir, pero ¿la violó? ¿Han...?

Porque él no estaba allí para hacerle eso a ella. No le hubiera hecho eso a Penny.

Solo a mí.

–*... bueno, ahora que sabemos que eso es un hecho, espero que la gente deje de hacer esa pregunta, pero tenemos que regresar a lo que estabas diciendo... Laura, ¿dirías que la combinación de adolescentes y alcohol generalmente deriva en muy malas decisiones?*

–*Eso no es lo que estabas diciendo, Jean.*

Clavo la mirada en mi teléfono. Ayer, Leon me envió un mensaje de texto.

Recibí el gorro que dejaste en Swan's para Ava. Fue dulce. Gracias de todos nosotros.

Esta mañana, mis dedos temblaron mientras tipeaba una respuesta.

De nada.

Y he estado mirado su respuesta desde entonces:

Siempre es bueno saber de ti.

Cierro los ojos. No puedo soportar que lo sepa, pero también lo extraño y dependiendo del día un sentimiento es más fuerte que el otro.

Igualmente.

Apago mi teléfono y la veo.

Tina. Avanza por mi calle. Llega a la casa y vacila cuando ve mi silueta a través del mosquitero. Alzo mi mentón y vuelve a caminar. Abro la puerta y la detengo en los escalones porque no va a entrar. Alza la cabeza para mirarme, su porte es el mismo de siempre, aunque ya no luce como antes. Está un poco demacrada, como si no estuviera durmiendo tan bien o comiendo tanto como debería. Pero yo también estoy así. Últimamente.

–Gracias por verme –dice.

No dejaba de llamarme. La primera vez que su número iluminó mi teléfono, no sabía quién era y cuando respondí y oí su voz y la escuché pedirme que me encontrara con ella, le corté. Dejó mensajes de voz, de texto. Cada vez que creía que se había rendido al fin, comenzaba otra vez. Ayer, finalmente le dije que viniera y que después me dejara tranquila. Ahora está aquí, esperando que *yo* hable.

—No me quedaré aquí parada para siempre, Tina —haré esto tan sencillo para ella como ella lo hubiera hecho para mí—. Tienes suerte de que esté aquí.

—Escucha… —hace una pausa—. Lo que sea que pienses de mí, no cubrí a Brock… por él.

—No fue por Penny.

—*Sí*, lo fue —dice temblorosamente—. Lo fue. Me dijo que te llevó a esa carretera. Que sabía que Penny no estaba allí y que solo desperdiciarían tiempo si buscaban allí. Dijo que no podía decirles lo que había hecho o perdería su lugar en el equipo de fútbol americano. No quería que nadie desperdiciara tiempo. Solo quería que la encontraran. Yo… la extraño.

—Lo cubriste a pesar de que escribió "viólame" en mi estómago.

—No sabía que te había hecho eso hasta que lo dijiste en el vestuario.

—Pero sabías que Alek me tomó fotos. Estabas allí en ese momento, ¿no? —pregunto y ni siquiera tiene la gracia de lucir avergonzada, solo mantiene sus ojos sobre mí como si estuviera esperando que ceda, y sucede. Porque soy débil—. Él dijo que yo se lo permití —me detengo—. Olvídalo. No necesito saber.

—Puedo contártelo —cuando no digo nada, lo hace—. Dijiste que tenías calor, Alek te dijo que te quitaras la camisa. Dijiste que querías ir a casa y él dijo que si le dabas tu teléfono llamaría a tu mamá…

Clavo la mirada en la calle vacía. Tenía razón. No necesitaba saberlo.

—Brock llevó GHB a la fiesta —dice como si estuviera contándome algo nuevo—. Creo que tal vez te dio un poco y así terminaste tan…

—Ah, pensé que eso solo fue la mejor imitación de mi padre que habías visto en tu vida —la miro justo a tiempo para ver su mueca. No es nada satisfactorio–. Alek iba a enviarle esas fotos a todo el colegio. Penny lo detuvo, pero tú observaste.

–Sí –acepta y, finalmente, desvía la mirada. Miro fijo a mis uñas, desnudas. Ella no se mueve y no sé por qué no se marcha porque esto ya se terminó.

–Sé que Turner te desligó de todo esto. Mi papá dice que no tengo permitido hablar al respecto.

–Entonces deja de hablar y ve a casa.

–No –dice.

Entonces yo podré dejar de hablar de eso, le doy la espalda y dice:

–Romy, espera.

–Tina… –vuelvo a mirarla.

–No, solo escucha. No creo que Brock simplemente pensara dejarte en esa carretera y marcharse. No creo que Penny haya muerto porque te encontró, creo murió porque lo detuvo… –su voz se quiebra y me quiebra un poquito–. En el vestuario dijiste que, si la habían violado, estaría mejor muerta y lo decías *en serio*. Pero no estabas hablando de ella. Estabas hablando de lo que te sucedió con Kellan.

Su nombre me atrapa con fuerza.

–Lo lamento tanto –dice.

–Deberías haberme creído.

Ha estado adentro de mí por tanto tiempo que apenas puedo decirlo sin ahogarme. Lo cargué hasta el lago cuando pensé que se lo diría a Penny y he enterrado esas palabras junto a todas las otras cosas que nunca podré decirle. Llevo una mano temblorosa a mis ojos.

–No sé por qué no lo hiciste… –y luego lágrimas caen con fuerza sobre mi rostro antes de que pueda detenerlas–. *¿Por qué…?*

–Porque era más sencillo.

Me mira. Sus manos están tan vacías.

–No estás mejor muerta –dice–. Lo lamento tanto. No puedo… Sé

que no puedo enmendar las cosas, pero solo quería decírtelo porque…
no creo que nadie más aquí lo haga…

Ya no puedo quedarme aquí. La dejo en la puerta de mi casa porque
no quiero disculpas. "Lo lamento" no trae de vuelta a chicas muertas.
Voy a la cocina y me abrazo contra la mesa, escucho mi respiración.
Esas voces en la radio.

—… *necesitamos hablar sobre cómo este chico con un futuro tan prome-*
tedor ahora enfrenta cargos de homicidio en segundo grado. Su vida está
arruinada y apenas tengo una idea de quién es. Quiero conocer su historia…

Me estiro y apago la radio tan rápido que retumba. "No estás mejor
muerta" es sofocante, es sofocante escuchar eso cuando todo este lugar
me ha hecho sentir de esa manera, que estaría mejor si fuera una chica
menos…

"No estás mejor muerta". Cierro los ojos, una furia crece dentro de
mí, comienza en mis entrañas y se expande, porque incluso ahora es
"no estás mejor muerta", pero también "no puedo enmendarlo". Las
mismas palabras que Penny me dijo en la cafetería. Pero quién podría.

¿En dónde empiezas?

Abro los ojos. Vuelvo a salir y Tina está a unos pasos, se marcha
lentamente como si tuviera la esperanza de que yo regresara.

—Tina —la llamo y se voltea.

Mi corazón está cargado con el peso de mi cuerpo y mi cuerpo es
demasiado pesado por el peso de mi corazón.

—¿Quieres ayudarme a encontrar a una chica en Godwit?

Antes de que arrancara las etiquetas, una decía "Paraíso" y la otra "En fuga". No importa cuál es cuál. Ambos son rojos como la sangre.

La aplicación correcta del barniz de uñas es un proceso. No puedes pintar sobre las uñas como si nada y pretender que dure. Primero, hay que preparar la base. Comienzo con un pulidor de cuatro caras para eliminar las rugosidades y obtener una superficie lisa para que se adhiera el color. Luego, utilizo un deshidratador y un limpiador de uñas porque es mejor trabajar sobre un área seca y limpia. Una vez que se evaporó, aplico una fina capa de base que protege las uñas y previene que se tiñan.

Me gusta que la primera capa de barniz sea fina y esté seca para cuando termine con la última uña de esa mano. Mantengo mi pulso estable y ligero. Nunca arrastro el pincel, nunca recargo más de una vez por uña si puedo evitarlo. Con el tiempo y la práctica, aprendí a determinar si lo que está en el pincel será suficiente.

Algunas personas son perezosas. Creen que, si utilizas un barniz altamente pigmentado, no es necesario una segunda capa, pero eso no es verdad. La segunda mano afirma el color y protege a las uñas de todas las maneras en las que podrías dañar el barniz por el uso diario de las manos sin siquiera notarlo. Cuando la segunda capa está seca, tomo un hisopo embebido en acetona para eliminar cualquier rastro de barniz que se haya derramado sobre mi piel. El último paso es una mano de brillo para sellar el color y proteger la manicura.

La aplicación del lápiz labial tiene exigencias similares. Una superficie lisa siempre es mejor así que hay que remover la piel muerta. A veces, lo soluciono con un paño húmedo, pero otras froto un cepillo de dientes sobre mi boca para asegurarme. Cuando termino, añado una mínima cantidad de bálsamo para que mis labios no se sequen. También sirve para que el color se adhiera.

Paso las fibras finas de mi pincel para labios sobre mi lápiz labial y aplico el color desde el centro de mis labios hacia afuera. Después de la primera capa, elimino el exceso de maquillaje con un pañuelo descartable, bordeo cuidadosamente los bordes de mi pequeña boca antes de difuminar el color para que parezcan un poco más carnosos. Al igual que con el barniz de uñas, las capas siempre ayudan a que dure más.

Y luego, estoy lista.

Mírame.

Quiero que me mires.

AGRADECIMIENTOS

Me gustaría agradecerle a:

Amy Tipton, mi agente, por todas las puertas que ha abierto para mí. Fue la primera persona que vio **Con toda la furia** años atrás y lo ha leído un millón de veces desde entonces. Y la millonésima vez lo leyó con el mismo entusiasmo que la primera vez. No puedo imaginar hacerme camino en el mundo de la publicación sin su inteligencia, su humor, su apoyo o su correo electrónico al estilo *Apocalypse When* en el momento perfecto. Es un honor tener una defensora tan trabajadora.

Sara Goodman por su filoso ojo editorial y por todo lo que me ha enseñado sobre escritura. Ha sido un privilegio explorar muchos oscuros caminos ficticios con ella como mi guía. Este fue más largo que la mayoría, pero eso es lo que sucede cuando tienes una editora que no se conforma por nada menos de lo que eres capaz. Estoy agradecida de haber trabajado con ella y haber aprendido tanto de alguien que se dedica con tanta pasión a los buenos libros.

A todos en St. Martins, quienes trabajan incansablemente para llevarles mis historias a los lectores. Le quiero agradecer especialmente a Lisa Marie Pompilio, Talia Sherer, Anne Spieth, NaNá V. Stoelzle, Anna Gorovoy, Stephanie Davis, Jeanne-Marie Hudson, Michelle Cashman, Angela Craft, Vicki Lame y a Alicia Adkins-Clancy. Muchas gracias a Lauren Hougen por su increíble nivel de paciencia.

A Ellen Pepus de Signature Literary por su duro trabajo.

A mi familia, por supuesto. A los más cercanos y a los lejanos. Siempre. Todo mi amor y gratitud para Susan y David, Megan y Jarrad, Marion y Ken, Lucy y Bob, y Damon. Esta es mi base y es una buena

A Emily Hainsworth y a Tiffany Schmidt por acompañar a este libro –y a mí– durante tantas cosas que no sería posible describir en este espacio. Estoy tan agradecida por sus críticas increíbles y todavía más por su amistad. Son mujeres increíbles.

Kelly Jensen, por su hermosa amistad, por escuchar por decir lo que hay que decir y hacer lo que hay que hacer. "Increíble" es su estado natural. Su apoyo incansable, generosidad y entusiasmo son una exageración y estoy tan agradecida por ella.

CK Kelly Martin y Nova Ren Suma, dos mujeres sorprendentes que me inspiran personal y profesionalmente. Estoy muy agradecida por su amistad, amabilidad y apoyo y estoy completamente asombrada por su talento en la escritura.

A estos diamantes: Whitney Crispell, Kim Hutt, Baz Ramos y Samantha Seals, por años y años de una increíble amistad que atesoro tanto. Brillen fuerte.

A Stefan Martorano, por su gentil ayuda con los detalles relacionados a las fuerzas policiales.

Gracias a todos mis amigos, por su apoyo. Gracias especiales a estas maravillosas personas: Bill Cameron, Brandy Colbert, Kate Hart por todo el buen trabajo que hace y la buena voluntad que inspira, Will and Annika Klein, Team Sparkle, Daisy Whitney, Brian Williams y Briony Williamson.

A mis lectores. El entusiasmo y el apoyo que le han demostrado a mi trabajo significa más para mí de lo que podría expresar. Simplemente no puedo agradecerles lo suficiente.

A Lori Thibert. Última, pero nunca menos importante. Gracias por mucho más de lo que podría enumerar aquí. Por su talento, humor, amabilidad, generosidad y por ser un ser humano maravilloso que me inspira. Su coraje inquebrantable y convicción en lo que es posible a lo largo de los años ha significado mucho para mí y ha marcado la diferencia. Fue uno de los primeros pasos para convertirme en escritora. Si hablamos de mejores amigas, no hay nadie mejor que la mía.

Gracias.

¡QUEREMOS SABER QUÉ TE PARECIÓ LA NOVELA!

Nos puedes escribir a vrya@vreditoras.com
con el título de este libro en el asunto.

Encuéntranos en

f facebook.com/VRYA México

🐦 twitter.com/vreditorasya

📷 instagram.com/vreditorasya

COMPARTE
tu experiencia con
este libro con el hashtag
#contodalafuria